斯家侦探档案

By Lisa Lutz

［美］丽莎·拉兹 著
金溪 译

人民文学出版社

著作权合同登记号　图字01-2013-1491

THE SPELLMAN FILES by Lisa Lutz
Copyright © 2007 by Spellman Enterprises,Inc.
Simplified Chinese translation copyright © 2013
by People's Literature Publishing House Co.,Ltd.
Published by arrangement with author c/o Levine Greenberg Literary Agency,
Inc.through Bardon-Chinese media Agency
ALL RIGHTS RESERVED

图书在版编目(CIP)数据

斯家侦探档案/(美)拉兹著;金溪译.—北京:人民文学出版社,2013
（斯家侦探）
ISBN 978-7-02-009778-4

Ⅰ.①斯… Ⅱ.①拉…②金… Ⅲ.①长篇小说—美国—现代 Ⅳ.①I712.45

中国版本图书馆CIP数据核字(2013)第053834号

责任编辑　刘　乔　鲁　南
责任印制　王景林

出版发行　人民文学出版社
社　　址　北京市朝内大街166号
邮政编码　100705
网　　址　http://www.rw-cn.com

印　　刷　北京新魏印刷厂
经　　销　全国新华书店等

字　　数　285千字
开　　本　880毫米×1230毫米　1/32
印　　张　11.75　插页1
印　　数　1—10000
版　　次　2014年4月北京第1版
印　　次　2014年4月第1次印刷

书　　号　978-7-02-009778-4
定　　价　29.00元

如有印装质量问题,请与本社图书销售中心调换。电话:01065233595

送给大卫·克莱恩

楔　子

旧金山，夜

　　我一溜小跑着闪进车库，盼着自己能够逃脱。然而我的鞋跟儿在光洁的水泥地上敲出银铃般的脆响，但凡有耳朵的人，全都能听出我在哪儿。而且我知道，他们不但有耳朵，而且耳朵很尖。我狠狠地警告我自个儿，下次决不能再穿这双鞋行动了！——当然，如果还能有下次的话。

　　我在车库的螺旋车道上撒开腿就跑，我知道他们拼速度绝对赶不上我。于是，粗重的喘气声渐渐盖过了脚步声。然而在我身后，却是一片寂静。

　　我停下脚步，竖起耳朵听着。我听到一扇车门关上了，随即又是一扇，然后，引擎发动的声音响起来。我一边努力地猜测他们下一步的行动，一边四处打量，寻找丹尼尔的车。

　　终于，我看到了它——一辆深蓝色的宝马，委委屈屈地被两辆大个儿SUV夹在中间，几乎被它们的影子埋了起来。我冲向这辆刚打过蜡的轿车，把钥匙插进锁眼。

　　车子的警报尖厉地嚎起来，仿佛有人当胸给了我一记重拳，打得我一口气差点儿没上来，好一阵儿才缓过劲儿来。我把报警系统这茬儿给忘了！谁让我平时开的是辆十二年的老别克，用把破钥匙一捅就开呢！

我的大拇指在遥控钥匙上胡按了一气，总算让警报声停了下来。我可以听见，另一辆车沿着车道缓缓驶了过来。那辆车开得很慢，为的是折磨我。终于，我按对了按钮，打开了车门。

汽车追逐战第三回

那辆毫无特征的福特轿车贴着我的车开了过去。它在挡住我的去路之前，留给我足够的时间，让宝马长嘶一声，冲出停车位。在驶出车库的那一刻，我看了一眼后视镜，发现那辆福特紧跟在我后面。

我斜插过马路，猛地向左拐去。我的脚紧紧踩着油门，几乎触到了地面。这辆高级车那种平稳又迅速的提速让我着实吃了一惊。我这才意识到，那帮买名车的人，也许不完全是为了炫富。我提醒自己，可不要被这种车感给惯坏了。

一眨眼的工夫，速度计显示时速已经升到了每小时五十英里。那辆福特在一百米开外的地方，不过咬得很紧。我放慢速度，让他们渐渐赶上来，然后突然右拐，开上了萨拉门托街。但他们好像早就对我的意图了如指掌似的，毫不犹豫地跟了上来。

飞速翻过两座山头，我这辆宝马在福特的紧咬不放之下，以刷新纪录的时间到达市区。我看了一眼油表，剩下的油大概还够我飙一个小时。我右拐钻进一条小巷，又突然冲到路的另一边，向左转上一条单行道，逆行着横冲直撞。两辆车朝我猛按喇叭，忙不迭地给我让出条路来。我又看了看后视镜，希望多少把福特甩开了一些。然而，我还是没能如愿。

开到了马克街的南端，我困兽犹斗地最后加了一把速，其实更多是为炫耀技巧而不是为了全身而退。紧接着，我猛地踩了一脚刹车。我之所以这么做，单纯是为了吓他们个措手不及，让他们知道,姑娘我还好好地控制着局面呢!

　　福特发出刺耳的刹车声,停在了离宝马十英尺远的地方。我把车熄了火,长长地呼了几口气。随后,我大大咧咧迈出汽车,朝着身后那辆轿车走去。

　　我在驾驶位的车窗上敲了一敲。几秒钟之后,车窗玻璃摇了下来。我用手扶着车顶,向里面欠了欠身。

　　"妈,爸,你们闹够了吧。"

讯 问

第一回合

七十二小时之后

一个灯泡孤零零地从天花板垂下来,散发出昏黄的光,照着这个有门无窗的房间里寒酸简陋的摆设。就算是闭着眼睛,我也能把这些摆设倒背如流:一张木头桌子,桌面裂了几道缝,油漆也掉得差不多了,四周围着四把歪七扭八眼看就要散架的椅子;桌上有一台手摇电话,一台旧电视,还有一个录像机。我对这房间太熟了。在我小时候,不知多少次被拎到这儿来,为一些罪名接受讯问——而这些罪名,多半儿并不是冤枉我。然而现在,我坐在这房间里,被一个从来不曾见过的男人讯问着。而他扣给我的罪名,却是我连影儿都不知道,甚至连想都不敢想的。

亨利·斯通警督坐在我的对面。他在桌子中央摆了一台录音机,并且按下了录音键。我实在是看不透这个人:他四十出头,一头花白的短发,笔挺的白衬衫,配着一条极有品位的领带。他倒算得上是英俊,但那种冷冰冰的职业范儿让他的扑克脸看起来像是一张面具。他身上的西装对于公务员来说未免太昂贵了些,这不免让我心生疑窦。不过话说回来,每个人都会让我心生疑窦。

"请提供您的姓名和地址,以供记录在案。"警督说道。

"伊莎贝尔·斯佩尔曼,住在加利福尼亚旧金山市克雷街1799号。"

"请提供您的年龄和出生日期。"

"我今年二十八岁,出生于一九七八年四月一日。"

"你的父母是艾伯特·斯佩尔曼和奥莉维亚·斯佩尔曼,是否属实?"

"是的。"

"你有两个同胞兄妹:大卫·斯佩尔曼,三十岁,蕾·斯佩尔曼,十四岁。是否属实?"

"是的。"

"请提供你的职业和目前雇主的姓名,以供记录在案。"

"我是领有执照的职业私家侦探,为我父母的私人公司斯佩尔曼侦探事务所工作。"

"你何时开始为斯佩尔曼侦探事务所工作的?"斯通问道。

"大概十六年前。"

斯通翻了翻他的记录,仰起头来看着天花板,一副困惑不已的样子,"那时候你……十二岁?"

"正解。"我回答说。

"斯佩尔曼女士,"斯通说道,"让我们从头说起。"

我并不能丝毫不差地指出,这件事到底是从何时开始的。但我可以肯定的是,它不是开始于三天前,一周前,一个月前,乃至一年前。想要真正了解我家里所发生的事情,我就必须从最开始时讲起,而那——可是很久很久以前的事了。

第一部分
开战之前

很久很久以前

艾伯特·斯佩尔曼，也就是我爸，在二十一岁半的时候加入了旧金山警察局。在那之前，他爹、他爷爷、他哥，都同样走的是这条路。五年后，他升任警督，并调到了扫黄打非组。而就在那之后两年，有一天，艾伯特在跟他的线人逗闷子的时候，把自己绊了一跟头，从两层楼梯上滚了下来。就是这个跟头，留给了他一个脆弱不堪的后背，不知什么时候就会旧伤发作，让他疼得满地打滚。

为此，艾伯特不得不提前退休。不过他很快就去为吉米·奥马利工作了。奥马利曾经是抢劫组的警督，后来当了私家侦探。那是一九七〇年，虽然吉米老爷子已经快八十了，但奥马利事务所的办案数量竟然还颇为可观。在我爸加入之后，他们的生意更有了飞速发展。艾伯特在和人打交道的方面有种了不得的天赋，那种傻乎乎但是无比亲切友善的魅力可以让他迅速地骗到别人的信任。其实他的幽默感相当不上台面儿，但偏偏每个人都很吃他这一套。他有几个老段子——比如说把东欧名字说得像在打喷嚏似的——那真是百玩不厌屡试不爽。也只有他的孩子们，才会劝他找些新鲜的笑话。

他身高一米九，体重二百斤，可能你会觉得他的大块头让人望而生畏。然而，他那种慵懒闲散的步履姿态能很好地把他的强势隐藏起来。而他的脸，仿佛成心不想让人描述出来似的，五官长得完全驴唇不对马嘴,简直像是几张不同的脸被硬生生拼到一起。我妈曾经常说,"要是看得足够久的话,其实他也挺帅的",而我爸就会接上一句,"可也就你妈有这份儿耐心了"。

一九七四年,艾伯特在德洛丽丝公园执行一次例行的保险公司监控任务,就在那时,他瞅见一个身材娇小的褐发姑娘潜伏在城市铁路轨道旁边的一簇树丛里。他对她这不同寻常的举动顿起好奇之心,于是放下了手头的监控任务,跟踪起这个神秘的姑娘。没过多久,艾伯特就断定,这个鬼鬼祟祟的褐发姑娘也在干一些跟踪监视的事情,因为他看到她从自己的包里拿出相机和一个硕大的长焦镜头,对着一对儿在公园长椅上卿卿我我搂做一团的年轻男女一通猛拍。她拍照时手并不稳,手法也很不专业,于是艾伯特决定提供一些技术指导。他走过去,也许是步子太急,也许是凑得太近(具体细节老两位都已经记不清了),裆下狠狠地挨了一脚。我爸后来说,随着疼痛渐渐散去,爱情渐渐在他心里滋生。

在这位褐发女郎对他进行第二波摧残之前,艾伯特慌忙亮出身份,来安抚那位彪悍无匹的女战士。这下子轮到褐发女郎道歉了。她自我介绍说,她叫奥莉维亚·蒙哥马利,并且提醒我父亲,偷偷摸摸地接近女性不但失礼,而且还有潜在的危险。随即,她又对她这笨手笨脚的外行盯梢做了解释,并且请求艾伯特指导。原来,那个仍然在公园长椅上和人搂作一团的男人是她未来的姐夫,然而,他怀里那个女人却并不是她姐姐。

整个下午,艾伯特把他的本职工作抛诸脑后,转而为蒙哥马利小姐对那位唐纳德·芬克的监视提供帮助和指导。他们的工作从德洛丽丝公园开始,而在油水区的一家爱尔兰酒吧结束。芬克对此丝毫没有察觉。奥莉维亚日后将这一天形容为硕果累累的一天,虽然她的姐姐玛蒂大概并不这么认为。换了几趟公共汽车,付了几次出租车费,掏了两张电影票钱之后,奥莉维亚和艾伯特成功地逮住唐纳德与三个不同的女人搂搂抱抱(其中有些是他付钱召的），以及往两个赌马经纪人口袋里送钱。艾伯特被奥莉维亚的聪明机敏迷住了，并且觉得，让一个身材娇小、反应敏捷的二十一岁褐发女郎来做监视工作简直是打着灯笼也难找的好事。他不知该约她出去还是雇她来事务所工作，想做出抉择实在太难，于是他干脆把二者都做了。

三个月后，在拉斯维加斯举行的一个小型庆典上，奥莉维亚·蒙哥马利变成了奥莉维亚·斯佩尔曼。玛蒂不胜惊讶地接住了新娘捧花，然则却在此后三十三年中依然单身。一年之后，艾伯特从吉米手中买下了事务所，并将它更名为斯佩尔曼侦探事务所。

老 大 哥

大卫·斯佩尔曼生下来时简直是个完美宝宝。恰好八磅重的大胖小子,密密实实的一头秀发,吹弹可破的冰肌雪肤。从娘胎里出来后,他只不过象征性地哇哇哭了一小会儿(纯粹是为了让医生知道他会喘气),就干脆利落地闭了嘴——大概是为了表示他懂礼貌吧。刚出生的那两个月里,他每天都会踏踏实实一觉睡上七个小时,甚至还有睡八九个小时都不醒的时候。

其实早在那时,艾伯特和奥莉维亚就已经想当然地将他们的大儿子当成模范儿童了。然而,直到两年以后,我横空出世,提供了绝佳的反面典型之时,他们才真正意识到,大卫到底是多么的完美无瑕。

随着年龄的增长,大卫越来越招人眼球。他和我们家里任何人都没什么相似之处。他的长相集合了我爹妈的全部优点,还混进了几分格里高利·派克的派头。他从不曾体会过青春期的别扭尴尬,顶多是偶尔被某个羡慕嫉妒恨的同学打个乌眼青(而青着眼眶的他反而看着更帅了)。大卫几乎不用付出任何努力就能在学校里出类拔萃,他在学习上的天赋在我们家上溯祖宗十八代都再找不出第二个。他还是个天生的运动员。上高中时,他明明在每个运动队都是当队长的料,却一律拒绝,以防嫉妒的暗箭朝他嗖嗖射过来。他完美得足可令人神共愤,却丝毫不邪恶张扬。事实上,他还有着少年老成的谦逊态度。然而,我却早就决定,和他势不两立,死磕到底。

我对我哥哥犯下的罪行可谓是罄竹难书。其中大部分都逃脱了惩罚,因为大卫从来都不会打小报告。但由于我的爹娘时刻保持着警觉,也有一些罪行没能逃过他们的慧眼。自从掌握了文字技能,我就开始像售货员记录库存清单那样,把我干过的坏事都记录在案。我将这些犯罪记录列为清单,在其后补充相关细节。有时候只是关于犯罪内容的简略记载,例如"92-12-8,格式化了大卫的电脑硬盘"。而还有些时候,在清单后,附上了相关事件的详细记录——得到如此待遇的,通常是我被抓了现行的犯罪行动。之所以要将它们详细记录,是因为我要从中总结经验教训,避免再犯同样的错误。

小 黑 屋

我们通常会这么称呼它,但实际上,它是我们家那没装修的地下室。摆设如下:灯泡一只,桌子一张,椅子四把,手摇电话一部,外加古旧电视一台。鉴于它昏暗的光线和寒碜的摆设看起来都大有黑白电影的风范,我爹妈难以抑制地将这破烂房间当成了举行所有的家庭审讯的法庭。

作为家里的头号犯罪分子,我长久以来霸占着这个房间。下面便是地下室审讯的几个实例。当然,与我的所作所为相比,这份列表实在是太单薄了。

伊莎贝尔,八岁

我坐在一把打那时候起就歪七扭八的椅子上,翘起椅子腿歪向一侧。艾伯特在我面前走来走去。在确信我开始坐不住了的时候,他开口说话了。

"伊莎贝尔,你是否在昨天夜里溜进你哥哥的房间,把他的头发给剪了?"

"我没有。"我说。

他久久没有说话。

"你确定吗?也许你需要动脑子好好回忆一下。"

艾伯特在桌子对面坐下来,直勾勾地盯着我的眼睛。我迅速将视线向下移去,但仍然试图负隅顽抗。

"我才不知道什么剪头发的事呢。"我说。

艾伯特将一把安全剪刀摆在桌上。

"眼熟么?"

"这又没写着是我的。"

"但我们是在你卧室里找到它的。"

"我是被陷害的。"

结果呢? 我被罚整整一个礼拜不许出门。

伊莎贝尔,十二岁

这一回,走来走去的人换成了我妈,左胳膊下面还夹着一个洗衣篮。她把篮子放在桌上,从里面抻出一件皱巴巴的牛津纺衬衫。这件衬衫呈现出一种很浅很浅的粉红色,明显并不是它原本的颜色。

"你倒说说,伊莎贝尔,这衬衫是什么颜色的?"

"光线太暗我看不清呀。"

"大胆地猜猜看嘛。"

"呃……米色?"

"我倒觉得它是粉色的。你同意不?"

"当然,确实是粉色。"

"你哥哥现在有五件粉色的衬衫,但是却连一件可以上学穿的白衬衫都没有了。(校规上白纸黑字地写着'必须穿白衬衫'。)"

"他可真惨。"

"我觉得这事跟你有关系,伊莎贝尔。"

"我也是不小心嘛。"

"真的吗?"

"都怪一只红袜子,我也不知怎么忘记把它拿出来了。"

"限你十分钟之内交出这只袜子,否则,由你来付钱给你哥哥买五件新衬衫。"

我可交不出那只袜子,因为它压根就不存在。不过,在这仅有的时间里,我成功地把没用完的红色食品着色剂从我的卧室里顺出来,扔到了邻居家的垃圾桶里。

我掏了买衬衫的钱。

伊莎贝尔,十四岁

在这个时候,我爹已经坐稳了终身制审讯员的交椅。平心而论,我觉得他完全是因为怀念当警察的时光。与我的斗智斗勇会让他觉得自己宝刀未老。

整整十五分钟,他一言不发,想用沉默攻势让我汗出如浆。可惜我早就习惯了这套把戏,并且已经能够抬起头来,与他以目光对峙。

"伊莎贝尔,你是不是篡改了你哥哥成绩单上的成绩?"

"没有。我干吗要这么做?"

"我不知道。但我知道就是你干的。"

他将成绩单放到桌上,推到我面前。(那是老式的手写成绩表格,想要造假,只需要偷一张空白成绩单,外加拉拢到一个愿意帮忙的笔迹模仿高手就行了。)

"成绩单上到处都是你的指纹。"

"你唬我。"(我明明戴手套了。)

"而且我们做了笔迹分析。"

"你们把我当成什么人啦?"

艾伯特深深地叹了口气,在我的对面坐下,"听我说,伊姿,我们都知道是你干的。如果你告诉我原因,我们可以不惩罚你。"

哎哟,辩诉交易么?这可是新招。我决定接受这个交易,因为我不想整整一个星期都被关在家里。我有意停顿了一会儿才回答,以免让我的认罪显得过于漫不经心。

"每个人都应该尝尝,得 C 是什么滋味。"

这种生活持续了挺长时间,但我最终还是厌倦了将吾王大卫赶下宝座的游戏。我的前路一片大好,没必要把自己吊死在这棵树上。随便哪个人都会闻我而色变,然而,直到八年级那年,与佩特拉·克拉克金风玉露一相逢,我的犯罪生涯才真正拉开序幕。在一次放学后的留堂惩罚中,我们两个人相识了。我们都对六十年代的情景喜剧《糊涂侦探》①有着近乎狂热的喜爱,因此一拍即合。我已经说不清我们到底有多少时间是一起蹲守在电视机前,一边看着有线台的重播,一边笑得满地打滚。我们毫无悬念地迅速变得焦不离孟,因为这份友谊是建立在共同爱好之上的——爱八十六号特工,爱啤酒,爱大麻,也爱喷漆涂鸦。

一九九三年夏天,我和佩特拉都十五岁。在那一年,在旧金山的诺布山区发生了一系列破坏公物事件,有人怀疑我们两个是这些事件的始作俑者。然而,虽然邻里监督会为了给我们定罪而召开了无数次会议,却没有在任何一起事件中抓住我们的把柄。那时,我们会像艺术家欣赏自己的画作一样回过头来,审视自己所干过的坏事。佩特拉和我在越轨行动中一次次挑战着自我极限,并且互相竞争各不相让。当然了,我们的所作所为难免幼稚,然而却蕴含着一种极富创造性的活力,有别于一般的打砸抢。以下是我和佩特拉的第一份联合行动清单。当然,这只是万里长征的第一步而已。

---

① 译者注:《糊涂侦探》(*Get Smart*)是美国哥伦比亚公司在六十年代出品的间谍喜剧。

逃脱制裁的犯罪活动：一九九三年夏天

1．93-6-25　为格里高利先生的后花园重新设计了园艺造型。①

2．93-7-07　街头飞车。

3．93-7-13　从教会高中体育教研室的储物间里偷了五个篮球、三根曲棍球棒、四个棒球和两个棒球手套。

4．93-7-16　给钱德勒太太的玩具贵宾犬染了一身蓝毛。

5．93-7-21　街头飞车。

6．93-7-24　在德洛丽丝街上一个戒酒者互诫聚会的会场门外摆了一箱啤酒。②

7．93-7-30　街头飞车。

8．93-8-10　以住在附近的一堆已婚男人的名义订阅《好色客》杂志。

我们最常干的事情，就是所谓的"街头飞车"。当我们灵感枯竭，不知夜生活该干些什么时，就选择夜袭垃圾桶。这件事实在是非常简单：我们在午夜之后从家里溜出来，佩特拉会开着她妈妈那辆一九七八年的道奇达特（她偷出来的）接上我，然后我们将路上那些等着垃圾车来临幸的垃圾桶一个个撞翻。其实，让我和佩特拉乐此不疲的，并不是破坏的快感，而是那种铤而走险，从敌人掌心成功逃脱的刺激。然而，在夏天结束的时候，我的好运气也终于结束了。

我又一次进了小黑屋，但是与先前有点不一样。因为这次的

---

①　佩特拉玩剪刀很有一手，即使是园艺剪也不在话下。于是她创造出了一种灌木造型，看起来酷似竖着中指的手。
②　还雇了一群流浪汉去买啤酒。

小黑屋是货真价实的警局里货真价实的审讯室。我爸要我供出幕后黑手,而我拒绝了。

8-16-93

犯罪经过如下:六个小时之前,刚过午夜,我从家里溜出来,蹭车到教区的一个派对凑热闹。在那儿,我勾搭上一个男人,他说想弄点可卡因嗑一嗑。我其实从不沾可卡因。但这家伙穿着件儿小皮夹克,手里还拿着本杰克·凯鲁亚克的小说。而我恰好对爱看书的纯爷们儿毫无抵抗力。所以我跟他说,我认识个毒贩子——我干吗要这么说呢?一会儿我自然会解释的——并且打了个电话,跟电话那头儿的人说"给我整点那玩意儿"。在开车去往卖家那儿的途中,我发现派对上认识的这个皮衣爷们儿是个便衣警察,于是便要求他改为送我回家。但他不但不听话,反而将我拉到了警察局。当他们发现我是那位大名鼎鼎功勋累累的警察老前辈艾伯特·斯佩尔曼的千金时,便将我爸也扯了进来。

艾伯特走进审讯室的时候,仍然是睡眼惺忪。

"把名字告诉我,伊姿,"他说,"然后跟我回家,非给你点厉害尝尝不可。"

"啥名字都行么?"我油嘴滑舌地问。

"伊莎贝尔,你告诉一位便衣警官,你能给他弄到可卡因。随即你给一位被你称为毒贩子的人打了电话,并且让他给你整点儿那玩意。你这回的麻烦看起来不小啊。"

"嗯,确实不小。但我唯一一个真正被你抓了现行的罪过是违反宵禁。"

我爸祭出了他最具有杀伤力的眼神,最后说了一遍。

"告诉我他的名字。"

警察们想要得到的名字是莱纳德·威廉姆斯,朋友们叫他莱

19

奥。是个高三学生。说实话，我几乎不认识他，更从没向他买过毒品。我对他的了解都是通过多年来道听途说的小道消息拼凑起来的——这是我获取信息的主要方式。我知道莱奥的妈妈身有残疾，对止痛药依赖成瘾。我知道在他六岁那年，他爸爸死于一场酒馆火拼。我知道他有两个弟弟，社保金根本填不饱他们的肚子。我知道莱奥贩卖毒品与其他孩子课余打份工并无差别——他只是为了养家糊口。我还知道莱奥是个同性恋，但我从未将这件事告诉任何人。

那是在我们犯下第三桩逃脱制裁的犯罪活动的夜里。我和佩特拉闯进学校，去体育教研室的储物间偷东西（我一门心思认定倒卖二手体育用品会改善我们捉襟见肘的经济状况）。我撬了储物间的门锁，和佩特拉一起把累累硕果搬进她的车里。就在这时，我贪得无厌地想起来，沃尔特斯教练总是在他的办公桌抽屉里放上一瓶上好的野火鸡牌波本威士忌。我让佩特拉等在车里，自己一个回马枪杀到沃尔特斯教练的办公室。我没找到野火鸡，倒撞见莱奥和一个足球队成员在办公室里亲密接触。因为我从没将这件事说出去，所以莱奥一直觉得他欠我一份人情。然而他不知道的是，我非常擅长保守秘密。我心里藏着那么多我自己的秘密，再多上这一个根本不在话下。

"打死我也不说。"我只说了这一句。

那个夜里，我父亲一言不发地将我带回家。莱奥没有被牵连进来，警察所掌握的全部线索仅仅是一个外号。至于我嘛，我轻而易举地躲过了暴风骤雨，至少比我爸幸运得多。因为他为这件事遭受了前同事们无穷无尽的嘲笑挖苦。老艾尔竟然不能从自家闺女嘴里撬出情报——在他们眼里，天底下没有什么事比这更好笑了。但是我却明白，我父亲是一个在街头摸爬滚打了很多年的人，他了解罪犯们的生存法则。因此,从某种角度来说,他尊重了我的沉默。

如果你能不在意我那劣迹斑斑的历史,也能无视大卫那个高大全的参照物,在勾勒我的样子时,也许你会惊讶地发现,我是那么的自强自立,独当一面。我能在进入一个房间几分钟后便牢牢记住其中的所有摆设;我能像神枪手一样精准地从人群里揪出一个小偷;我能从任何一个在职守夜人的眼皮底下溜之大吉。一旦我的倔脾气被激起来,我会比你所见过的任何人都顽强不屈。还有,虽然我并非倾国倾城,但仍然有一群群不开眼的男人前赴后继地约我出去。

但是在很多年里,我的特长(如果那些能被称为优点的话)完全被我目无尊长的生活方式掩盖住了。鉴于大卫已经成为"完美"的代名词,我只好致力于发掘自己的不完美,并不断地挑战下限。有时候,我们家里似乎只能听到两句话——"好样的,大卫"和"你到底想干什么,伊莎贝尔?"撑起我那几年青春年华的具体内容有:被叫到校长室谈话;被警车拉走;逃学;破坏公物;在浴室抽烟;在海滩喝酒;非法入室;被留校察看;被禁足;被训斥;违反宵禁;宿醉不醒;短暂性昏迷;嗑药;军靴,以及脏兮兮的头发。

然而,我的破坏力却从来不曾达到我所期望的程度,因为大卫永远会拖我的后腿。如果我深夜溜出去,他就替我打掩护。如果我撒谎,他就替我作伪证。如果我偷东西,他就替我物归原主。如果我抽烟,他就替我藏烟头。如果我在家门口草坪上背过气去,他就把半死不活的我拖回卧室。如果我拒不写作业,他就帮我写,甚至降低水平模仿语气来增加可信度。如果他发现我并没有主动将他帮我写的东西交上去,他竟然还会直接把它们放在老师的信箱里。

最令人发指的是,大卫始终心知肚明。他知道——至少在一定程度上知道——我的不争气是拜他的完美所赐。他知道我这个样子是他的错,而且他真心为此感到愧疚。曾经有几次,我的父母不经意地问起,我为何会变成现在这个德行。而我告诉他们:他们需要平衡。大卫和我是两个极端,如果可以把我们相加再除以二,我们将成为两个最中规中矩的普通孩子。蕾的出现,最终打破了一切平衡。不过,那已经是后话了。

克雷街1799号

斯佩尔曼家的宅邸位于克雷街1799号。这里是旧金山市诺布山区的外围地带，从这儿往南走上半英里，就到了所谓的"油水区"——旧金山的异性红灯区。而如果你往北边儿走太远，就会陷入一系列专等着游客上钩的连环套：九曲花街啊、渔人码头啊，以及——如果你真的倒霉到这份儿上的话——滨海区。

为了方便起见，斯佩尔曼侦探事务所坐落在同一个地址（我爸老是爱开玩笑说"咱下趟楼就到单位了"）。这处房子是一栋令人过目难忘的四层维多利亚式建筑，刷成蓝色，镶着白边。这是斯佩尔曼家三代相传留下来的老产业，否则我爹妈不吃不喝干一辈子也买不起它。光这栋房子就值将近两百万，于是我爹妈每年至少会有四次扬言要卖掉它。不过他们每次都只是说说而已。与去欧洲度假，攒一笔养老基金以及搬到郊外去住相比，我那别扭的爹妈竟然宁可忍受着老旧的家具、剥落的油漆，以及经济上的饥一顿饱一顿。

在我家（以及事务所）的门口，有四个邮箱。从左到右分别写着：斯佩尔曼、斯佩尔曼侦探事务所（目前为止只有一位邮递员能司空见惯地分清这俩的区别）、马库斯·戈弗雷（我爸常年使用的化名），以及格雷森公司（我们公司用来处理小案子的假名）。公司还在湾区租用着几个邮政信箱，以便在调查案子时需要更多伪装。

走进斯佩尔曼家,沿着旋转楼梯走上二层,就可以看到三间卧室。而在一层,楼梯的右手边的那扇门上挂着一个牌子,写着"**斯佩尔曼侦探事务所**"。在工作时间之外,这扇门永远锁着。楼梯的左边通向客厅。曾几何时,客厅中间摆的是一张皮开肉绽的老旧斑马纹沙发,而现在则换成了个毫不起眼的棕色皮沙发。围绕着沙发摆着一圈儿红木家具,每一件都算得上是古董了,但由于疏于打理,它们的价值大大地打了折扣。除了沙发之外,三十年以来,这房间唯一的变化是原先那台木头机箱的詹尼斯电视(八十年代初生产的)换成了二十七寸的平板电视——那是我大爷在赛马场度过了极其罕见,但实属光辉胜利的一天之后买回来的。

客厅后面便是厨房,从那里可以通向同样毫不起眼的餐厅,而餐厅里摆着更多疏于打理的红木家具。趁我还没有上楼,请允许我先为各位打开斯佩尔曼侦探事务所那扇紧锁的门吧。

我们家的办公室位于一层。在其他任何人家,这个位置都会被称为书房。四张二手的学校办公桌(米色台面金属腿儿的那种)在房间正中拼出一个完美的长方形办公区。三十年前,只有我爸的办公桌上有一台电脑(那是一台IBM)。而现在,这四张桌子中每张上面都摆着一台台式机,此外还有一台公用的笔记本电脑锁在柜橱里。房间四周散落着六个颜色各异的文件柜,也都是淘来的二手货。除了这些家什以外,这房间里也就剩下一台工业用型号的碎纸机,以及灰头土脸的百叶窗了。有时候,每张办公桌上的文件都堆得足有两英尺高,碎纸机吐出来的碎纸片散落得满地都是。房间里总有一股子灰尘与廉价咖啡混杂的味道。房间另一端的那扇门通往地下室——所有对我的审问都是在那儿进行的。大卫曾将地下室封为整栋房子里最适合做作业的地方,但我却从来不知道它还有这用处。

家 族 生 意

在大卫十四岁,我十二岁的那一年,我们开始为斯佩尔曼侦探事务所工作。那时的我已然被扣上了"问题儿童"的帽子,不过"侦探事务所员工"这块挡箭牌倒是替我掩盖了不少恶劣品质。比如说,虽然我对破坏公共秩序和窥探他人隐私非常在行,但据我估计,总体说来,大概没有人会对此感到惊奇。

我们永远从垃圾开始。按照斯佩尔曼家的规矩,翻垃圾是孩子们走上侦探事业的万里长征第一步。我妈或者我爸(也可能是当天不当班的警察)会从嫌疑人的住处捡些垃圾(按照规定,垃圾一旦被扔到屋外,交由市政卫生部门处理,就已被视为公共财产,谁想要都可以拿走)把它们带回家里。

我得戴上一双厚厚的厨用塑胶手套(时不时还得捂好了鼻子),然后把垃圾分类筛查,沙里淘金。我妈给我们每个人下的命令都完完全全一般无二:留下银行交易凭条、账单、信件和便笺;扔掉所有曾经可以食用或者会流汤儿的东西。我总觉得这个命令实在太不周全了——属于"二者皆非"这一类的物件,数量多得足够把人吓死。垃圾分类工作每每将大卫搞得头大如斗,熬到十五岁,爸妈终于把他从这份差事中赦免出来。

我十三岁那年,我妈教给我如何在湾区调查法院记录。在那时,我们绝大部分工作中都包括背景调查这一项,而犯罪记录调查则是其中的第一步。和上一项任务一样,老妈指令非常简单:查找不良记录。说白了,就是找出这人干过什么坏事。如果无法找到不良记录,我们的失望都会毫不掩饰地挂在脸上。那些人——虽然我们只知道他们的名字或社保号——如果清清白白,可是会让我们失望的。

背景调查是不折不扣的苦差事。干这活儿需要踏遍湾区的所有大大小小的法院,反复核对法院记录卷宗中的姓名。在加州的市级法院被撤销之前,一次背景调查意味着在每个县都要跑四个法院的档案室:高级刑事法院、高级民事法院、市级刑事法院、市级民事法院(有时候还要去小额索偿法院)。

不久之后,随着市级法院与高级法院的合并,以及大多数档案的数字化,我们的调查时间也缩短了。尤其是最近五年,其实所有法院的档案信息都被上传至计算机数据库中,除非要调查一桩十年前的陈年旧案,否则我们在斯佩尔曼事务所的办公室中就可以完成所有调查。曾经需要十二到十五个小时才能搞定的工作,现在坐在办公桌后,花上四个小时,甚至更少的时间就能完成。

除了背景调查以外,数据库还可以用来定位那些不知所踪的人。这项工作需要这个人的社保号码——在私家侦探界,社保号码的地位简直堪比圣杯。但社保号码并非公开可查的档案,因此,如果客户不能提供社保号码的话,那么就需要完整姓名和出生日期,最少最少也是完整姓名(最好是有点个性的名字)和居住城市。在此之后的第二步,是找到与这个姓名及出生日期相匹配的信用报告概要。和完整的信用报告相比,报告概要能提供当事人的某一部分信息,例如住址变更历史、破产记录以及抵押品扣押情况等等,但是并不提供完整的报告,因为完整信用记录也并非公开档案。通过信用报告概要,我们通常能够获得一个不完整的社保号码。鉴于有些数据库会屏蔽社保号码的前四位,而另外一些则可能屏蔽末四位,如果搜索足够多的数据库,我们有很大几率可以凑出一个完整的社保号码。

搜索数据库需要心细如发地抽丝剥茧,所有曾经教过我的老师都不会相信我能有这种本事。然而,我喜欢发掘人身上的污点,因为这些污点让我的斑斑劣迹都显得不值一提。

可以这么说,这份工作首先要考验我们的肠胃,其次是考验我们的耐心,最后才考验我们的头脑。对第二代斯佩尔曼侦探来说(也许对第一代也是一样),监视是我们生存的意义所在。正是由于它的存在,才使我们不会因下学后还要为父母打工而怨声载道。但它也并非十全十美。人们并不是时刻都在行动。他们会睡觉,会去上班,会钻进办公楼一口气开上四小时的会,把盯梢的扔在大厅里傻傻等待,肚子叫得震天响,两脚疼得站不住。我喜欢行动,大卫则喜欢等待。他利用等待的时间来赶功课,而我用来耗时间的却只有抽烟。

十四岁那年,我得到了第一份监视工作——费尔德曼案。约翰·费尔德曼雇我们家人来调查他的兄弟兼生意伙伴山姆。约翰觉得他兄弟卷入了某种不正当生意,因此希望我们跟踪山姆几个星期,来确定他的直觉有没有错。说实话,约翰的直觉并没有错,但他的判断却大错特错了。根据我的观察,山姆始终对生意没有丝毫兴趣。然而,对于约翰的老婆,他倒是大大地有兴趣。

接受费尔德曼调查任务时,我和大卫在监视方面还都是菜鸟。而当任务结束后,我已一跃成为个中高手。我爸爸会开一辆面包车,我妈妈则开着一辆本田,他们都通过无线电和我们保持联系。当山姆步行时,就轮到我和大卫上场了。我们跳出汽车,保持一定距离尾随而行,并且随时通过无线电报告我们的位置,以便于在山姆决定打车,坐公共汽车或者缆车时,父母的两辆车中至少有一辆可以随时接上我们。他通常会在瑞吉酒店开一个房间。

我们从费尔德曼一案中所了解到的,除了山姆在勾搭约翰的老婆这个事实外,便是我多年以来鸡鸣狗盗的生活并非一无是处。简单来说,这十几年的生活磨练,已经使诡秘行事的习惯根深蒂固地扎在我的性格中,让我学会如何挑战极限,使我能够精确地预测到每次行动能有多少收获。我知道如何识别人心;我知道什么时候应该跟着盯梢对象上公车,而什么时候应该转乘出租尾随在后;我知道什么时候可以紧咬不放而什么时候该见好就收。不过成功的一半原因,是我看起来并不像那种靠跟梢来讨生活的人。

十四岁时,我的身高已经有一米六八,比现在只矮五厘米。我看上去要比实际年龄大上几岁,但仍然是学生样——穿着皱皱巴巴的T恤和破破烂烂的牛仔裤。我的相貌既不美得惊人,也并非丑得让人不忍心看:褐色的长发,褐色的眼睛,没有雀斑,也没有其他什么标志性的特点。如果我能只遗传我妈的基因,那我有可能会成为一个美女。可惜我爸的基因硬生生地插进来,并且显露在我的五官上,以至于我所听到的评价里,"帅气"远比"漂亮"要多。即使如此,在二十八岁的年纪,由于一位闺中密友(她是个发型师)的鼎力相助,以及我本人把握时尚的水准略微有所进步,我现在看起来竟然还不错。关于长相这个问题,咱们就此打住吧。

十五岁时,雷大爷问我想要什么生日礼物,我回答说要一瓶伏特加。在他拒绝之后,我便建议他教我撬锁。在私家侦探界的十八般武艺中,这并不是一项常用的技能。不过,反正雷大爷正好会这门手艺,就顺便传授给我了。(我妈发现了这个既成事实后,足足俩礼拜没搭理他。)我在工作中是永远没机会用上这手艺的,不过,从此以后,我就发现它有很多娱乐性的用途。

十六岁时,我开始学习打钓鱼电话。所谓钓鱼,就是指利用一些云山雾罩的虚假借口来套取真实信息。在这方面,我妈真是个不折不扣的天才。她能通过一个短短的电话就套出社保号码、出生日期、完整的信用卡账单、银行交易记录,以及工作经历等等等等。具体操作方式大致如下:

"早上好,请问富兰克林先生在吗?哦,您好,弗兰克林先生。

我叫莎拉·贝克,我为ACS公司工作。我们的工作内容是联系那些可能遗失了某些资产的人。我们发现在一位盖瑞·富兰克林名下有一千多股头等的蓝筹股票,我需要核实您的身份,以便于确定您就是这位盖瑞·富兰克林。如果您能把您的出生日期和社保号码告诉我,我就可以着手把股票的持有权转回您的名下了……"

虽然我自认为在编瞎话钓鱼方面也颇具天赋,但不得不说,我妈是,并且永远是其中当之无愧的女王。

十七岁时,我第一次执行了驾车监视任务。在我拿到驾照后的一年里,我爹一直在陪我进行路面练习。我们的驾驶观非常简单明确——既稳且狠。与盯梢对象之间永远不要被拉开两辆或更多车的距离(如果是独自执行任务的话),要了解你的目标,预测他接下来会往哪儿开,而不仅仅是被动地将他保持在视线范围之内。驾车跟踪是我爸的拿手好戏。他在扫黄打非科摸爬滚打了那么多年,练就了极好的路面感觉,而他预测目标下一步行动的本事,几乎已经达到了读心术的境界。

我爹负责教我光明正大的路面战术,而我雷大爷则负责教我各种旁门左道的窍门。比如说,在夜间行驶时,如果被跟踪的车辆只有一个尾灯亮着,那么盯梢就会容易得多。我至今记着,在那一天,雷大爷递给我一把锤子,让我去把利伯曼先生那辆奔驰车的一个尾灯砸个稀巴烂。——哦,那可真是完美的一天。

十八岁是我在斯佩尔曼事务所工作后最神奇的一年。鉴于我们的绝大部分工作都要和法律打交道,事务所成员到达法定年龄当然是非常重要的。在十八岁那年,我可以名正言顺地处理法院文件,进行面谈质询,并开始积攒获得私家侦探执照所必不可少的六千小时实战工作经历。挡在我和我的执照之间的唯一一道鸿沟是我的犯罪记录。每一个申请从事私家侦探工作的候选人都要接受彻底的背景调查。当然了,在我十八岁之前干过的所有事情都会被封存在我的青少年档案中,但是正如我爹警告我的那样,在十

29

八岁之后，我最好别再捅什么大娄子。

二十一岁时，在生日那天，我花了两个小时做了一份多项选择题试卷。三个月后，我拿到了我的执照。

然而，大卫在十六岁那年就和我分道扬镳，结束了他在斯佩尔曼侦探事务所的职业生涯。他声称这活儿太耽误功课。从此以后，他再也没有为我们家的生意工作过，不过在日后的某一天，我们倒会反过来替他工作。事实上，大卫对这个行当完全没有兴趣。他认为人们有权维护自己的隐私，而我家的其他成员，全都不这么认为。

请 勿 骚 扰

这份工作无非就是这个德性：窥探隐私，通常是合法的，但也有些时候并不合法。和刽子手一样，入了这一行，你就必须得让自己强硬起来，来面对这一行的内幕真相。

当你意识到自己和自己的爹妈刺探他人私生活的本事有多强大时，建立坚固碉堡来保护你自己的隐私就自然而然地成了你的新习惯。你已习惯了你亲妈向你哥打探你最近有没有男朋友，习惯了在你大胆偷溜出去时，她为了偷瞄一眼你的男朋友而尾随在后。十六岁时，你觉得换乘三辆方向相反的公车，花上一个半小时来甩掉她简直是小菜一碟。你在卧室门上安上门闩，并命令你哥也这么做。你一年换两次门锁。你盘问陌生人，监视你的朋友。你曾听过那么多的谎言，以至于连真话都怀疑。你如此频繁地对着镜子练习如何摆出扑克脸，以至于你的脸上再也没别的表情。

我爹妈对我结交的狐朋狗友保持着一种绝非泛泛的兴趣。我爹坚持认为，我曾交往过的那些男孩子直接导致了我小小年纪便近墨者黑地养成了流里流气的做派，而我妈却更为犀利地指出，我才是那盆墨。我爹娘热衷于分析我的恋爱史以及这些恋情是怎样导致我酗酒逃学的，而佩特拉却说我有一种自毁恋情的倾向。她说我要么是专门挑些完全不适合我的男生来交往，要么就是故意

31

考验他们的耐心,看他们能熬到什么时候才和我分手。我跟她说,我才没有这样呢!于是她建议我列个单子出来自己瞧瞧。

正如我的地下室审问清单和逃脱惩罚罪行清单一样,对我的过去来说,前男友清单①也是一张作弊小抄。为了简洁起见,我尽量用最少的词语来记录这些资料:编号、名字、年龄、职业、爱好、恋情维持时间,以及最后的话——也就是分手理由。

前男友清单

一号前男友

姓名:麦克斯·格斯坦

年龄:十四岁

职业:要塞中学九年级学生

爱好:滑板

时间:一个月

最后的话:"哥们儿,我妈不让我再跟你鬼混了。"

二号前男友

姓名:亨利·斯莱特

年龄:十八岁

职业:加州大学伯克利分校大一学生

爱好:诗歌

时间:七个月

最后的话:"你从来没听说过罗伯特·平斯基?"

---

① 本清单中不包括一夜情对象。我有一张专门的一夜情清单,不过在本书中不会出现。

三号前男友

姓名:肖恩·弗拉纳根

年龄:二十三岁

职业:奥雷利酒吧酒保

爱好:当他的爱尔兰人;喝酒

时间:两个半月

最后的话:"除鸟吉尼斯黑啤,咱们揍米有啥共同点了。"

四号前男友

姓名:迈克尔·科里尔教授

年龄:四十七岁(那年我二十一)

职业:哲学系教授

爱好:跟学生上床

时间:一学期

最后的话:"这是不对的,我不能再这么干了。"

五号前男友

姓名:约书亚·福勒

年龄:二十五岁

职业:网站设计师

爱好:戒酒互助协会

时间:三个月

最后的话:"我们的关系不利于我戒酒。"

七号前男友

姓名:扎克·格林伯格

年纪:二十九

职业:网页设计公司老板

爱好:足球

时间:一个半月

最后的话:"你对我弟进行了信用调查?"

八号前男友

姓名:格雷格·马丁

年龄:二十九岁

职业:平面设计师

爱好:铁人三项

时间:四个月

最后的话:"想让我再他妈回答哪怕一个问题,我都不如弄死我自个儿算了。"

至于六号和九号前男友,我会在后文专门说到他们。总有一些人,不管你怎么努力,也无法把他们归纳成一张小小索引卡片上的寥寥几行数据。

有时候我在一件事情发生的时候就会做一个清单来记录它。而在其他时候,则是在事情过去很久很久以后,而我终于意识到这件事的重要性时,才会补上清单。即使有一天,我不得不销毁掉其他所有清单,我也会把下面的这个保留下来。因为这份清单上,记录了我在斯佩尔曼家恐怖统治的终结。

我的疑似改邪归正三部曲

- 失踪周末第三号
- 夜宿门厅事件
- 鞋子失踪事件

也许你已经猜到了,失踪周末第三号是一个独立清单的一部分。当那些记载着我的清单的纸片最终变成了一个设有密码保护的电脑文件后,我做了一个电子表格文档,以便于人们(其实就是我)交叉比对那些曾出现在不同清单上的事件。而有关于"失踪周末"的事件,足足有二十七处。这还仅仅是我所检索到的数据,如果还有更多我没有发现的,我也丝毫不会感到吃惊。

老版雷大爷

　　如果不详细说明,在"失踪周末"这种事还全然不存在的时候,雷大爷是个怎样的人,我就无法告诉你新版雷大爷是怎样的。这两个雷大爷可谓是相辅相成,缺一不可。

　　雷大爷,就是我爹他哥,比我爹大了三岁。他也是个警察,或者说,曾经是个警察。他二十一岁时进了警察局,二十八岁时已经是重案组警督。他的道德标准高得出奇,正和他的饮食规范一样。

　　他每天跑五公里。在还没有人宣传"喝绿茶有益健康"时就已坚持喝绿茶。他专吃绿叶蔬菜和十字花科蔬菜,带着俄罗斯文学教授看陀思妥耶夫斯基的作品时那种认真劲儿读《预防》杂志。在婚礼和节日时,他会喝一杯加苏打水的威士忌。绝不多喝。

　　雷大爷在他四十七岁那年遇到了苏菲·李。由于他一直是一个坚定的恋爱专一论者,这是他第一次真正坠入爱河。苏菲是个小学老师,而且恰好是雷所调查的一桩车祸致死案唯一的目击者。

　　六个月后,他们在一个可以将旧金山湾尽收眼底的宴会厅举行了婚礼。我现在已经不太记得那天晚上的事了。我唯一能够肯定的是,作为一个十二岁的小丫头,我在雷大爷婚礼上喝的酒,比他本人喝的都多。

　　据我所知,雷大爷和苏菲过得很幸福。然而,就在他们的结婚一周年纪念日后不久,雷大爷——这个大半辈子也没碰过一根香烟的男人——得了癌。肺癌。

一个月之内,雷大爷住进了医院,切掉了一块肺,还要忍受化疗的煎熬。他掉光了头发,瘦了二十磅。然而癌细胞转移了,雷大爷不得不接受一个新疗程的化疗。

在那段时间,我家里的交头接耳声几乎足以振聋发聩。窃窃低语声、简短的词句,以及偶尔压低嗓门的争执声,汇成一条延绵不绝的河流。其实,爹妈有意避开了我们的耳朵,但我和大卫都早就被训练成出色的偷听者。"自家不听,何以听天下"是我们曾常挂在嘴上的老话。几年来,我们已经找到了房子的"软肋":由于声学原理,在房子里的某些位置,能够听到相距甚远的其他位置的谈话。我和大卫的情报工作,汇集出另外一张清单:

- 雷大爷的化疗毫不起效。
- 苏菲不再去医院探望他了。
- 我妈又怀孕了。

我妈的怀孕纯属意外——这是我和大卫对比了彼此的情报后得出的结论。在抚养一个我这样的熊孩子整整十三年之后,我敢说我爹妈再也不打算把这苦差事从头再玩一遍了。然而,在死亡面前,唯一可以略微起到冲喜作用的,就是新生命的到来。很明显,雷大爷就要死了。而我猜,我妈妈就是在明白这一点后,才决定留下这个孩子。那是个女孩儿,因此他们给她起名叫蕾,以此来纪念那个命不久矣的男人,谁知道,雷大爷并没有死。

谁也解释不了这件事。医生说他只有几个星期可活了,而这一点,在他的病历上和身体上表现得同样清晰可见。这个男人只剩下一口气了。然而,从这时起,他便开始好转。当他的黑眼圈逐渐淡去,两颊又丰满起来,我们仍然对他说"一路好走"。三个月之后,当他恢复了胃口,在苦不堪言的化疗疗程中爆减的四十磅肉又

37

长回三十磅来,我们还是对他说"一路好走"。六个月之后,当医生告诉苏菲,她的丈夫可以活下去,一路好走的人变成了苏菲。她没有做一句解释,就挥一挥衣袖离开了他。就在这一刻,新版雷大爷浴火重生了。

他开始喝酒,真刀真枪地喝,再也不是在婚礼或节日时逢场作戏地喝上一杯加苏打水的威士忌。我生平第一次在拼酒量时败给了雷。他开始赌牌,不是朋友之间气氛融洽小打小闹的扑克牌局,而是在秘密窝点(地点都要通过在呼机上留代码来告知)进行的、赌注五百块起步的巨额赌博。他变得以赛马场为家,以马为新欢。在他康复后我只见他跑过一次步,那是在旧金山49人队球赛的中场休息时,跑出去补充他的零嘴储备。所谓的健康饮食全都见鬼去了。通常他都吃奶酪就饼干,成箱成箱地喝猫尿一般的烂啤酒。他再也不是个用情专一的男人,雷大爷的下半辈子,是为勾三搭四左拥右抱预备的。

当然,你可以争辩说,新版雷大爷比老版的要有趣多了。然则,我却是全家唯一一个如此争辩过的人。在那个"臭娘儿们"离他而去后的第一年,雷大爷和我们住在一起。随后,他在日落区的犁和星酒吧旁边找了一间一居室公寓。在橄榄球赛季里,你可以看到他出现在我家的客厅里,跟我爸一起守着电视看球。雷大爷在他的椅子旁堆起来的啤酒罐足够搭出一个完美的金字塔——有时候光底座就有八罐见方。有一次,我爹对雷大爷这种暴饮暴食、缺乏运动的新生活方式提出了批评。而雷大爷回答说:"规律的生活给了我一身癌症,我可不想再来一次了。"

我的疑似改邪归正三部曲
（以及失踪周末第三号）

  雷大爷第一次玩失踪时，我十五岁。他周五晚上没过来吃饭，周日一早也没来看球。他的电话整整五天无人接听。我爸去了雷大爷的住处，发现他整整一周没有开过信箱，以至于信件和传单都从信箱里溢了出来。他撬开了雷大爷公寓的锁，发现厨房水槽里堆满了发霉的盘子，冰箱里一瓶啤酒也没有剩下，答录机里有三条未读留言。我爸充分发挥了他那炉火纯青的追踪技术，三天之后，在圣马特奥的一场非法扑克赌局上堵住了雷大爷。

  六个月后，雷大爷又不见了。

  "我觉得雷又上演了一出《失踪周末》。"我妈对我爹咬耳朵说。这是我第二次听到我妈用这部一九四五年的老电影来为雷大爷的行动命名——那是雷·米兰德主演的一部劝诫世人的片子，我们在英语课上看过一次，我已经不记得为什么要看了，但我还记得我当时感慨道，一九四五年的花花世界和当代社会的腐败堕落比起来，真是很傻很天真啊。言归正传，就这样，我妈的说法就此沿用下来。而另一方面，虽然我并不知道在头两次失踪周末中，雷大爷到底干了些什么，但是在第三次，我却已经了如指掌。这就将话题带回到之前提到过的那份清单之中：

39

第一乐章:失踪周末第三号

虽说是"周末",但它实际上延续了十天。直到雷音讯全无的第四天,我们才着手展开调查。我父亲在前两次神秘失踪案中积累下来的电话号码们已经按照字母排列好,打印出来,整整齐齐地归档在他的抽屉里。我妈、我爹、大卫和我将这份名单平均分成四份,开始分头打电话询问。几轮电话之后,我们得知雷大爷正待在拉斯维加斯的亚瑟王之剑度假村暨赌场的385房间里。你可能听说过,有些狗在全家露营旅行时不慎走失,然后它们会忍饥挨饿口干舌燥一瘸一拐千里迢迢地摸回家和主人团聚。雷大爷可和它们不一样,当然了,雷大爷倒也会口干舌燥,但他似乎从未找对过回家的路。

我爹决定邀请我搭他的车踏上"公路之旅"。大卫其实也想去,但他当时正忙着填报大学志愿。就算我一开始有过一点"其乐融融父女行"的幻想,它也很快就灰飞烟灭了。事实证明,邀请我同行只不过是一堂有我爹妈特色的课后教育,而教育的内容是毒品和酒精的危害。

我爹在早上五点敲响了我的房门。按照计划,我们应该在六点整上路。而我却一直睡到了五点四十五。到这个钟点,我爹终于对一直没有动静的我起了疑心,于是便帮我制造出了一些动静——他把房门擂得山响,还伴随着中气十足的大吼:"你这懒虫赶快给我从床上爬起来!"我花十五分钟穿好衣服收拾停当,在我爸把车开动的那一刻冲到车前,像热血片里的动作明星一样蹿了上去。不过这副飒爽英姿在我系好安全带后就荡然无存了,因为我爹告诉我,算我走运,我刚刚侥幸逃脱了有史以来最严厉的禁足处罚。

我蒙头睡过了旅途的前四个小时,随后的两个小时里,我则一直在百无聊赖的切换广播电台,直到我爹说如果我再不停下来,他就扯下我的胳膊并用它打爆我的头。接下来我们花了三个小时来讨论斯佩尔曼事务所日程中那些尚未结案的案子。但我们默契地绝口不谈雷大爷的事,哪怕一分钟都没有。我们中途停下来简单吃了两口饭,刚过四点,便到达了拉斯维加斯。

* * *

无视门上高挂的"请勿打扰"的牌子,我爸敲响了亚瑟王之剑度假村385房间的房门。在我听来,这几乎要比早上敲在我们门上的声音更响几分。没有人回答,于是我爹设法说服了度假村经理帮我们打开房门。在房门打开的那一刻,一股绝对称得上"五味杂陈"的气味扑面而来,热情地迎接我们:陈年雪茄的臭味,放了好几天已然没有泡沫的啤酒味儿,还有呕吐物那种酸臭冲鼻的独特味道。幸亏经理识相地告辞,留下我和我爸独自面对这幕奇景。不得不说,这个房间里俗不可耐的仿中世纪风格装潢,以及雷大爷在房里的这种酒池肉林的糜烂生活,倒像是对亚瑟王宫廷恰如其分地表达敬意。

我爸把房间翻了个底儿掉,想通过一些蛛丝马迹获知雷的行踪。他从床头柜上捡起几片碎纸,翻找了垃圾筒,检查了衣柜,然后向房门走去。走到玄关时,他回过头来,看着我。

"我去找雷,"他说,"趁我不在的时候,你把这里收拾一下。"

"你说的'收拾'是什么意思?"我问道,希望得到他的进一步说明。

我爸用一种几乎像电脑程序一般冷硬刻板的声音回答了我:"收拾,动词。清理垃圾。挪走窗台上半空的啤酒罐,该扔哪儿扔哪儿。清空满得已经溢出来的烟灰缸。擦掉浴室地板上的呕吐物。收拾。"

这可不是我所期待的解答。"老爸,这年头儿每个酒店都有那么一项,叫做客房服务。"我也用一种指点迷津的语气说道。然而,我爸并不喜欢我的反应。他关上身后的门,又走回到屋里。

"你知道那些人的工作有多辛苦么?你能想象到他们每天要看到、闻到和摸到多少恶心巴拉的东西么?你对这些事有概念吗!"

我很擅长于对咄咄逼人的问题避而不答。于是我没有出声,让他继续说下去。

"你雷大爷是我们的烂摊子,"他说,"我们就必须要替他收拾,不管我们是否愿意。"说到最后一句时,我爸目光炯炯地看着我,随即离开了房间。我知道他是在告诉我,我自己的那些烂摊子同样需要收拾。那时候,我十六岁。虽然他的这堂课并非毫无冲击力,但是我并没有改邪归正。至少那时还没有。

第二乐章:夜宿门厅事件

眼看到了十九岁,其实我并没有什么大变化。我没有去上大学,而选择了全职为我爸妈工作。作为工作合同的一部分,他们重新装修了阁楼上的一个房间,让我搬了进去。鉴于我对斯佩尔曼侦探事务所来说仍然有使用价值,因此斯佩尔曼家也就一直容忍着我这个害群之马的存在。三年以来,我的罪行清单不断加长,而我的一些习惯,已如脱缰野马一般,再也不是我爸妈所能控制的。例如,经常深更半夜还在外面鬼混,以及回到家时醉得连钥匙都找不到。

我不太记得夜宿门厅的那天晚上到底是怎么回事了,只是恍惚记得我是跑去参加一个派对,而第二天早上十点必须上班。我走上门口台阶,翻口袋找钥匙,却发现口袋里空空如也。按照以往经验,如果我被锁在家门外面——在那年头,这还真不是小概率事件——通常有两条路可走:要么顺着消防梯爬到我自己的卧室,要么踩着房子后面的排水管去敲大卫的窗玻璃,因为他的房间是离地面最近的。可是呢，这个晚上消防梯没有搭出来，而大卫两年前就滚去大学住校了，所以他的房间窗子是锁着的。我权衡了一下我所面对的选择，觉得与在这个钟点以这种状态直面我爹娘相比，还是在门廊里打一宿地铺更靠谱些。

蕾小姐，其时五岁，在第二天早上发现了我，并且用一声尖叫报告了我的位置。"伊莎贝尔睡在外面呐！"当我妈站在我面前时，我终于悠悠醒转。她瞪着我，表情混杂着困惑和恼怒。

"你在外面睡了一整宿？"她问道。

"也不算一整宿啦，"我回答说，"我夜里三点才到家。"

我抓起被当做枕头的外套，大摇大摆走进屋子，爬了两层楼梯，走进我那阁楼上的房间。我栽倒在床，又埋头睡了三个小时。加上蜷在门廊上的时间，我一共睡了大概七个小时，这大大地超过了我当时睡眠时间的平均值。于是，醒来之后，我已然神清气爽，上了整整一天班。

当天晚上，我刚过十一点就回到家。这一次我带了钥匙，并用它打开前门。然而，门只打开了一条小缝，因为里面的安全链锁被别上了。我摇了几下门，试探链锁的结实程度，心里想着，这也许是我父母赤裸裸的"暗示"。正在这时，我妈走到门口，朝我"嘘"了一声，暗示我不要出声。然后她关上门，打开链锁，开门把我放了进去。

"轻点儿"，她一边说，一边挡住门，只留下一个小角放我进去。我从门缝里挤进去，顺着她的目光往地下看。蕾在那儿。在睡袋里缩成一团，抱着她的泰迪熊，睡得死死的。

"她怎么睡这儿了？"我问道。

"你觉得呢？"我妈没好气地反问道。

"我怎么知道？"我努力克制着不耐烦的语气，说道。

"因为她想和你一样，"我妈说，语气跟吃了枪药似的，"两个小时之前我发现她睡在门廊上，花了二十分钟好说歹说才把她哄到门厅里来睡。不管你乐不乐意,你已经成了她模仿的对象。因此,请你别再酒后驾车,别再跟屋里抽烟,别再成天骂骂咧咧。如果你醉得连通向你房间的台阶都爬不上去,就干脆不要回来过夜。请你做到这些,就当是为了我,啊不,为了蕾。"

我妈心力交瘁地转过身去,走上楼梯,回她的卧室去了。那个晚上确实改变了我。为了不让蕾有样学样地变成一个我这样的兔崽子,我做了我所应该做的。然而,我妈所定的标准毕竟太低了。我仍然是我,我仍然是个麻烦。

第三乐章:鞋子失踪事件

在睁开眼之前,我就意识到有些不对劲。我能感觉到头顶上有小风吹过,也能听到一台屋顶吊扇在嗡嗡作响。这使我自然而然地意识到,我并不是在我自己的床上,因为我房间里并没有吊扇。我没有睁开眼睛,试图把对于昨天晚上的零散记忆拼凑成一幅完整的画面。随即,我听到手机铃声和低低的呓语声——人类的,男性人类的呓语声。铃声——具体来说是婉转的鸟叫声——来自我的手机。而发出呻吟的那个人,一定是我昨天晚上遇见的,虽然我已经不能告诉你是在哪里遇见的了。我当时只有一个想法:如果不能在铃声把他吵醒之前找到手机,我就不得不半尴不尬地和他闲扯了,可我现在可没心情闲扯,因为当我睁开眼睛,从床上坐起身来,我的头就开始剧烈地抽痛起来。强压下眩晕感,我跌跌撞撞地穿过房间。这屋子简直就是个猪窝,但我没空去关心这些。我在一堆衣服下面找到了我的手机,按掉声音。我这才看到屏幕上显示的是**大卫·斯佩尔曼**的名字,于是按下接听键,走到玄关。

"喂?"我压低声音说道。

"你在哪儿呢?"他却完全没有压低声音。

"在一咖啡馆待着呢。"我回答说,希望以此为借口,打消他对我压低声音说话的怀疑。

"那倒有趣,你不是应该在十五分钟之前就出现在我办公室的么?"他怒气冲冲地说。我就知道!我就知道除了之前十二个小时里发生的事,我还忘记了其他什么事情!我应该在早上九点去见柴勒公司人事部的头头拉瑞·穆伯。柴勒是个制药公司,想把他们公司的背景调查工作外包出去,而大卫有时会把他律所的客户介绍给我们。虽然那时我已经二十三岁了,但通常这种大买卖轮不到我头上。但穆伯是临时打电话来约我们见面的,没有其他的时间可选,而爸妈又都去出差了。我猜他们可能曾试图把这事托付给雷大爷,但一般来说,我大爷每天早上不到十点绝不起床,况且他那"失踪周末"的毛病,又像流感或皮疹一样说犯就犯。

虽然我对以往捅过的大小娄子都毫不为耻,但是,把能让家里每年增加几十万美元收入的大好机会搅黄,这罪名不但是我,连我爹妈都承受不起。我嗖地飞奔到路人甲房间的另一端,以堪比奥运选手的速度拢过衣服往身上套。正在我已经开始为我的职业生涯做打算的时候,我突然发现,我那双蓝色运动鞋,有一只不见了——而另一只却已然在我脚上套着了。

我像拉齐奥·里佐①一样一瘸一拐地走在密星街上。我一边颠颠又倒倒,一边猛打小算盘,想着如何能洗个痛快澡,两只脚都穿上鞋后再出现在客户面前。不过这大早上的还不到九点钟,让我上哪儿找双新鞋去呢,何况我已经没有时间了。我翻了翻钱包,发现里面只有一张价值三美元的湾区捷运的车票。我趿拉着脚走下二十四街和密星车站那遍地尿渍的台阶,开始考虑用什么措辞来向我哥赔不是。

---

① 译者注:拉齐奥·里佐,第42届奥斯卡最佳影片《午夜牛郎》的主角,由达斯汀·霍夫曼扮演,以坑蒙拐骗为生的瘸子。

45

在与我哥打过那通电话的三十分钟后,以及与穆伯约好的会面时间的十五分钟后,我终于到了赛特街331号的第十二层。我有必要说一句,此时的大卫,已经是芬奇—格雷森—斯蒂尔曼—莫里斯律师事务所的合伙人。高中毕业后,他进了伯克利,毕业时以优等生的成绩拿到了商科和英文双学位。随后他在斯坦福的法学院读研。我猜就是法学院这个地方抹杀了大卫的同情心。在研二时,大卫被芬奇—格雷森招入门下。就在那时,他终于明白,并不是所有家庭都像我家那样,而表现出众绝非罪过。一言以蔽之,大卫发现我变成这德性并不是他的错,于是便断然戒掉了他那设法补偿我的习惯。

为了神不知鬼不觉,我从后门溜进了芬奇事务所,暗暗希望大卫能在接待室把穆伯稳住,这样我就可以在被拎到他面前之前先把自己捯饬得干净一点。我在迷宫一般的走廊里横冲直撞,想回忆起大卫办公室的准确位置,结果倒是他先发现了我,把我拽进一间会议室里。

"我可不信你会穿成这样去泡咖啡馆。"大卫说。

我意识到自己看起来可能比想象中的还要吓人,于是准备坦白从宽。"我没在咖啡馆。"

"还用你说么。他叫什么?"

"不记得了。穆伯呢?"

"他要迟到一会儿。"

"来得及让我回趟家冲个澡么?"

"来不及,"大卫回答说,低头看向我的脚,然后用一种毫不掩饰的低沉而嫌弃的声音说道,"你只穿了一只鞋。"

"我得来瓶可乐。"我只这么回答。头晕劲儿又上来了。

大卫没有说话。

"百事也行啊。"我退了一步。

大卫拎起我的胳膊,沿着走廊把我一路拽下去,穿过走廊,进了男厕所。

"我不能进去!"我抗议道。

"为什么?"

"因为我是一女的,大卫。"

"现在看来,我甚至不能确定你到底是不是人类。"大卫一针见血地回击道,同时不由分说把我拽了进去。一个西装革履的哥们儿正站在小便池前。他一边撒完最后几滴尿,一边伸长耳朵偷听我们最后几句对话。

大卫转向那个正忙着拉上裤子拉链的男人,"实在抱歉打断了你,马克。我得教教我这二十三岁的亲妹妹如何洗脸。"

马克不自然地笑了笑,逃出了厕所。大卫把他的手放在我肩上,把我推到镜子跟前。

"要见生意伙伴,可不能打扮成这样。"

我鼓足勇气,看向镜中的自己。我的眼妆化得一塌糊涂,糊了个大花脸;我的头发打着绺儿瞎成一团,有一边完全翘起来;我的衬衣扣子完全扣错了位置,看起来就好像我穿着它睡了一宿,而实际上确实如此。然后就是我那只穿着一只鞋的问题了。

"把自己收拾利落,我去去就回。"大卫说。

我没有要求换到女厕所,而是直接按照他的要求做了。我把脸上的残妆和脏东西洗干净,对着水龙头咕嘟咕嘟喝了一顿,然后退到隔间里,以免再和大卫的同事们来个正面接触。在我躲在隔间里等大卫回来的这段时间里,至少有两个男人进来方便。我开始幻想大卫会不会突然良心大发,给我带回一罐冰可乐。

"开门。"大卫敲了敲我隔间的门,说道。我从他的语气和敲门的力度中,听出他并没有带可乐来。我打开门,大卫递给我一件新浆过的三十八号男式牛津纺衬衫,以及一瓶强力清新剂。

"穿上,"他说,"快点,穆伯在我办公室等着了。"

从隔间出来时,我看到一双女式高跟凉鞋在地上静静等着我。

"你穿七码,没错吧?"大卫问道。

"不,九码。"

"没差多少。"

"你从哪儿搞来的?"

"我秘书的。"

"你不是很擅长诱骗女人脱衣服嘛,怎么不让她把一身打扮都脱下来给我啊。"我怂恿道。

"能倒是能,可惜你那大屁股塞不进她的衣服。"

我们合力把我用这一堆东拼西凑的服饰捯饬了一番,一致认为虽然这身打扮让我看起来毫无时尚感和吸引力可言,但至少不再像个不靠谱儿的醉鬼了。离开男厕所,夯着胆子走向会面场所时,大卫把他的古龙水往我身上喷了喷。

"哎呀真好,现在我闻起来像你一样了。"

"但愿吧。"

拉瑞·穆伯自己也并非什么时髦人士,所以我怀疑他不会对我那身蹩脚的装扮做任何评价。大卫的秘书只穿着袜子走进办公室,问大家是否需要饮料,于是我终于如愿得到了我的可乐。会谈进行得很顺利:我向穆伯解释了把背景调查业务外包会有什么财政上的优势,并且向他详尽介绍了我家事务所在这一领域的丰富经验。我其实很善于说服家族以外的人,因此穆伯对我深信不疑,甚至完全没有注意到我绿汪汪的脸色和红彤彤的眼睛。

我把那双七码的高跟凉鞋还给了大卫的秘书,大大感谢了她一番。换回我那皱了吧唧的衬衫,不情不愿地把那只硕果仅存的运动鞋扔进了垃圾桶。

"大卫,能借我几块钱打车么?"我指了指自己的一双光脚,试图骗取他的同情。大卫已经坐在办公桌后埋头工作了,他抬起头,冷冷地看着我,伸手从裤子后兜里掏出一张二十块的钞票,推到桌边,然后继续低下头写他的辩护书。

"呃,那个,多谢了。"我收起那张票子,说道。一边朝门口走去,一边又补上了一句:"我一定会还给你的。"我几乎已经逃出办公室,但就在这时,大卫给了我致命一击。

"永远别再让我看到你现在这副德性。"他慢慢地、字斟句酌地说道。我知道,这并不是一个建议。

然后他命令我离开,我照办了。就在这一刻,我突然意识到,大卫一直在我这个头发灰扑扑的害群之马面前所扮演的那个鬓发如墨的金童形象,并不像我所想象的那么美好。我突然意识到,在我朝邻居院子里扔臭鸡蛋的时候,大卫从来没有机会亲自尝试。叛逆和捣蛋是青春期必不可少的一部分。但永远在替我收拾烂摊子,试图替我弥补的大卫,却因此错过了这一阶段最为重要的仪式。结果,他成了模范儿子,而他唯一的弱点就在于,他不知道如何才能变得不完美。

❖

这世上有一种奇迹一般的浪子回头,通常是在神明代言人的当头棒喝下幡然醒悟,然而这却是十分罕见的,罕见得简直惹人怀疑。而我的改过自新,虽然远远没有到达奇迹的程度,却是实打实地做到了。没错,也许你仍然会看到我穿着皱巴巴的衬衫,或者喝得有点过火,或者蹦出几句污言秽语,但是你再也不会看到我制造一堆麻烦去让别人摆平。这恶劣的习惯,被我突然之间毅然决然地戒掉了。

最初,"似乎改邪归正了的伊莎贝尔"带来了强烈的怀疑,这几乎刺激得我破罐破摔。我妈坚持认为我是在搞什么不可告人的阴谋,拿出科学家的怀疑精神,来质疑我的动机。而我爹在至少两个礼拜的时间里,翻来覆去一刻不停地念叨着,"直说吧,伊莎贝尔,你到底想怎么样?"而雷大爷却表现出发自内心的关切,并且建议说吃点儿维生素可能会有助于我恢复正常。事实上,在一开始的几周里,新伊莎贝尔所激起的敌意甚至比老伊莎贝尔更甚。但是我知道,获得信任只是时间问题。而当这一天终于到来,大家伙儿都如释重负时,我几乎感到了他们集体大大地松上口气所吹起的那阵拂面微风。

讯　问
第二回合

　　我们这一行的神话色彩是无法撼动的,在我们的文化氛围里,关于侦探行动的种种故事几十年来一直为人所津津乐道。然而神话并不都是基于事实的。关于私家侦探的真相是,我们并不能解决案件。我们调查案件,我们把零散的证据串联起来,也许能得到寥寥几个惊人的发现。我们只是为那些其实答案已经揭晓的问题提供证据。

　　而斯通警督却和我们不同。他真的要揭开迷雾。并不是犯罪小说里那种条理分明的案件,而是真正的迷雾。

　　斯通低下头翻看他的记录,避免与我有眼神上的接触。我不知道他是只对我这样,还是对所有人都是如此,似乎这样就可以把他们的痛苦屏蔽于自己的感知之外。

　　"你最后一次见到你妹妹是什么时候?"斯通问道。

　　"四天前。"

　　"你能对我描述一下她的情绪么？以及你们交谈的具体内容?"

　　我把所有事情都记得清清楚楚,但那似乎毫无帮助。斯通完全问错了问题。

"你有线索了么?"我问道。

"我们在进行全面调查。"斯通回答说。真是标准的警方回答。

"你和斯诺家的人谈过了么?"

"我们认为此事与他们无关。"

"难道不值得去查一下?"

"请你回答我的问题,伊莎贝尔。"

"你为什么不先回答我的?我妹妹都失踪三天了,可你们却仍然全无头绪。"

"我们在尽力而为,但你必须要配合我们。你要回答我的问题,明白么,伊莎贝尔?"

"明白。"

"我们得谈谈蕾的事情。"斯通用几乎低不可闻的声音说道。

我觉得确实是时候了。其实,我已经拖得够久了。

蕾·斯佩尔曼

蕾早产了六周，被从医院抱回家时只有四磅重。很多早产儿日后的个头儿都无异于他人，但蕾不是，她在同龄人里永远显得那么瘦小。她出生时，十四岁的我决定无视一个小婴儿从天而降来和我抢地盘这个事实。在她出生后的第一年中，我一直把她称呼为"它"，就好像她是我家新添置的一个物件，比如台灯或者闹表什么的。我提到她时一般会用这种措辞："你能把这货弄出去么？我要学习了。"或者"这货的静音键在哪儿？"没有人觉得我这种把她当东西的说法很有趣，其实我也一样。我一点也不觉得有趣。我满心害怕这孩子长大后，成为一个堪比大卫的完美儿童。不过我很快就发现，蕾和大卫完全不同。虽然……她也是一样的与众不同。

蕾，四岁

我告诉她，她是个意外。那是一天的晚饭过后，她没完没了地问我这一天过得如何，刨根问底了足有二十分钟。我很累，或许还醉醺醺的，实在没心情被一个四岁小丫头盘问个底儿掉。

"蕾，你知不知道你纯属意外？"

"我是吗？"她咯咯咯地笑起来。那是她当时的习惯，如果遇到什么不能理解的事情，她就会笑。

我妈轻车熟路地投给我一个冰冷眼神,开始进行灾后心理干预。她解释说,有些孩子是经过计划和准备才来到世上的,而有些则不是,等等等等。看起来"有计划地要孩子"这个概念比"纯属意外"更让蕾困惑,而且她很快被我妈那废话连篇东拉西扯的啰嗦给弄烦了。

蕾,六岁

蕾求了我们三天,请我们同意她参加一次监视任务。她的哀求如黄河之水泛滥一发不可收拾,而且如丧考妣惨烈异常。只要她睁开眼,就会一刻不停地上演种种戏码,比如双膝跪地,绞紧双手,一声紧似一声地哭号"求——求你们啦!!"就连我爸妈,也终于招架不住了。

她当时六岁。我再重申一遍,六岁。当我爸妈告诉我,蕾会在第二天和我们一起去监视皮特·扬斯多姆时,我的第一反应是他们都烧坏脑子了。我老妈显然如此,因为她大叫着"有本事你试试!你自己试试整天听她那么磨着你!!我宁可让人把我的一片脚指甲慢慢拔出来,也不愿意再受这份活罪了!!"我爹在一边附和道:"两片也行啊。"

那天晚上,我教给蕾如何使用无线电。我爹好几年没换新设备了,所以虽然这无线电还很好用,但它几乎有蕾的整条胳膊那么长。我把这个五磅重的电子设备塞进蕾的史努比双肩背包里,又往里放了几个水果卷、一些包好的奶酪和饼干,以及几本《天才宝宝》杂志。我把对讲话筒从背包口拽出来,夹在她的大衣领子上。我还交给她如何从书包拉锁探进手去,调整无线电的音量大小。这样,她想要说话的时候,就只要按下对讲话筒上的开关就可以了。

我们大概早晨六点时在监视对象家门外开始了监视行动。蕾五点就醒了,刷了牙,洗了脸,穿好了衣服,然后在门口从五点一刻坐到了差一刻六点,直到我们其他人都准备好出发。我爹说我应该以她为榜样。我们的监视用面包车停在对象家三户开外的地方,在车里待命时,我和蕾再次调试了设备,并且复习了使用无线电的流程。我提醒她,如果不得到爸妈的许可就横穿马路,会受到惨无人道的惩罚。蕾的小脑袋无法想象出那会是什么状况,于是我妈向她重申了过马路的规则。

在她的第一次任务中,蕾一丝不苟地遵循了每一条指令。我通常是打头阵的,用实际行动向蕾传授监视的基本规则。你当然可以根据一本"如何有效地监视"行动指南来邯郸学步,但那些最适合这一行的人,都向来遵循自己的直觉。谁也不会惊讶于蕾是个好苗子,我想我们都猜到了,只不过没有想到她这么快就融入了工作而已。

午饭时分,街上的行人骤然增多,影响了视线,于是我缩短了对扬斯多姆的跟踪距离。当时我离他不到十英尺,他突然出人意料地来了个一百八十度转身,朝着我的方向快速走了过来,与我擦肩而过,在撞到我的肩膀时,低低地说了一声"抱歉"。我与他打过照面,不能再打头阵了。蕾当时在我身后十码开外,而我爸妈在她后面不远。蕾在爸妈之前便发现扬斯多姆突然掉头走过来,于是迅速蹲在路边的脚手架下,没有被他看到。而我爹妈正忙着盯着他们那六岁的宝贝女儿,结果直到监视对象走到他们跟前才回过神来。蕾意识到她已经是硕果仅存的打头阵人选了,于是便通过无线电提出了请求。

"我可以去么?"蕾盯着慢慢消失在视线之外的扬斯多姆,恳求道。

在我妈回答之前,我听到无线电里传来一声她的叹息。"……去吧。"她迟疑不决地说。于是蕾出动了。

那个男人比蕾高了足足两英尺,因此蕾得跑起来才能勉强跟上他那轻快的脚步。当监视对象左转沿蒙哥马利街向西走去时,我妈发现她找不到蕾的踪影了。她通过无线电呼唤蕾的名字,我从她的声音中听到了一种惊慌。

"蕾,你在哪儿?"

"我在等红灯变绿呢。"蕾回答说。

"你能看到监视对象么?"对蕾的安全放下心来,我问道。

"他进一个大楼去了。"她说。

"蕾,不要过马路,等着我和你爸爸过去接你。"我妈说。

"但是他要走掉了啊!"

"不要动。"我爹更加斩钉截铁地说道。

"那个大楼什么样?"我插嘴问道。

"很大很大,还有好多窗户。"

"你能看到上面的门牌号码么,蕾?"我问道,然后又换了一种说法,"就是数字,蕾。你看到上面有数字么?"

"我离得不够近,看不清。"

"不许过去,想都别想。"我妈重申道。

"有个牌子,是蓝色的。"蕾说。

"上面写的是什么?"我问。

"M-O-M-A。"蕾慢慢地一个字母一个字母地拼出来。这可真是一件不折不扣荒唐透顶的事情:我家小妹妹连单词都还不认识,就开始执行监视任务了。

"蕾,妈妈马上就去街角接你,你千万别动。伊姿,咱俩在现代艺术博物馆(MOMA)门口碰头。"我爸爸说道。于是我突然意识到,这还是我们一家子人头一次一起去博物馆呢。

自那天开始,蕾在不耽误上学和睡觉的情况下参加监视任务,就完全不是什么新鲜事了。

蕾,八岁

蕾和大卫整整差了十六岁。她两岁时,她的大哥哥就搬出去住了。虽然他就住在附近,但毕竟不能像我这样与蕾朝夕相处。他的与众不同之处在于,他会买最贵的生日礼物和圣诞礼物给蕾,除此以外,他还是全家唯一一个不随便支使蕾的人。他回来吃晚餐的次数简直赶得上太阳从西边出来,而就在这么一次晚餐中,蕾向大卫问了一直萦绕在她心头的问题。

"大卫,你为什么不为爸爸妈妈工作呢?"

"因为我想做别的事情。"

"为什么?"

"因为我觉得法律很有趣。"

"法律好玩吗?"

"我觉得用'好玩'来形容它可能有点不恰当,但它无疑很吸引人。"

"那你干吗宁可做不好玩的事,也不做好玩的事呢?"

大卫觉得他无法在不触怒爸妈的前提下,直截了当地向蕾解释他为何离开我们的家族事务所,于是他采取了迂回战术。

"蕾,你知道我能挣多少钱吗?"

"不知道。"蕾意兴阑珊地答道。

"我每小时能挣三百块。"

蕾看起来完全摸不着头脑,于是她问了一个在她看来明显不过的问题,"谁会付那么多钱啊?"

"很多人。"

"很多人是谁?"蕾步步紧逼,似乎希望自己也能遇到这么个冤大头。

"那是商业机密。"大卫回答说。

蕾把这个新信息咀嚼了很久,然后满腹狐疑地问道,"你到底是干什么的?"

大卫想了半天该怎么回答这个问题,"我……和人谈判。"蕾仍然是一脸茫然,于是大卫问道,"你知道什么是谈判吗?"

蕾用迷惑的眼神看着他。

"谈判其实是日常生活的一部分。有些谈判是被默认的,比如你去商店里,给店员一块钱,换来一块棒棒糖,买卖双方都本能地认可这个交易。但你随时可以对店员说,'我给你五毛钱,来买这块标价一块的糖。'而他可能会答应,也可能会拒绝。这就是谈判,它是让不同利益方能够最终达成一致的途径。你明白了么?"

"差不多吧。"

"你想现在试试如何谈判么?"

"行啊。"

大卫想出了谈判的内容,"让我想想,"他说,"我想让你去理个发。"

蕾上一次进理发店已经是一年多以前的事情了,因此这已经不是家里人第一次向她提出这种要求。但每次要求都会收获同一个与初衷南辕北辙的结果——蕾会自个儿给自个儿剪个头。那参差不齐的发梢和狗啃的一般的刘海在我看来都实在扎眼,而在我哥这种讲究打扮的公子哥儿看来,蕾的头发简直是赤裸裸地侮辱他的审美。

我妹早就烦透了被人用理发这件事骚扰,她断然拒绝道:"我——不——需——要——剪——头——发。"

"如果你肯去理发,我就给你一块钱。"

"如果你肯闭嘴,我反过来给你一块。"

"五块。"

"不。"

"十块。"

"就不。"

"大卫,我并不认为这是个好主意。"我妈插嘴道。

但这是大卫的工作,不达到目的他就没法停下来。"十五块。"

这一次,蕾在回答之前短暂地顿了一下,"不。"

大卫闻到了犹豫的味道,于是使出了必杀一招,"二十块,你不必剪太多,把发梢修修就行。"

而我妹却表现出了讨价还价的超凡天赋,老练得不像一个八岁的孩子,"那谁来出理发的钱?最少要十五块钱呢。"

大卫转头看向我妈,"妈,你说呢?"

"这是你的谈判,我不管。"我妈说道。

大卫又转向蕾,准备出最后一招。

"给你二十块,再帮你付理发费十五块。成交不?"大卫问道,隔着桌子向蕾伸出手去。

蕾看向我,想在握手之前先等我点头赞同。

"你忘了小费的事了,蕾。"

蕾倏地抽回手,又转向我这边,"小费?"

"没错,"我回答说,"你得给理发师小费。"

"哦。那小费怎么办?"蕾对大卫说。

大卫飞快地向我投来一个咬牙切齿的眼神,并且在这一刻,从循循善诱的老大哥变身成冷血无情的律师。"总共四十块,爱要不要,不要拉倒。"

蕾又朝我看来。我知道大卫的耐心已经消磨殆尽了。"接着吧,蕾。他要走了。"

蕾伸出手去,他们郑重地握了握手,表示交易达成。她摊开手,等着那笔从天而降的横财。把四十块钱递给蕾时,大卫看起来非常高兴,因为他终于可以教给他的小妹妹一些他的工作内容了。

关于谈判的一课简直让蕾永世不忘,她发现就连梳妆打扮这么简单的事情,都可以通过谈判给自己换来好处。在她十岁那年的前半年里,每一次让她刷牙、洗头或洗澡的努力都会伴随着金钱交易——准确地说,钱是从我们手头流到她口袋里。经过一次简短的家庭会议,我爸妈和我达成共识:必须要快刀斩乱麻地把蕾的这个臭毛病扼死在摇篮中,并且做好一切善后工作。三个星期后,

59

蕾终于意识到，洗自己的头发不是一种赚钱的营生。

蕾，十二岁

在蕾上七年级的那个冬天，她有了一个敌人，是一个名叫布兰登·惠勒的男孩子。他们冲突的根源，至今仍然不得而知。和我一样，蕾十分注意保护自己的隐私。我所知道的，只是布兰登在那年秋天转到蕾的学校，并在一个星期之内成了班上最受欢迎的风云人物。他擅长体育，各科学习都很拔尖，而且长着细皮嫩肉的一张脸。

蕾原本和他相安无事，直到有一天，杰里米·舒曼在课上大声朗读《哈克贝利·费恩历险记》中的一段时，布兰登惟妙惟肖地模仿了杰里米的结巴。全班笑翻了天，这更鼓舞了布兰登，使他决定将模仿小结巴杰里米列为保留节目。布兰登并不是第一次模仿别人，他先前模仿过一个大舌头的红头发男孩儿，一个戴角质框眼镜、腿脚不利索的女孩，以及一个斜眼老师，这些都并没有冒犯到蕾。而杰里米甚至算不上蕾的朋友。但不管出于什么原因，布兰登的举动让她不爽了，于是她决定给这件事画个句号。

蕾的第一次进攻是打印了一封匿名信，写着"离杰里米远点，否则你会非常，非常，非常惨。"就在第二天中午，蕾刚好撞见惠勒在午饭时分把舒曼堵在墙角，很明显他认为威胁者就是受害者本人。于是蕾决定打开天窗说亮话，而惠勒便在全学校宣扬说蕾和杰里米是一对儿。这让蕾大发雷霆，她一边保持冷静，一边开始计划复仇行动。我不知道我妹是从哪儿搞到的情报，但她反正是发现了布兰登并不是十二岁，而是十四岁，而且还重读过两次七年级。当老师又一次夸奖布兰登成绩出色时，蕾让全班同学都恍然大悟，这只是因为一回生二回熟，而不是他有多聪明。

我妹和那个十四岁的七年级学生小小地斗过几次嘴，但布兰登很快就发现,语言是蕾最为擅长的武器,于是他转而借助他唯一熟知的武器。虽说我妹是我所知道的姑娘里内心最强大的一个,但她毕竟随我妈,在十二岁时,还不到一米四五高,将将八十斤重。她倒是跑得很快,但有时候她根本没有机会跑。当我看到她腕子上毫无疑问是被"火蝎子"掐出来的红印时,我问她要不要交给我来处理,蕾拒绝了。而当她带着熊猫眼回家,声称是在躲避球游戏中不小心被砸到了时,我又问了一遍。蕾坚持说她自己可以搞定,但是我感觉到,这种没完没了的恃强凌弱快把她弄垮了。

某一天,我刚从佩特拉家里接上她,准备一起去看场电影,我的电话响了。佩特拉接了电话。

"喂。不,蕾,我是佩特拉。嗯,你的自行车怎么了?好的,我们离得不远,当然可以。拜拜。"佩特拉挂断电话,"我们得去你妹学校接她。"

"她的自行车怎么了?"

"她说骑不了了。"

我们五分钟后就开到了学校。蕾坐在校门外的草地上,她的自行车横尸在她面前,四分五裂——那是一辆五百块钱的山地车,是大卫送她的生日礼物。我看到几个男孩子远远站着,嘻嘻哈哈地嘲笑她的损失。蕾让我打开后备箱,佩特拉帮她把自行车的残骸捡到一起,放进后备箱里。蕾跳进车后座,掏出一本课本,假装看了起来。我能看到她的眼里闪着泪光,但我真的不敢相信。要知道,自从她八岁时哭过一次以后,我就再也没有见她哭过。可那次是因为她在铁丝网上把胳膊钩破了个大口子,流了很多血,伤口完全惨不忍睹。

"蕾,求你了,让我来处理吧。"我说道,急不可待地想把这件事摆平。我们在一片死寂中坐了几分钟,她抬起眼来,看向那群男孩子,看到了那其中得意洋洋地向她挥着手的布兰登。那成了压断骆驼背的最后一根稻草。

61

"好吧。"她轻轻地说。我走出车去。

我气势汹汹地穿过操场走向那群祖国的明天时,心里暗暗盘算我这出以大欺小的恶霸戏该演到什么份上。我很知道如何让自己看起来凶神恶煞(至少是个凶婆娘),因此我故意走得很慢,却又气势沉雄,虽然我心深处暗暗希望的是,在我走得太近之前,能有几个孩子跑掉。三个孩子听到了我心中的祈祷,识相地跑开了,还剩下四个。其中最高最壮的就是布兰登,而一米七二的我,至少要比他高八公分,重十五磅。我有十足的信心搞定他,但如果所有的四个男孩子都赖着不走的话,我可不能保证结局会演变成什么样。贴心的佩特拉就像是读到了我脑中所想,打开车门走了出来,斜靠在副驾驶位的门上,从屁兜里抽出一把刀子,开始漫不经心地用它削指甲。太阳在刀刃上反射出点点寒光,于是在我走到布兰登面前时,其他几个孩子都决定趁早回家。事实上,连布兰登是这么想的。

"你,给我站住。"我开口道,遥指我的目标。布兰登转过身,硬生生冲我挤出一个冷笑。我逼得更近,让他的背紧贴在一道铁丝网上。

"把你脸上那傻笑给我收起来。"我从牙缝里挤出一句话。

他的假笑消失了,态度却没有收敛,"你能拿我怎么着?打我一顿?"

"还真让你说着了,我就是要打你一顿。我块头比你大,劲儿比你大,火气也比你大,还比你下手更黑。何况我有帮手,你没有。如果让我猜我们打起来谁会赢的话,我一定押我自己一注。"

"有什么大不了?我们就是开开玩笑嘛!"布兰登虽然嘴硬,却掩饰不住他的紧张。

"开玩笑?有趣了。你觉得毁坏他人财物很好玩么?熊猫眼很好玩么?欺负一个块头只有你一半大的女孩子很好玩么?哎呀,那我们可要好好地玩儿一场了。"我揪起他的衬衫领子,反拧过去,把他按在铁丝网上。

"对不起。"他惊恐万状地小声说道。

"真的吗?"

"是的。"

"你给我竖起耳朵听好了,"我也压低声音说道,"如果你再敢动我妹妹或者他的东西哪怕一指头——哪怕你再敢用不三不四的眼神看她——我就废了你。懂了么?"

布兰登忙不迭地点头。

"说'我懂了'。"

"我懂了。"

我松开握紧他领口的手,让他滚蛋。布兰登连滚带爬地跑了。他会长记性了,我对我自己说。

回到车里,佩特拉建议去街角幼儿园那边找几个小瘪三打一架泻火。我从后视镜里看着蕾。

"你还好吗?"

蕾看着我,眼里完全看不到泪水。然后她开口问道:"我们能去吃冰激凌么?"

就好像什么事情也没有发生过。

* * *

我倒希望事情就这样结束了,可惜它并没有。布兰登哭着跑回家去向他爹告状,他爹立刻打电话给我爸妈,控告我攻击他人。当我和蕾举着冰激凌蛋筒回到家时,我爸妈已经接到了惠勒先生的第一轮威胁电话。他们那种严厉的表情让我刹那间觉我又回到了那段荒唐虚度的少年时光。我敢肯定,他们也在暗暗嘀咕是不是以前那个不肖女伊莎贝尔又回来了。我爸建议我们在办公室里单独谈谈,并且让蕾去看电视。

当然喽,蕾没有去看电视,她趴在门外(虽然我爹把门锁上了),偷听我们在说什么。

"伊莎贝尔,你到底是怎么想的?"

"相信我,换成你,也一样会这么干。"

"你扬言要杀掉一个十二岁的孩子。"

"首先,他十四了——"

"那也是孩子——"

"——而且我并没有扬言要杀掉他,我只说要废了他。这两个有本质差别,你懂的。"

"你是有什么毛病吗!"我妈吼道。

"这是你这些年来干过的最不计后果、最不可理喻的事了!"我爹也尖叫道。

这时蕾开始用巴掌拍门,用尽全力喊道:"别骂她!"

我妈隔着门吼回去:"蕾!看你的电视去!"

蕾接着在门上拍着,声音是那么响,仿佛她不是拍,而是用全身往门上撞一样。"我不!别骂伊莎贝尔!开门!"

我爸叹了口气,把蕾放了进来。蕾开始为我求情,而我却没屈服,因为我的脾气太倔了。我爸不得不把他的怒斥降格为这样一句话:"以后这种事放着让我们来,伊姿。"

为了护犊子,我妈简直可以无所不用其极,哪怕是违反道德准则也在所不惜。我妈出面处理了惠勒家对我攻击他人的指控,这主要是因为,她简直有一双雷达扫描眼,能一眼看出对方的死穴命门。如果说我有什么未经筛选直接遗传自她的本事,我想就是这一点了。

奥莉维亚女士检索了惠勒先生的民事诉讼记录,发现他名下有一串性骚扰指控。这激起了我妈的好奇心,于是在接下来的整整一个星期里对他进行了非正式的跟踪,发现他和一个情妇勾勾搭搭,并拍了几张关键性的照片。随后,我妈在他上班路上必经的一家咖啡馆里截住了他。我妈建议他撤销对我的指控,惠勒说不。我妈出示了那些照片,再次重复了她的建议,并且补充说,她希望能在这周之内给蕾换一辆自行车。惠勒称呼她为臭娘儿们,不过指控却在当天下午便被撤销了,一辆新自行车也在周五时被送了过来。

　　蕾从没有忘记,我在那一天为她做了什么。然而,我必须要跟你们说清楚,蕾用来表示忠心的方式,与绝大多数人所习惯的截然不同。她并不吝于说她爱我们,但她绝不会通过画在贺卡上的一颗软乎乎的小桃心来表达。她只是指出事实,让你自己去琢磨。有时候,似乎蕾的生存目的就是取悦我父母,甚至是取悦我。但这通常只会把我们领入一种虚假的安全感。一旦与她自己的计划相左,蕾对取悦他人的爱好就会刹那间荡然无存。然而,又有些时候,她是如此遵循我们的指令,那种盲目的忠诚简直仿佛一只受过良好训练的狗。

如何避免被拐骗

　　蕾十三岁那年,我们那儿的媒体开始像播送天气预报一样没完没了地播报儿童拐卖案件。但就数量来说,这确实使诱拐案较往年有了一定的下降。然而,媒体这种危言耸听的密集报道搞得所有学龄儿童的家长杞人忧天,担惊受怕,惶惶不可终日。甚至就连我家那老两位,都被报道给忽悠了。

　　每当退休特工查尔斯·曼宁出现在六点的整点新闻里,教给大家如何防患于未然地预防儿童拐骗,我爸妈就拿个小本儿边听边记,并且决定把其中唯一一条他们没使用过的方法——更改作息时间——也付诸实践。他们要求蕾把生活习惯抛到脑后,把日常作息彻底打乱,变成一个飘忽不定难以捉摸的移动靶子。

　　想要了解个中差别,我得先告诉你她以往的早晨是怎样度过的:她八点钟迷迷糊糊爬出被窝,刷个牙,出门时随手抓一块果酱馅饼,骑自行车去学校,在八点半踩着铃声钻进教室。而在周末,她不到十点绝不起床,然后花一个小时来做一顿甜得齁死人的高糖早餐。

她在周日晚上接到了我爸妈的指示。于是从第二天一早开始,蕾彻底换了一种全新的作息规律。

周一

蕾早上六点钟醒过来,慢跑二十分钟,然后冲个澡。蕾不喜欢慢跑,更别提洗澡了。她喝一杯高钙橙汁,吃一碗玉米片,然后走着去上学,足足早到三十五分钟。

周二

蕾定了七点半的闹钟,但闹铃一响她便按掉了它,然后继续赖了四十五分钟。她在八点一刻爬出被窝,晃晃悠悠地走下楼梯,走进厨房,开始从头准备做一个巧克力脆片薄煎饼。

虽然我的房间里也有家什齐全的厨房,但我通常是在一觉醒来走下楼梯,拿起我爸妈的咖啡喝,顺走他们的报纸看。我冷眼观察蕾的一举一动,发现她是真的不紧不慢,于是便向她指出一个明显的事实。

"蕾,已经八点二十五了。"

"知道。"

"学校不是八点半上课吗?"

"我今天要迟到。"蕾漫不经心地说着,舀起一勺煎饼面糊糊摊在平底锅里。

周三

早上八点十分,我走进厨房。蕾给我倒了一杯咖啡,把报纸递给我。

"快点看,"她说,"你得开车送我去学校。"

"你不觉得你玩得有点儿过了吗,蕾?"

"不觉得。"她一边说,一边咬了一口苹果。

上一次我看到蕾吃苹果时,那可怜的苹果被打成稀泥,装在一个贴着小娃娃画片的罐子里。说老实话,天然蔬果从来不在蕾的饮食范畴中,她的膳食金字塔里充斥着冰激凌、糖果、奶酪味零食,以及偶尔出现的牛肉干。看到她咽下一个从树上长出来的东西让我很是高兴,所以当她抓起书包,对我说她去我那辆一九九五年款别克云雀里等我时,我并没有拒绝。

周四

早上七点四十五,我爹站在楼梯根儿底下,仰头吼道:"蕾,你还要不要搭我的车去学校了?"

"要!"蕾的喊声远远地传过来。

"那就给我快点!"我爹朝着她的方向咆哮道。

蕾迅速出现在楼梯口,跳上扶手,坐在上面滑了下来,和我爹一起走向屋门,我爹说道:"我不是告诉过你,别再这么下楼吗!"

"可是你让我快点的。"

他们上车之前,我爹递给蕾一块果酱馅饼。

周五

这一天我在早上八点零五走进厨房。蕾坐在桌边,喝着牛奶(这也是破天荒头一遭),吃着一个花生酱黄油香蕉馅儿的三明治。

"你今天怎么去学校?"我问,暗暗希望今天她不会让我再捎她一次。

"坐大卫的车去。"

"你怎么说服他的?"

"我们谈判来着。"

我没有继续问下去,给自己倒了杯咖啡,在桌前坐下。

"你已经整整五天早晨干一样的事情了,伊莎贝尔,喝咖啡看报纸什么的。"

"没人会拐走我的,蕾。"

"被拐的人都这么说。"

我的证据

我所拼凑起来的琐碎事实是通过各种手段得到的,比如直接接触、间接观察、时候询问、监控录像、会面谈话、拍摄照片,以及抓紧任何可能的实际偷听别人的行动。

我从没有咬定我的证据是无懈可击的。我所提供的只是一份我个人制作的记录集锦。在我个人看来,由事实拼凑出的真相是可以信赖的。然而不要忘了,我所提供的每一个画面都出自于我的角度,而还有数不胜数的角度,是我无法提供的。

斯通警督说,过去发生的事与眼下的事无关,因此我这些聚沙成塔的证据其实并没有价值。但他错了。知道我的家里发生了什么事远远不够,我需要知道这些事是如何发生的。因为,也许只有那样,我才能说服我自己,这些事情在别人家也同样会发生。

一年零八个月以前

　　我妹失踪事件的一年零八个月之前,当时正是五月的第三个星期,我和我的第六号前男友已经交往了三个月。他叫肖恩·瑞恩,在诺布山一家时髦会所当酒保,业余爱好是踌躇满志地写小说。当然,这并不是他唯一的爱好,此事请容我稍后再说。

　　整整五天以来,我妈和我都在监视梅森·华纳。华纳是个三十八岁的餐馆老板,在北部海岸地区开着一家生意很好的小饭馆。雇我们调查他的是他的一位投资人,因为此人怀疑华纳将餐厅的收入中饱私囊。其实,这个工作更适合由司法审计人员来做,但我们的客户并不想打草惊蛇。华纳长了一张电影明星一般的漂亮脸蛋儿,穿衣品位也甚是不俗,因此我妈认为他是清白的。我喜欢这次工作,因为华纳每天的活动很是频繁,因此我不必被困在汽车里足足八小时,听我妈不停地在耳边碎碎念叨:"你怎么就不能带回个这样的男人给我瞧瞧?"

　　我尾随华纳走进山森街上的一栋写字楼。我用棒球帽和眼镜遮挡住了自己的脸,因此决定和他乘同一趟电梯,来看看他的最终目的地是哪里。幸运的是,这趟电梯里有很多人。我最先走进去,按下了十二层的按钮(这楼一共只有十二层),然后便缩在最里面的角落里。梅森在七层下了电梯,我紧跟其后迈出去,摘掉帽子和眼镜,逡巡不前,直到他转了个弯。他走进了心理分析师凯瑟琳·

勋伯格博士的办公室。我回到楼下大厅,在门廊里等着他出来。我拧开无线电,告诉我妈我们大概要等五十分钟,于是她决定去喝点咖啡。我坐在一个皮沙发上,开始看报纸。可就在五分钟后,华纳又出现在大厅,朝大门外走去。

"目标行动了。"我通过无线电说道。

"你先跟上,我还在咖啡店呢。"我妈说。

通常来说,我们会先让华纳走上一段路,然后由我妈开车尾随。然而现在,没有了第二双眼睛,我必须目不转睛地盯着目标的一举一动,直到我妈赶回来就位。我扔下报纸,跟着华纳走出去。就在我迈出大门的那一秒,华纳突然转身,直直地朝我的方向走了过来。我立刻低下头去翻我的坤包,摸出了一包香烟。我早在几年前就戒烟了,但香烟仍是我们这行的最佳道具。我正翻遍全身来寻找一根火柴时,华纳走过来,帮我点上了烟。

"别再跟着我了。"他轻轻地说,向我露出一个迷死人的微笑,便若无其事地转身走掉了。

我早该明白,一个像他那样的男人,是不需要去看心理医生的。

那天晚上,我和六号前男友跑到哲学家酒吧去喝酒。那是西门区的一家老年人酒吧,它非常整洁,不是为臭鱼烂虾们聚集一堂而开的低级酒馆,但从它里面那么多的木质镶板和贴了不知多久的陈年体育海报来看,它也绝不是给那些旧金山的精英新贵预备的。某次我和佩特拉去庆祝她的生日[①],在坐 L 线城铁回家的路上看到它那闪烁着"哲学家酒吧"字样和一个马提尼杯子图案的招牌。也不知是被招牌的哪一点吸引了,我们觉得非进去不可,而一进去,就在里面泡了一整宿——这主要是因为我们的酒保米罗一

[①] 我问佩特拉,她想怎么度过她的二十一岁生日,她说:"喝到爽,然后去旧金山动物园耍。"

碗接一碗地给我们上了数不胜数的花生和爆米花。那已经是我和六号前男友一起过来的那天之前六年的事,而距今已经有足足七年。其实这些年里我一直是他家的常客,不过那天晚上之所以六号前男友和我来到这里,单纯是因为我们为了决定去哪儿而抛了一把硬币,结果我赢了。

"给我讲讲你今天的事儿吧。"六号说道。

"我在一次监视任务中引火烧身了。"

"也就是说你暴露了?"他说,卖弄着他学到的行话。

"嗯。"

"你跟我说过你从不会暴露。"

"很少,我记得我说的是很少暴露。"

米罗走过来,给我加满了威士忌。当时米罗五十啷当岁,而现在(如果你掰着手指头也算不过来的话)刚六十出头。他是个意籍美国人,大概一米七高,棕色的头发中夹杂着灰色,而且已经有了谢顶的趋势。他只穿满是褶子的裤子,短袖牛津纺衬衫,系一条围裙,而通常会穿一双最新款的运动鞋——这也是他全身行头中唯一一点时尚感所在。你也许觉得我和米罗只是点头之交,但那你就错了。整整七年以来,我每周至少要见他两次。我把他当做我最亲密的朋友之一。

六号前男友拍了拍吧台,指向自己的杯子。米罗毫不礼貌地看了他一眼,磨磨蹭蹭地给他加满。六号前男友在吧台上放了几块钱,蹦出一句谢谢。

"我得去上个厕所。"六号前男友一边说着,一边向酒吧后面走去。米罗假模假式地带着笑容目送他离开,转回身冲着我时,那一脸假笑却已荡然无存。

"我不喜欢这哥们儿。"米罗说。我并没有放在心上,因为自打我二十一岁开始,米罗对我所有的男朋友的评价都是这一句。

"别再车轱辘话来回说啦,米罗。"

"那是你自己的生活。"他说。

但有时候我却觉得,那并不是。

＊　＊　＊

第二天早上,我在斯佩尔曼办公室里为这周早些时候的一次监视任务写任务报告,我妈在等杰克·汉德。那哥们儿是个二十四岁的街头潮人,吉他手兼毛片儿店店员,我们如果实在堆了太多监视任务弄不过来,有时就会临时雇他来帮忙。我爸和雷大爷正在帕洛阿尔托调查一个案子。时钟指向八点的时候,杰克显摆着他的文身,屁颠屁颠走了进来。

"撕皮儿太太,请看看您的表。"

我妈瞥了一眼我家那种教室专用款的挂钟,说道:"你很准时,来亲一个。"

杰克以为我妈是说真的,便把脸凑了过去。我妈飞快地在他脸上啄了一下,然后吸了吸鼻子。

"你洗澡了么,杰克?"

"专门为你洗的,撕皮儿太太。"

杰克一直暗恋我妈,这从他每次费尽心思的打扮上就表露无遗了。事实上,我妈的大多数男性熟人都暗恋她。我妈有着湛蓝的眼睛、象牙色的皮肤,而这张脸在她那头深赭色的长发(虽然现如今这颜色已经是拜某种化学品所赐了)的映衬下越发显得完美无瑕。只有她眼角的鱼尾纹会暴露她的年龄。不过和她有着三十年差距的杰克完全看不到啥鱼尾纹,而我妈也很享受这种有个小跟班为了她赴汤蹈火在所不辞的奢侈感。我总是在想,他们俩孤男寡女在一辆汽车里相处八小时之后,不知会聊点什么呢。

"伊莎贝尔,你完成背景调查后,我需要你去你哥那儿讨趟债。"我妈一边收拾她的监视器材,一边云淡风轻地说。

"啥债?"

"就是他们公司在克雷默案子上欠咱们的那两万块钱。"

"他肯定又会拿老一套堵我的话,说什么等他们收到钱就给我们。"

"都三个月了,我们为那个案子自己掏了六千块钱腰包,却一分钱也没入账。家里都没米下锅了。"

我爹每次给我工资的时候总喜欢提醒我,永远也别想指着当私家侦探来发家致富。事实上,私家侦探往往是最后一个拿到报酬的。要想维持一个公司的运转,房租、办公用品和水电物业费之类是必不可少的花销。但是就算没有私家侦探,地球照样该怎么转就怎么转。就连我爸妈这种靠这一行糊口几十年的老油条,也会时不时遇到严重的拖欠报酬的问题,而这一问题在我们帮大卫做事时出现得尤为频繁。

"那你去跟他说呗,他可是你儿子,"我说,"你可以激发他的内疚感。"

"跟内疚感相比,还是来硬的对你哥更管用。他要是不吃敬酒,就给他点罚酒吃吃。总之,如果拿不到支票,你就别从他办公室出来。"

我妈拉上书包拉锁,带着跟屁虫杰克朝门口走去。她已然一只脚踏出门槛,突然回过头对我说:"对了,替我亲大卫一下。"

我决定在下午一点去大卫的办公室,这样除了谈事没准还能蹭顿饭。我到那儿的时候,他的秘书琳达(这位秘书明目张胆地暗恋着他)告诉我,我妹妹已经在这儿了。就和大卫的所有秘书一样,琳达相信她的一片痴情总有一天能从大卫那儿得到回报。然而就和所有大男子主义者一样,我哥认为所谓用情专一,是四十岁后到退休之前那段时间里才会考虑的事情。实际上,如果硬要我说他有什么缺点的话,这可能是唯一的一点了。我哥绝对是个辣手摧花的情圣,而且不以为耻反以为荣。

我气势汹汹地走进他的办公室。"你在这儿干吗?"我狐疑地看着蕾。

"串门儿。"蕾大言不惭地说道。

"你不是应该在上学么?"

"今天只上半天儿。"她转转眼珠,说。

"给她看看证据。"大卫说。

蕾递给我一张皱巴巴的纸——学校的正式通知。很明显她早就料到了大卫会让她出示书面证明。我从来没想过蕾会逃学,但鉴于她是我亲妹妹,所以我的怀疑也是理所当然的。

"好吧,我闪了。下周五见,大卫。待会儿见,伊莎贝尔。"

蕾走掉以后,我转向大卫,等待他的解释,"什么下周五?"

"她每周五都会过来。"大卫解释说。

"来干吗?"

"主要是……串门儿。"

"还有呢?"

"好吧,她通常会管我要零花钱。"

"大卫,她帮爸妈干一小时活就能挣十块钱,根本不用再管你要钱。这事她干了多久了?"

"差不多一年吧。"

"你每周都给她钱?"

"差不多是吧。"

"给多少?"

"通常十块,有时候二十。不过我最近会尽量记着在身上带点面值小点的零钱。"

"也就是说,你这一年来差不多给了她五百大元?"

"你不能好好地说'元'吗?"

"这招太差劲了。"

"伊莎贝尔,你为什么到这儿来?"大卫问道,尽力转移话题。

"为了钱。"

"我懂了。"大卫回答说。他微微一笑,笑容中流露出一丝嘲讽,他显然注意到了刚刚发生的一切有多讽刺。"你是来讨债的。"

"你是要我掰折你一两根手指,还是打断一两根肋骨。老妈有旨,只要放过你那张漂亮脸蛋儿就行。一共两万块,大卫,欠债还钱。"

"你知道我们的惯例:客户付款给我们后,我们才能付给你。要不我写一张私人支票给你吧。"

"老妈不会买账的。"

"那我就不知该怎么和你说了,伊莎贝尔。"

不能就这么完了。我一屁股坐在大卫的沙发上,宣称他若不找个头头来跟我谈,我就把沙发坐穿。大卫轻叹一声,走出了办公室。十分钟后,他带着吉姆·亨特回来了。亨特在芬奇—格里森事务所已经当了五年合伙人,专门负责诈骗案辩护。亨特是个身材匀称的四十二岁离异男人,留着男孩子一般的发型,他喜欢直视别人的眼睛,这让人很是不安。但我总不能一毛钱也讨不到地空着手回家,于是我只好盯回去,和他大眼瞪小眼。

亨特对我说,他可以让会计先给我开一张一万块的支票。这一刻,我还以为我的凶神恶煞策略生效了。

"不过有个条件,"他说,"你下周五要和我一起吃晚饭。"

这一招打得我措手不及,我只好答应,因为我知道如果拒绝,我这周就拿不到钱;而如果我妈知道我同时拒绝了一万块钱和一位律师的邀约,我就永世不得翻身了。

"我会在八点钟去接你。"亨特一面说着,一面走出办公室。

大卫强忍着嘴边的笑容,于是我突然意识到,这一切都是他策划好的。

"话说,你要开始给我拉皮条了?"

就在我尽力从大卫口袋里榨钱的时候,我妈正和杰克一起坐在车里,守在梅森·华纳的饭店外面的停车场,并且努力回避着他的各种不着调的问题。

"撕皮儿太太,你一直就这么正点吗?"

"杰克,你有完没完。"

华纳有所动作了。他跳上他的雷克萨斯,沿着拉金街开走了,并且停在拉金街与盖瑞街交叉的拐角处。他下了车,走进新世纪剧院——那是一家脱衣舞俱乐部。华纳走进那栋建筑后,杰克解开他座位上的安全带,转身看着我妈,等着她下命令。

"继续做你的梦吧。"我妈说,解开自己的安全带,跳出汽车。

走进新世纪剧院,我妈找了个隐蔽的地方坐下,要了一杯苏打水。华纳明显对舞池里的表演毫无兴趣,他从一个灰色头发、穿着黑色高领毛衣和名牌牛仔裤的顾客手里接过一份文件,埋头研究起来。一片紫红色的天鹅绒海洋中,星星点点地散落着几个客人。

然而,吸引住我妈眼球的并不是华纳。有个人坐在第一排,带着一种宗教迷般狂热而专注的神情牢牢盯住台上那位赭色头发的脱衣舞女。那不是别人,正是肖恩·瑞恩,(即将成为)我的六号前男友。我妈这个女人,什么大风大浪都见过了,所以"在脱衣舞俱乐部里遇到女儿的男朋友"这件事本身并没有让她心里敲响警钟。但让她觉得不对劲的是,俱乐部的每一位工作人员,都知道他的名字。

华纳与那个高领毛衣男谈了半个小时便离开了。俱乐部里那似乎是《杀戮战警》嘈杂的原声配乐完全掩盖了他们谈话的内容。我妈不情不愿地跟在华纳屁股后面离开了俱乐部,并和杰克结束了这一天的工作。

然而,我妈在第二天便把华纳的事甩给了我爹和我雷大爷。她披了一顶金黄色的齐肩假发,戴着墨镜,又回到了新世纪剧院。她并没有指望能在这里再次遇到肖恩,然而,他却准时出现了,并且还坐在前一天的那个位置。连续两天在脱衣舞俱乐部撞见他,这激起了我妈的怀疑,于是在接下来的一周,她扩大了对六号前男友先生的跟踪范围。在白天,他又去了两次新世纪,并且还频繁地出现在附近的几家性用品商店里。而在晚上,我妈知道他要么跟我在一起,要么在上班,所以就没有跟踪他。

我妈问我肖恩的生日是哪天,而我掉进了她的套儿里。因为她正在看星座版,问遍了家里每一个成员,甚至还问了几个我们的临时工作为铺垫。当她问起肖恩时,是那么的不露痕迹,于是我大意了。我以为我妈只是表现出对他的兴趣,因为肖恩和我已经交往了三个多月——而我不得不承认,这对我来说可算是创纪录的长度。

然而,我妈问起肖恩的生日,可不是为了给他准备礼物,而是为了套出他的社保号,并进行信用调查(我从此再也没有上这个当)。进行背景调查的时候,我妈动用了她在一家信用卡公司的人脉,搞到了他近来的支出明细。这件事无疑既有违道德又违反法律,但它让我妈得到了她想要的答案。

周三一早,我妈觉得她的调查已经大功告成了,于是便把我叫进办公室,向我公布了结果。

"亲爱的,你的男朋友是个色情狂。"

"老天爷!"我说,觉得她如果是真的爱我的话,至少该在我喝完咖啡后再告诉我,"那你是怎么知道的?"

我妈已经把肖恩在上周的活动一条一条记了下来,此时便将记录与一些信用卡账单,以及他在皮舌音像店的租片记录一起递给了我。我扫了一眼那些片名,尽力让自己保持淡定的表情,但这实在很难。因为那份名单里不但有一连串虽然名字并不那么露骨但无疑是 X 级的片子,更有例如《荡妇之乳》《伙计,我的震动棒呢?》《D 杯警督》和《爱液狂潮》之类耸动的名字。

"宝贝,我对偶尔想用成人片给性生活添个彩的人绝无偏见,但据我观察,你的这位已经上瘾成狂了。"

77

"扔给我这么一堆东西,你是想让我怎么办?"我问道。

"那由你自己决定,宝贝。我并不是非要你和他分手。我只是想说,如果你决定和肖恩在一起,我想你得先学会跳一流的大腿舞才行。"

我一声不吭地走了出去,我不能流露出任何反应来让我妈沾沾自喜。我完全不怀疑我妈告诉我的事情,我了解我妈,我知道她不会故意曲解证据。但是我必须眼见为实,我要自己搜集证据。就在那天晚上,等到六号前男友死猪一般睡过去后,我打开了他的电脑。如果一个男人粗心大意的话,你通过这一招了解到的信息简直是罄竹难书。

我第二天一大早便和六号分了手,不过这一次,最后的话是由我说出来的:"我觉得我们没什么共同点。"

律师第三号

周五晚上,在我和某诈骗案辩护律师的约会之前一小时,大卫打电话给我,让我必须要尽力表现最好的一面,否则就要我吃不了兜着走。而就在我跑出我的房间,跑到街上去和亨特碰头(之所以靠跑,是为了尽量避免让我父母和律师有接触机会)时,我妈打开窗子冲我喊道:"自然而然就好,亲爱的!"你看,正是这种矛盾弄得我的家庭生活左右为难。

我很快就知道我们俩没戏。亨特这种男人,和他搞在一起的女人会在第一次约会时踩着高跷,穿着花枝招展的小礼服裙。而我穿上高跟鞋根本不会走路,而且我一直认为老子的腿不是随便哪个人想看就能看的。再说了,我那天早上刚和六号一拍两散。虽然我并没有在心中哀悼那段死掉的感情,但它终结的方式仍让我觉得芒刺在背。我对律师三号完全没有心头小鹿乱撞的感觉,不过倒是觉得没理由浪费一个研究异性的大好机会。我决定编出一套问题,以供在日后精准地筛查掉潜在的色情狂。于是我在亨特身上做了实验。

1. 你爱看电影吗?
2. 电影的情节性对你来说有多重要?
3. 你一个月大概要租多少片子看?
4. 如果被困在孤岛上,你会随身带着以下哪一种:
a)莎士比亚全集
b)齐柏林飞艇乐队全集
c)《黛比大干》全集①
5. 你最喜欢的女明星是哪位?
a)梅丽尔·斯特里普
b)尼可·基德曼
c)朱迪·丹奇女爵士
d)珍娜·詹姆森②
6. 你最喜欢的影片类型是哪种?
a)动作冒险片
b)剧情片
c)爱情喜剧
d)色情片

大卫第二天早上打电话给我,对我进行了色厉内荏的威胁。他随即打电话给我妈,跟她打小报告。在早餐桌上,我妈痛斥我缺乏教养,并且建议说,如果我想找个不是靠给人倒酒来挣生活的男

---

① 译者注:《黛比大干达拉斯》(*Debbie Does Dallas*)于一九七八年拍摄第一部,是美国成人电影的经典之作,日后逐渐发展为系列。
② 译者注:珍娜·詹姆森是世界上最著名的色情明星之一,有"色情女王"之称。

人,最好先去补习一下礼仪。而我爸则问我晚餐点了什么。

◆

来复习一下七号前男友:
姓名:扎克·格林伯格
年纪:二十九
职业:网页设计公司老板
爱好:足球
时间:一个半月
最后的话:"你对我弟进行了信用调查?"

我非常重视个人隐私。你也许会奇怪"干着这窥探隐私的行当,你竟然还……"恰恰相反,正是因为干了这一行,我才坚定不移地重视它。只要我可以,或者说,只要不与我的工作相冲突,我都会尽可能地尊重别人的隐私。我真的曾是这样,在六号前男友之前,在我妈侵入了我们的私人空间,把本该由我自己发现的秘密告诉我之前。在他之后,我开始质疑我的直觉,质疑为何十五年的私家侦探生涯却仍然没有教会我如何识别人类的行为。

三周之后,佩特拉打电话给我,坚持要撮合我和她的一位最新顾客。这五年来,佩特拉一直在下海特街的一家时尚沙龙当发型师。我从来都没想过,去读个美容学校有朝一日能换来六位数的薪水,但佩特拉做到了。凭着一把剪刀,以及把旧金山的都市型男们迷得七荤八素的曼妙身材,佩特拉理个头能挣一百多块钱。她的顾客中百分之八十都是男的,而且没有人会假装自己单纯是为了剪头才当回头客的。她总是说,她的小皮裤会为自己买单。但我倒觉得,她的小皮裤顺手帮她把贷款交清了。

佩特拉一直狂热地替我找男人——尤其是不是色情狂的男人。因此当佩特拉看到扎克·格林伯格的时候,她觉得终于得偿所愿了。扎克只是碰巧在一个生意少得出奇的时段走进来的新客人。他彬彬有礼，言语温和，并且定期打理头发。

佩特拉把扎克的家庭住址和生日塞给了我，完全没有想到我可能用它们来做什么。通过这些信息，我搞到了他的社保号，并且成功地进行了信用调查、犯罪记录调查（仅限加州之内）和财产调查。从档案上看，扎克·格林伯格身世清白而且出类拔萃。我查了他的出生记录，并且进一步对他的父母、两个兄弟和一个妹妹进行了调查。除了他弟弟在一九九六年申请过破产保护以外，他们全家和谐得简直像五十年代的家庭喜剧。但我一开始并没有同意和他约会，直到佩特拉告诉我他没有电视。这是多明显的等式啊——没有电视，就等于没有毛片。没错，他也许会有堆成山的小黄书，或者上网成瘾，但是一个真正的色情狂绝对也是个疯狂的电影迷。

我们头几次约会有点沉闷，可能是因为他讲给我听的事情我都已经知道了。他父母在卡梅尔开着一家蛋糕店，他妹妹是个家庭主妇，有一又五分之四个孩子（在肚子里有个熟了八成的）。他哥哥在俄勒冈的尤金市有一家成功的家庭餐馆，他弟弟则在波特兰有家不甚成功的二手书店。从摆在我面前的一系列证据来看，我的七号前男友是一个五好青年中的五好青年（虽然曾偶然获得破产小红花一朵）。我从来没有和敢在"敞开了喝"时段点果酒饮料的男人约会过，事实上，一开始吸引我的，正是他这种优柔拘谨的作风。

第一次约会时，我们俩去卡斯特罗酒店看了一场重演版的《费城故事》，随后喝了杯卡布基诺，在德雷丝公园溜达了半天。在公园里，一群小毛孩儿向我们兜售毒品，扎克对这帮小毒贩子有礼有节地说了一声"不用了，谢谢"，就好像是在婉言谢绝流动汽水摊的招徕一样。我们的第二次约会的内容包括一小时的街机大战（主要是玩"滑雪球"）、吃冰激凌和一堂足球入门课。而在这堂课的末尾，扎克躺倒在我的沙发上，胫骨上敷着冰袋，而我在旁边一个劲地道歉。我们的关系像诺曼·洛克威尔的画一样，以一种平淡隽永的气氛维持着，直到有一天我提到了他弟弟破产（别问我为啥），而扎克意识到他从没提起过这件事。

佩特拉对我说，她再也不会把任何人介绍给我，除非我"学会把劲儿使在好地儿，而不是用来干坏事"。我妈妈本来已经见过了扎克，而且在此之后便立刻开始幻想我们的婚礼了，这一下她整整三天没搭理我。我爹提出要帮我出钱去参加电视征婚，然后想象了一下那幅画面，自个儿傻呵呵笑了好久。而我，完全不怎么客气地断然拒绝了他。

维尼曼察夏令营

去年秋天,蕾回校上课时,克莱德夫人在她教的英文课上按照惯例布置了一篇五百字的《我的暑假》。蕾(此时已经十二岁半)并没有以此为题写一篇作文,相反,她交上去一份默克投资公司的监控报告,不过其中所有敏感信息都被改头换面了。收到蕾的作业,克莱德夫人一刻也没耽误,立刻请我爸妈来学校,开了一个小型家长会,并且强烈建议他们在下一个暑假送蕾去参加外宿夏令营。

第二年春天,也就是蕾十三岁的时候,克莱德夫人再次召见了我爸妈,重申了她原先的建议,并且尽她所能地施加了压力。作为讨价还价,我妈提出给蕾报个游泳课和舞蹈班,但克莱德夫人寸步不让,她坚持说,蕾必须要开始跟她的同龄人多打交道,并且干一些她这个年纪的小姑娘该干的事情。我妈在私底下悄没声儿地为夏令营(嘘,小声点,别让蕾听见)做了全套准备工作:她选好了目的地,交了营费,几乎买齐了必备品清单上所列的所有东西。而这一切都完全没有被蕾察觉。她和我爹决定等到距离夏令营开始只有一个星期的时候,再把暑假计划向蕾摊牌。

我妈在星期六早上把这个消息公布给我妹时,时钟正指在七点一刻。我之所以知道得这么清楚,是因为蕾那希腊悲剧式的哀号生生把我从黑甜乡中拽了出来。她困兽犹斗般拼了老命的抗议从早上一直持续到下午,随即她开始一个接一个地给亲戚们打电话,指望拉到一个能让她免于夏令营之灾的有力盟友。她甚至威胁要闹到儿童保护机构去。

当然,她曾经求助于我。而我的回答是:"大卫去过夏令营,我也去过夏令营,你凭什么想不去就不去?"于是她立刻反咬一口,指出我之所以去夏令营,是被法院强制执行的。①

我妈给了蕾一个可可泡芙,让她回卧室去花些时间来接受这个爆炸性的消息。随即我妈派我去商店再多买些甜食回来,以便安抚她抓狂的小女儿。就在我为了买名牌还是杂牌的花生牛油饼左右为难时,我的手机响了。

"喂?"

"伊姿,我是哲学家酒吧的米罗。"

"有什么事吗?"

"倒不是什么急事,不过你妹妹在我的酒吧里,而且赖着不走。你能来接她一下吗?"

"我妹妹?!"

"对,蕾——是叫这名字吧?"

"我马上到。"

我二十分钟后到了米罗那儿,在门廊站定,听到我妹妹絮絮叨叨的绝望控诉传了出来。

"我的平均成绩是B-呢,而且不是那种体育得A数学得C的偏科货,是各门功课都得B-。我都说了我愿意谈判,我也说了我会在谈判中让步,我甚至说了愿意找第三方调停来解决问题。但是

---

① 这倒是真的:在我十五岁生日之前不久,我和佩特拉决定自学如何用扯电线打火的方法偷车。我们从图书馆借了一本名叫《汽车防盗指南》的书(奇怪的是,这里面却详细地写明了如何偷车),在附近一带的街上逛了好久(手里还拿着书),寻找一辆车窗破损或车门没锁,可以拿来练手的车。刚过午夜不久我们就被逮住了,因为车主在从窗户向外看时,发现他的车里竟然透出点点灯光(那是我们在看书学习呢),于是便报了警。

屁用没有！屁用没有！他们一点儿商量的余地都不给我！"

我轻轻拍了拍蕾的肩膀，"得啦，该回去了。"

"我还没喝完呢。"她冷冷地回答说。我低下头看了看那琥珀色的饮料，转头瞪着米罗。

"姜汁汽水。"他猜到了我的心思，说道。

我拿起蕾的汽水，一饮而尽。

"现在喝完了。走吧。"我拎起她的后衣领子，把她从高脚凳上提溜下来。

在车里，蕾突然沉默了。那是一种毫无希望的、令人心生恻隐的沉默。

"我非去夏令营不可了，是不是？"

"是的。"

"不管我做什么也没用了？"

"做什么都没用了。"

蕾平静却可疑地接受了她的命运。在接下来的一周中，她再也没求我们一个字。甚至在我们开车穿过葡萄园，走在遍地沙砾漫天尘土的路上，朝维尼曼察营地行进的两个小时里，她也只是像平时一样有一搭无一搭地闲聊着。我妈总是教蕾，不打没有胜算的仗，不挑实力悬殊的对手。我们要再过一阵才能发现，蕾对这一点的领悟，绝对可以算青出于蓝。

❖

一开始是电话轰炸——频繁的电话留言，不计其数，撕心裂肺。"把我从那儿弄出去，否则你就得把给我攒的大学学费全都用来给我治精神病了！""我是认真的！如果你们知道怎样做才是对自己好，就不该让我再跟这破地方多待一天！"随后，蕾的应急用手机被没收了，这给了她潜心研究新战术，以图东山再起的时间。

第二波攻势是信件大作战。那天晚上，我爸一边喝啤酒，一边

扯开信封,把蕾的书面请求大声地念出来:

我最最亲爱的家人们:
　　理论上讲,我得说参加夏令营是个很赞的主意。但是恕我直言,它好像不太适合我。我们何不减少损失,就此打住呢?
　　盼望着在你们明天来接我时与你们见面。
　　　　　　　　　　　　　很爱很爱你们大家的
　　　　　　　　　　　　　　　　蕾

蕾的第二封信,是与第一封在同一天到达的:

我最最亲爱的家人们:
　　我巧妙地和夏令营营长达顿先生进行了谈判,他向我承诺说,如果你们明天来接我,他就退给你们一半的营费。如果你们仍然关心你们的钱甚于我的心灵健康,那么我愿意在剩下的假期中免费给你们干活来补偿剩下的那部分花销。盼望着在你们明天来捞我出去时与你们见面。
　　　　　　　　　　　　　永远爱你们的
　　　　　　　　　　　　　　　　蕾
　　又及:随信附上地图一张,现金二十块(开车来接我时用得上的汽油钱)。请查收。

第二轮电话留言又开始了,但是语气已大相径庭。比如星期二早上五点四十五的这条:

　　嗨,还是我。多谢你们送的糖,不过我正在绝食抗议,所以甜食对我来说毫无意义。如果你们在十分钟之内接到这条留言,请拨打……

我爹果断地跳到下一条留言。星期二早上七点一刻:

我觉得这儿是个白人奴隶黑窝点儿。在采取行动时请按你们所需利用上我这条情报。哎呀不妙,我得闪——

而再下一条留言直到周二的三点四十二才姗姗来迟:

嗨,我是蕾。我改主意了,这地方儿没我想的那么糟。我刚抽了一口可卡因,现在眼前的一切都美好多了。给我多送点儿钱来花花——先来个一千吧。顺便捎点烟卷儿来。

最后一条留言差点让我爹笑死过去,他被咖啡呛得整整咳嗽了十分钟。他说光是凭这条留言,这次的夏令营营费就没白花。但是在此之后,打到斯佩尔曼事务所的电话又戛然而止了。

我和大卫约好上午十一点在他的办公室见面,而当我提前到达时,蕾已经在给她大哥打当天第四个电话了。这也是我第一次注意到,大卫和家里所有人说话的语气,都仿佛我们是腰包鼓鼓却刁钻难缠的客户一样。

"你认真听我说,蕾,"我哥说,"我会在今天让我的秘书给你送去一个爱心包裹——听我说完。包裹里会有所有你爱吃的东西。你自己吃也好,分给别人也好,随便你。然后你要给我写封信——一封就好——来感谢我体贴的礼物,并且告诉我至少一个你在营里交到的朋友。如果我收到了信,而你在剩下的外宿期间不再电话骚扰我,等你回来时,我就给你一张崭新崭新的五十块钱票子。明白没?我不会再接听任何由蕾·斯佩尔曼打来的电话。"

大卫挂断电话,满意于他清楚地表达了他的立场。

87

"为了五十大元和一兜子糖,连我都愿意再也不给你打电话。"我说。

五分钟后,大卫又接到一个电话。前台临时工的声音传进来。

"斯佩尔曼先生,你妹妹伊莎贝尔的电话。"

大卫回答说:"我妹妹伊莎贝尔正坐在我对面呢。"

"先生,你说啥?"

"接进来吧。"大卫顿了一顿,拿起了电话。我猜他是在考虑该如何作答。

"到此为止了,蕾。要糖没有,要钱更没有。"大卫用他最冷血无情的律师腔调说道,然后砰的一声挂上了电话。

"我实在不能相信我和她竟然是一家子,"大卫说,然后他又想了一想,补充道,"还有你,你也没好到哪儿去。"

而让我实在不能相信的,是蕾竟然再也没有打电话给大卫。我到很久以后才明白,蕾又选择了一个新的对手,和一场完全不同的战斗。

几周后,蕾告诉了我她扭转战局占据优势的准确时间,也就是她意识到"不是你死就是我活"的那一刻。

"根本跟死啊活啊什么的没关系,蕾。"我说。而她回答道:"你爱怎么说就怎么说吧。"

抛开这些咬文嚼字不提,战斗的转折点是维尼曼察夏令营的才艺表演晚会。

十二岁的凯瑟琳·斯图尔特正在唱《泰坦尼克号》里面的那首口水歌儿,在她之前是哈莉·格兰杰和达西·斯皮格尔曼跟着一段难听的音乐跳了个双人踢踏舞,蒂凡尼·施密特欢蹦乱跳地假唱了一首小甜甜布兰妮的劲歌,而吉米·戈伯和布莱恩·霍尔表演的是原创嘻哈说唱《难堪心伤》。蕾宣称才艺表演是两年多来唯一一件逼哭了她的事情,于是她表演了自己独有的才艺:她顺了一个营长的手机,神不知鬼不觉地溜出了礼堂。

当其他营员都被那帮未来"美国偶像"选手的卖力表演弄得意乱神迷时,我妹在树林里溜达着,替韦伯营长耗着手机电量。这一回,她没有打给我哥、我妈或者我爸。蕾有了个计划,所以她只想和一个人说话,那就是我。我的手机上有三个未接来电,办公室一个,我房间的电话上有五个,直到我终于决定接听最新的一次从这个区号为707的号码打来的电话。我的计划是一次性地了结这件事情。

"蕾,如果你再没完没了给我打电话,我就要跟警察告你骚扰了。"

"我是未成年人,你才告不了我呢。你倒是可以因为我的这种行为而去告老爸老妈,不过我猜这一定会把他们给气疯了。"

"蕾,你这是在用哪儿的电话打给我呢?"

"一部手机。"

"我记得你的手机被没收了。"

"没错。"

"那你是从哪儿弄到这个手机的?"

"我借的。"

"恐怕不是借那么简单吧?"

"你还记不记得波波夫斯基的案子?"

我的手不由得握紧了话筒,不知她突然提到这个是何企图,"记得。"我说。

"你跟爸妈说不要接这个案子。你说波波夫斯基太太是个可怕的女人,还说波波夫斯基先生不该因为这个女人而被私家侦探跟踪。"

"我知道我说过什么,蕾。"

"你还记不记得打电话给波波夫斯基,警告他说,他即将暴露于二十四小时不间断的监视之下?"

"我记得。"

"你还记不记得在深更半夜开车送波波夫斯基先生去机场,告诉他,那个即将成为他前妻的女人正在利用海外账户隐瞒自己的资产?"

"都说了我记得。"

"那你还记不记得你告诉了他那个账户的账号?"

"有话直说,蕾。"

"我猜爸妈如果知道了这些事,可不会高兴的。"

我早就知道我妹在很多事情上都很有本事,但说老实话,这还是真的吓到了我。

"你这是在敲诈我吗?"我直截了当地问道。

"你这词用得可太重了。"蕾回答说。我倒想知道,她是从哪个电影里学会这句话的。

"这就是敲诈。"

"咱们明天见喽。"蕾说着便挂断了电话。

我飙车穿过葡萄园,风从车窗外呼啸而过。愤怒比任何语音书都更能驱散无聊。我一个急刹车停在夏令营地的办公楼前,那是一栋做成小木屋样子的建筑。透过被车激起的飞扬尘土,我看到蕾坐在一堆行李袋上。她一看到我的车,眼睛倏地亮了,飞身过来扑在我身上。

"谢谢你,谢谢你,谢谢你。"

我把她的胳膊从我身上揭下来,一把将她推开。"需要我帮你办退宿手续吗?"我用尽可能冷硬的语气说道。

她怯生生地指了指办公楼,我进去搞定了手续,回到汽车边,砰地掀开后备箱,让她把行李丢进去。

"你的大恩大德我永世不忘,伊姿。"

我摔上后备箱,一把薅住了蕾那件写着"维尼曼察夏令营"字样的橄榄绿T恤的领口,紧得让她几乎有点喘不过气来,然后狠狠地把她按在车门上。(如果你觉得我这是在虐待儿童,大可放心,这对她来说完全不算个事儿。)

"现在你想装乖孩子了?我可不这么想。我才不会这么活着,才不会让我十三岁的妹妹把我像个傀儡似的指使得团团转。敲诈是犯罪,蕾,可不是玩玩就算了的。操纵别人是错误的。有时候人生就是不完美的,你只能凑合忍着,将就着过。你能做到吗?或者你宁愿和我继续玩下去?你要是想玩儿,咱们就玩儿到底。不过我丑话说在前头:想跟我耍花花肠子,你简直是活腻歪了。说吧,你打算怎么着,蕾?咱们是当亲亲好姐妹呢,还是你想看看我的手段到底有多黑呢?"

有时候,你能感觉到别人窥视的目光。两个夏令营辅导员和两个营员停下脚步,心中纠结于是否要去告诉管事的。我松开攥着蕾领子的手,走向驾驶位。蕾转向那几位看热闹的,耸了耸肩,打消了那种紧张的气氛。

"我们是演员。"她说,然后跳进车里。

蕾在开车后的头七分钟内都没有说话,打破了她先前闭嘴五分半钟的最长纪录。所以当她最终忍不住开口时,我一点也不感到惊讶。

"我爱你,伊莎贝尔。我真的,真的爱你。"

"不许说话。"我回答道,不知自己还能享受多久的宁静。

五分钟后,蕾开口问道:"我们能去吃冰淇淋吗?"

就好像什么事情也没有发生过。

律师四号

大卫一得知我把蕾从夏令营中接出来,就立刻起了疑心,并且找我一起吃午饭。在克劳德咖啡馆里吃着贻贝和薯条,大卫问了我一个只有在他看来才再明白不过的问题。

"你被蕾抓住小辫子了?"

"你说啥?"我回答说,假装很傻很天真。

"你本来比所有人都更盼着她去夏令营,但突然之间你改了主意,把她带回家来。她手里肯定有你的什么把柄,这是唯一合理的解释。"

"才不是呢——"

"随你怎么抵赖。不过既然蕾有你的把柄,从理论上讲,我也就有了你的把柄。因为我压根儿不用知道这把柄究竟是什么,只要跟爸妈说一声'蕾手里有伊莎贝尔的把柄'就够了,用不了多久,爸妈就可以把它从蕾嘴里套出来。而我有种预感,你是相当不愿意让爸妈知道这件事。因此,不管蕾对你有怎样的威胁,我也同样有。"

"你想对我干什么?"我紧张兮兮地问。

"我想让你在星期六和我的朋友杰克约会。我不会告诉你他姓什么。他会在七点钟来接你,劳驾你穿件干净点儿的衣服,把头发也梳一梳。"

我慢慢地收拾好自己的东西,走向大门。在出门前最后一秒,我转过身来,对他说:"你真不正常。"

"这些年来我一直是这么说你的。"大卫回答说。

◆

杰克·韦佛,也就是律师四号,在六点五十五到了我家门口,这使我爸妈与律师大人的碰面变得不可避免。我妈带着拉选票的政客一般的司马昭之心,打了鸡血一般跟这位穿着开司米毛衫的律师说个没完。我每过一分钟就要看一次表,提醒说我们该出发了,直到我妈不胜其烦地训斥道:"别把一句话说个没完了,伊姿。"我爸把他的手机号给了杰克,并且告诉杰克,一旦我捅了娄子,就请他打电话过来。随即他便为这个小玩笑自顾自地傻笑起来。

晚上七点四十五,我们在101公路上,朝着海湾草地跑马场开去。很明显,杰克喜欢赌的,不只是他的时间。

我突然间就心生疑惑。杰克很明显是不需要别人牵线搭桥的那种男人。他有种精心修饰过的不修边幅感,让我不禁想到一些故意把自己捯饬得不那么出类拔萃的男人。他的衣服略有些松垮,头发也略有些蓬松,但这一切又似乎并不是为了哗众取宠。我越来越肯定,杰克绝对没有一丁点可能是心甘情愿地来和我约会的。他一定是为人所迫,然而,我完全想不出大卫为什么硬要张罗这郎无情妾无意的相亲。想来想去,唯一的受益方就是我妈了。

这种情况可能不太常见,但我妈是真的对律师这个职业充满发自内心且坚定不移的热爱。对于她这一爱好的成因,我只能列出几条可能性:可能是因为她那完美无缺的儿子是个律师;可能是因为我们大部分生意都是拜律师所赐;可能是律师穿的西装通常很好看;也可能只是因为她对受过高等教育的人充满向往。不过,相比于造成事实的根本原因,我更关心这一事实本身。毕竟这一事实影响了我的生活质量。

随着夜晚的姗姗而至,我虽然仍然满腹狐疑,却不由得越来越被他所吸引。我发现,在这个衣冠楚楚的律师外表之下,其实隐藏着一个瘾头极大水平却极其有限的滥赌鬼。他认认真真地研究着马情晨报,随后却破釜沉舟地乱押一气,这将他的问题暴露无遗。这也许会吓跑绝大多数女人,但是却吓不跑我。我向来偏爱有缺陷的男人,因为跟他们打交道更为容易。不过这个发现之所以变得空前有趣,是因为我想到我妈竟然会在不知不觉中,撮合了我和一个可能要把工资全交给赛马经纪人的男人。

杰克在一匹他所看好的两岁骟马身上又押了五百块,而我的注意力则被一个鬼鬼祟祟地在赛马场看台的上层来回晃荡的可疑男人吸引了。我先是远远地观察了可疑男一会儿,发现他的行动

93

中显示出,他对赛马比赛根本没有一点兴趣。比赛开始后,可疑男压根儿没往跑马场上看一眼,他的眼睛一直在观众中扫来扫去。后来我看到可疑男在小吃摊那里和一个吃着蛋筒冰淇淋的男人撞了一下,于是我走过去,让那个吃蛋筒冰淇淋的男人看看他的钱包还在不在。它果然已经不在了。

可疑男此时正走下看台,朝男厕所的方向走去。我朝他跑过去,这时杰克赶上了我,问我在干吗。我解释说,我正在跟踪一个可能刚刚偷了别人钱包的家伙。

我追上了可疑男,把他堵在厕所门口不让他进去。

"嘿,混蛋,交出来吧。"

可疑男刷的一下脸色煞白,说道:"女士,你说什么?"

"别管我叫什么'女士',你他妈麻利儿的把钱包给我交出来。"我说,一把将可疑男按在满是涂鸦的墙上。他看了看杰克,又看了看我,觉得就算打一场也毫无胜算,于是把钱包交给我,冲进了厕所。

我的诱捕行动使得律师四号没能专心致志地看第七场赛马。他的马输了。其实从统计学上说,这完全是可以预见的,因为那匹马的胜率本来就很低。但杰克还是对输掉比赛很是失望。正和很多赌徒乃至资深体育迷一样,他坚信如果他从始至终目不转睛地盯着一场比赛,就能使最终结果如他所愿地发生变化。把钱包物归原主,并且向安保人员描述了小偷的外形特征后,我问杰克是否还要再赌一场。但他说"不必了",他觉得幸运不会在这一天眷顾他了。

接下来的那个周一,我去大卫的办公室和他商量一个即将展开的监视任务,顺便再说说律师四号。事实上,这个律师我倒真有可能会喜欢上。

"他怎么说我的?"我委婉地问道。

"谁?"

"律师四号。"

"你如果坚持给约会对象盖戳编号,就永远找不到靠谱的对象。"

"我知道他肯定跟你说了什么。"

大卫强忍着坏笑,说道:"他把你形容得就像是硬汉警察和少女妙探的结合体。"

"这是赞美吗?"

"我可不这么想。"

失踪周末第二十二号

雷大爷又人间蒸发了,整个旧金山城就没有人在十二天以来见过他。我爸查了雷的信用卡消费记录,发现他在太浩湖的恺撒宫酒店。我爸妈都腾不出工夫去那里接他,于是担子便落在了我肩上。我实在不想自己一个人过去,于是便去找大卫,虽然心里根本就没指望他能和我同行。

"有时间让我去滑雪吗?"

"当然,在我从雷大爷手里抢波旁威士忌的酒瓶、帮他付钱给妓女时,你可以由着性儿地撒欢儿。"

"那行吧,我也去。"大卫对我的讽刺置若罔闻,答道。

我将这次行程当做一个好机会,来套出我妈到底抓住了我哥什么把柄。

"承认吧,大卫,我让你觉得很丢脸。"

"我当然承认这一点了。"

"既然如此,你完全没有理由愿意把我介绍给你的朋友们。"

"我只是希望他们的某些举止能对你有潜移默化的影响,你不妨把这当做一个不用交学费的礼仪学校。"

"这全是老妈的全盘计划中的一部分。而且我了解你,你才不会单纯为了讨老妈欢心而这么干呢。她肯定是有你的把柄。"

"你是说,老妈用把柄来逼我给你介绍我的同事?"

"咱们家就没一个能直截了当回答问题的主儿吗!"

"不是有咱雷大爷吗!"

七个小时后,我在太浩湖的哈利士赌场里,找到了正在玩加勒比扑克的雷大爷。我问他,这两周以来他都干了什么。他回答说:"让我想想。我昏天黑地地喝了五天大酒,然后打了两个通宵扑克用来醒酒。在里诺市搞了几个女人,又打了场扑克。还有三天,我无论如何想不起来是怎么过的了。最近的四天左右,我一直在这牌桌上试手气呢。你过得怎么样啊大侄女?"

大卫说得没错,雷大爷是我们家唯一一个有啥说啥的人。我妹偶尔也和他差不多,但她在必要时也会顾左右而言他。而对我大爷来说,他那荒淫放荡的生活完全不需要遮遮掩掩,这简直是他男子汉的勋章咧!

我花了四个小时找了好几个赌场才找到雷大爷。大卫——他可真是说到做到——竟然真的跑去滑雪了,把所有烂摊子都扔给我。看起来雷大爷在这两个礼拜里已经输得盆光碗净——甚至连盆碗都没剩下——他的全部积蓄、接下来半年的养老金、他那块价值五十块钱的手表、我妈去年当做生日礼物送他的金质钱夹,还有一双鞋(这个是我猜的),因为他正穿着一双在十元店买的人字拖。我试图把他从赌桌上拖走,但他坚持说,在赢点儿什么之前他打死也不会离开的。

"多少赢一点儿就行,伊姿。我总不能这么输得光着屁股从这儿离开啊,这不利于我的运气。"

"你就不能替你的银行账户想想吗。"

"伊姿,人生在世,有很多东西比钱更重要。"

"你当然可以这么说,反正你的账户里吗也不剩了。"

"亲爱的,我觉得你真该改改这种悲观态度。"

雷又玩了一把,又输了。但是桌上还有几个筹码,所以我想只有一招能让他抬屁股走人了。

"雷大爷,咱们去酒吧,我请你喝杯酒怎么样?"

"那敢情好,伊姿。不过请一杯可是不够的哦。"

雷大爷刚一坐进大卫的汽车后座就睡死过去,我们用安全带扣住他的胸和腿,让他侧靠着,以防他会呕吐。

开车回旧金山的路上,我和大卫回忆起小时候的娱乐活动——给雷大爷的失踪周末打分。

"这要是还不算五星级周末,我真不知怎样才能算了。"我说道。

"也许你会觉得我有点天真,"大卫说,"但我始终相信月有阴晴圆缺,总有一天,以前的雷大爷会回来的。"

"他永远不会回来了,"我斩钉截铁地说道,"而且别怪我没提醒你,他可能会尿裤子。"

大卫叹了口气,毫不在意地回答道:"嗯,我知道。"

与康复中心擦肩而过的雷大爷

单从钱的方面讲,与之前所有的失踪周末相比,第二十二号是个毁灭性的打击。我爹彻底没辙了,他只好给雷在佩特鲁马的绿叶康复中心(我和大卫听到这个名字后足足笑抽了一刻钟)报了一个针对多种成瘾问题的三十天戒断治疗。雷乖乖地上了车,但是当他们开到那绿树成荫、两边都是尖顶小房子的路上时,雷大爷转头看着我爸,说道:"这不会有用,你知道的。"

"你就不能试试看吗?"我爸问道。

"我当然会听你的,艾尔。但这真的不会有用的。"

"你怎么知道?"

97

"我了解我自己,至少现在了解了。"

"那你说该怎么办呢,雷?"

"别拿你的钱打水漂了。"

"可你总不能老这样玩失踪啊。"

雷大爷为了下面这个问题,已经等了好久。此时他终于等到了机会。

"那我能不能在恢复正常,还清债务什么的之前,先搬到你家去住?"

"你想搬进来?"

"我想我也许能住在大卫以前的房间里。你觉得他会介意吗?"

"不。"我爸干脆利落地回答道。在这个世界上,大卫最不想要的东西,就是他以前的房间。

我爸启动了汽车,看着雷大爷,一锤定音地敲定了这个交易:"在家里不许召妓,不许嗑药,也不许打牌。"

"说到做到,艾尔。"

就这样,雷大爷搬进了克雷街1799号。

讯 问

第三回合

"你觉得你父母这么做明智吗？"斯通警督问道，"明明家里有个敏感的青春期小姑娘，却让一个明显把毒瘾赌瘾酒瘾以及性瘾都占全了的人住进家里来？"

"我并不认为雷大爷有性瘾。没错，他确实喜欢找妓女，不过，对他来说倒也不是缺了它就不行。"

"你需要我再重复一遍我的问题吗？"

"雷大爷确实是个烂人，不过他不会拖别人下水。你当然不能指望他修草坪洗盘子什么的，但是我不相信他会伤害任何人。"

"所有证据都表明，你妹妹对于你大爷的到来，反应得非常激烈。你能具体描述一下吗？"

"他们开战了。"

"那么给我讲讲这场战争吧。"

斯通警督并没有意识到，那并不只是一场战争，而是一系列的大战、小战、混战，不断升级，没完没了。如果要我在一张纸上画出我家的成员关系，并标出每次冲突的相关人员和攻防情况，那恐怕会把白纸画成蜘蛛网。导致了我们都铭记在心的那场最终大战的，并不是某一场战争。就像一个用很多纸牌搭出的房子一样，只要抽掉任意一张牌，整栋房子就会摇摇欲坠。

第二部分
斯家大战

甜食之战

蕾的悲惨夏令营在我家里搅起的轩然大波很快就诡异地归于沉默。几个星期后,蕾仍然因为被救出火坑而心存感激,并且用努力好好表现来作为回报。然而,我却依然对她的阴险手段耿耿于怀,并且伺机报复。由于蕾一直表现得很乖,我只能使出一招:剥夺她仅存的一个坏习惯——吃垃圾食品。我发现她已经从拿果酱馅饼当早餐发展为用菲多利薯片和杯形蛋糕当午饭。在全家一起吃晚饭时,她稍微吃一点主菜,实在被逼无奈才会碰蔬菜,但吃起甜食却狼吞虎咽。悲剧的是,全家只有我一个人注意到这一点。但这也该赖我。难道不是吗?正是我的叛逆使得我家大人对孩子的行为容忍度很高,因此蕾的表现在他们看来远远算不得违规。

话说回来,她的劣习只是还没有被人注意而已,这可不代表我不能引导我爸妈来关注这件事。我把讲青少年时期过量摄入糖分的后果,及其与学习成绩偏低的关系的文章带回家中。我给我爸妈看关于老年糖尿病与青年时期糖摄入量之联系的资料。我建议防患于未然。我妈虽然半信半疑但还是同意了:她告诉蕾以后只有在周末才能吃甜食,没有例外。

蕾听到这个消息后,冲上楼去,梆梆梆地猛敲我的房门,急得眼泪都快出来了。"你怎么能这样!"

"我这是关心你的健康。"

"好吧,你说得没错。"

"我们停战好吗?"

"好。"

蕾不情不愿地伸出手来,跟我握了握。然而,日后的事情证明,和我停战根本是件不值一提的小事,因为蕾正要掀起一场我并不知情的战争。

雷蕾之战

我锁上房间门,踮着脚尖走下楼梯,希望自己能避免和家人相遇闲聊的悲惨命运。我尤其是想躲开我妈,因为她又看上了一位律师,想让我和人家一起去喝个咖啡。我试图向她解释,我不必接受法律援助也可以喝咖啡,但她似乎没有明白我的意思。

我倒没遇见我妈,却和蕾撞了个正着。她站在楼梯拐角处,端着个望远镜往外看。我顺着她的方向望出去,看到雷大爷正把家当往屋里搬。然而,家门口并没有停着搬家公司的橙白相间大卡车,而是只有一辆小小的黄色出租车。这真是寒酸得让人心碎。我看看蕾,希望她也和我有同样的感受。

"你在干吗?"我问道。

"没干吗。"她厉声答道。于是我明白,她所看到的,不是一个晚景凄凉的老人,而是她的大对头。

"你不认为该把那一页翻过去了么?"

蕾脸上的表情让我明白了,她不这么认为。

容我慢慢道来:我妹妹蕾和我大爷雷之间的梁子结了得有六年了。第一次闹别扭是在蕾八岁那年,她发现她收拾得整整齐齐的万圣节装备被她大爷翻了个乱七八糟。接下来,在她十岁生日时,雷大爷没有按照她之前的明确指示给她买一个无线步话机,而是买了条小粉裙子给她当生日礼物,这下更让他们的关系紧张起来。而在一次他俩一起执行的监视任务中,雷大爷睡着了,任凭蕾用尽全力拳打脚踢也没醒过来,这直接促使僵局上升为全面战争。除了以上几个标志性事件,他们的冲突还包括争夺电视控制权、偷吃对方最爱的麦片,以及我那并没有豆腐心的妹妹时刻不停的刀子嘴挑衅。

不过,我还是把刚才的问题重复了一遍:"你不认为该把那一页翻过去了么?"

"不,我不认为。"蕾回答说。于是我离开了,留她一个人在楼梯上偷窥她大爷。

我碰上雷大爷时,他正走上门口台阶准备进门,背着一个装得乱七八糟的行李袋。我从他肩上把行李袋接过来,问他那里面装了什么。

"让我想想。有一件冬天的大衣、几双鞋、一个保龄球,好像还有几个今天早上我用冰箱里的余粮做的三明治。"

"下回还是让我妈帮你打包吧,"我把行李袋背进屋,放在大卫的床上——不对,现在它是雷大爷的了,"我真高兴你能搬过来,雷大爷。"

雷大爷捏了捏我的脸,说道:"你永远是我最喜欢的特派司机。"

我靠在窗台上,看着雷大爷开始拆包。他把东西一样样地从那个鼓鼓囊囊的包里掏出来,没有任何目的或条理或顺序可言地摆得满屋都是。只有一件东西能看出是被细心包过的,它被裹在一层又一层的毛巾里,是一个精致的相框,里面镶着斯佩尔曼家的全家福。雷大爷把相框放在柜子上,仔细地调整了一下角度。虽然我爸妈的房子里挂着几十张照片,却没有一张是全家合影。所以这张照片只让我注意到一件事,就是我们这些人站在一起,违和感是多么的强。

我妈的一头长发和娇小而曲线分明的身材让她看起来至少要比她五十四岁的年纪年轻十岁。她的体形乃至容貌都抵挡住了岁月的侵袭。然而我爸日渐稀疏的头发和日渐隆起的肚子却让他反而显得比实际年龄更老，不过他的皱纹倒是和那一脸不协调的五官颇为相配。雷大爷和我爸长着一模一样的、有点扁平的大鼻子，不过他要更瘦一些，更帅，发色也更浅。然后是那时装模特似的完美老哥，和他旁边的蕾一比，他突兀得简直像个天外飞仙。而蕾看起来就像个她大爷的缩小可爱版。她是斯佩尔曼家的孩子中最可人的一个，金黄色的头发，灰蓝色的双眸，总是晒得黑黑的小脸上点缀着几颗雀斑。我则像个旗杆似的戳在蕾旁边，看起来就像是我妈的粗糙山寨版。

雷大爷擦了擦镜框上的土，觉得在干了五分钟拆行李包这种重体力劳动后，他需要好好歇上一歇。他提出要给我做个三明治，我婉言谢绝了，并且觉得最好提前给我爸敲个警钟。

我在我爹的办公桌前找到了他。

"小丫头在酝酿大麻烦。如果我是你，就趁现在釜底抽薪。"

"有多严重？"我爸问。

"要我说的话，绝对五星级。不过只有日后才能见分晓。"

那天下午，我去大卫的办公室，给他送美世公司一案的监控报告（有个股票分析师被怀疑进行了内幕交易）。

我之所以能够这么早地交上报告，是因为监控对象每周七天都在干一模一样的事情：健身，上班，回家，睡觉。从头再来一遍。我打心眼里喜欢生活有规律的生物，他们让我的工作变得轻松得多。

我跟琳达打了声招呼，而她告诉我大卫正在理发。我大步走进他的办公室，发现给他理发的是我最好的朋友，佩特拉。

"你来这儿干吗?"佩特拉随口问道。

"来送监控报告。为啥是你在给我哥理发?"

"我可以给你二百五十个理由。"佩特拉说。她的纳税等级又迈上新高了。

我做了个鬼脸,假装被我哥的败家行为笑到了,但其实我一点也不吃惊。

"你非要告诉她我要付给你多少钱吗?"大卫问道。

"发型师可没有义务替顾客保密。"

"你当他的发型师有多久了?"我问。

他们俩凑成一堆,嘀嘀咕咕地算起日子来。这真让我失望,我的所有家人和朋友,都该对"掩人耳目"有更好的理解才行。

我夸张地叹了口气,说道:"算了。"把监控报告往大卫的办公桌上一扔,转身朝门走去,"不过你为什么会瞒着我理发的事呢?我真是打死也想不明白。"

"晚上见,伊莎贝尔。"大卫真是驴唇不对马嘴地说了这么一句。那天晚上,是欢迎雷大爷浪子归来的家庭聚餐。

要不是大卫提醒,我都把晚饭的事忘得一干二净。要是我没忘,肯定会找辙溜之大吉。雷蕾之战一触即发,我可不想被殃及池鱼。然而,正像我所正确预料到的一样,这一战的杀伤力,是不管跑多远都躲不开的。

那天晚上我早早地回到家,看到蕾正坐在客厅地上,拆开一个礼品包装盒。那是从电器商店买来的,最新款、最高端的数码摄像机。事实上,斯佩尔曼侦探事务所的设备还远远没有升级到这个水准。在这样一个和生日及圣诞都八竿子打不着的普通日子里,我爸妈绝不会平白无故地送这样一份超级大礼,给一个十几岁的小丫头。

蕾坐在一大堆泡沫塑料、透明塑料纸以及硬纸板当中,就仿佛大海中的一个小小孤岛。而我则带着国税局特工那种怀疑一切的眼神瞪着我爸妈，等待他们和我目光相对。然而就和往常一样，他们躲闪着我的目光，似乎很清楚我在想些什么。我若无其事地朝我爸走了过去。

"啥也别说，伊莎贝尔。"

"你也要用贿赂这招来让我闭嘴吗？"

我爸想象了一下无穷无尽的红包和封口费，态度颓然软了下来。当然喽，我是开玩笑的，不过我要让这种威胁感保持一阵子。

"这也算是愿打愿挨吧。你想要什么？"

"别紧张，老爸，我没打算趁机敲上一笔。不过我得说……"

"求你了，伊莎贝尔，啥也别说了。"

眼前有景道不得的感觉实在让人受不了，于是我拿了罐啤酒，走到书房，在沙发上挨着雷大爷一屁股坐下来。雷大爷一边换着电视频道，一边体贴地把他那盘子饼干和奶酪递给我。当他偶然换到某个正在播《糊涂侦探》第一季某一集的频道时，我说："停。"

麦克斯韦·精明①和九十九号特工化装成医生和护士，潜入到哈维·撒旦②的疗养院的大厅里。

"你能给我讲讲这是怎么回事吗？"雷大爷问我，真是可怜，他脑子里并没存着一套《糊涂侦探》全集。

"混沌③的间谍绑架了局长，向特工局索要赎金。哦，你错过了精明在两分钟内连换六种电话那一幕。鞋子电话、钱包电话、眼镜电话、领带电话、手绢电话，还有……哎呀我不记得最后一种了。"

"局长干吗待在壁橱里？"我大爷问。

---

① 也就是八十六号特工。
② 被称为"撒旦之地"。
③ 国际邪恶组织。

"那不是壁橱,是冰箱。"

"他们干吗要把他冻起来?"

"他们要降低他的体温,这样才能给他做洗脑手术。"

"好吧,这就明白多了。"雷一边说,一边把他的饼干和奶酪拿了回来。

电视里插播了一段广告,雷大爷假装聚精会神地研究起广告里那治疗粉刺的最新药物来。

"你觉得那孩子会有接受我的那一天吗?"

"会的,雷大爷,我想她会改变态度,总有一天会的。"

"但愿如此。你看我都穿上我的幸运衬衫了。"

"早发现了。"

说到幸运衬衫,那是一件穿了将近二十年、磨得都快透光了的短袖夏威夷花衬衫。曾几何时,雷大爷只有在某些特殊场合才会穿它——超级碗赛事、季后赛,以及年度棒球冠军联赛;后来它出现在扑克牌局和一些不太重要的婚礼上;不过最近,我已经很少看到雷大爷再穿别的衣服了。

晚餐时,我妹隔着桌子投过去的犀利目光让所有人都如坐针毡。我爸和大卫无趣地聊了几句工作上的事,但我妈却用转嫁危机的方式暂时驱散了紧张气氛。

"你今天吃的红肉已经够多了吧?"在我爹给自己夹第二次烤牛肉时,她开口问道。

我爸又多夹了两块,然后说:"呃,现在够了。"

"我记得施耐德医生让你减肥来着。"

"没错。"我爹说。

"进展如何?"我妈问道。

"一片大好。"

"你体重下降了吗?"

"确确实实下降了。"

"多少?"她问。

"一磅!"我爹自豪地回答道。

"你一个月前就开始减肥了,到现在才掉了一磅肉?"我妈问道。

"专家们都说缓慢而持续地减肥比较好。"

"很好,那么等你老到要领社会保障金的时候,应该多少能瘦下来点儿了。"我妈怒视着他,说道。

"你又不是我老板,奥莉维亚。"

"亏得我不是。"

由于这种谈话在斯佩尔曼家的餐桌上司空见惯,饭桌上的其他人都毫不在意,仍然各吃各的。然而,雷大爷却终于犯了致命的错误——他和我妹说话了。

"蕾蕾,把土豆递给我好吗?"我大爷问道。

我妹继续吃着饭,故意无视这个请求。我妈等了一会儿,也许心怀希望,甚至在暗暗祈祷。然而她的小女儿仍然装没听见,于是她插手了。

"宝贝儿,雷大爷让你帮忙把土豆递给他。"

"才没有呢。他是想让'蕾蕾'把土豆递给他,我可不知道'蕾蕾'是哪位。"我妹反唇相讥道。

我用胳膊肘捅了捅蕾,伸手到桌子另一面拿起土豆,递给雷大爷。

"我的名字是蕾。单名一个蕾字。不是两个字,就一个。"蕾一字一顿地说道,就好像辩论队中最咄咄逼人的选手一样。

"你打算跟我叫板到什么时候?"我大爷问。

"你打算把这件衬衫穿到什么时候?"

"不许说我的衬衫。"

"为啥,你怕它听见害臊?"

"不许就是不许,我不想给它带来负面能量。"

我那堂堂大律师、整天和公司打交道、每小时挣四百块的老哥，认为他可以通过谈判搞定所有事情。他甚至傻到以为可以用增进彼此了解来达到和平。每当遇到这种情况，我都相信当年出生时，大卫和我爸妈真正的儿子在医院被狸猫换太子了。

"雷大爷，给她讲讲衬衫的故事，也许那样她就能理解了。"

"想都甭想。"

"你要是不给她讲，我就讲了。"我哥说道，很清楚他的话会有什么效果。

"你会讲错了的，大卫。"

"来嘛，给我讲讲衬衫的事。"蕾将双手抱在胸前，说道。

雷大爷捋捋思路，清清嗓子，戏剧化地故意停顿了一下。

"一九八九年一月二十二号，第二十三届超级碗，49人13比16落后于辛辛那提猛虎，而比赛时间还剩下三分二十秒。蒙大拿连过五人，攻入猛虎队的三十五码线。因为拉人犯规，球退回十码，然而他用一个二十七码的长传将球交给莱斯。比赛暂停，随后莱斯将球传给对方达阵中的泰勒，十码传球达阵成功，49人以20比16反超赢得比赛。那一天，我穿着这件衬衫。一九九一年六月二号，橡树赛马场，我在蓝色妖姬身上压了一百块。谁知道为什么？我自己也根本没指望能赢。结果蓝色妖姬在最后一圈以一鼻之差赢了银色飞箭，赔率是36比1。那一天，我穿着这件衬衫。一九九三年九月三号，我去赛尔的食品烟酒店买彩票，进去时正赶上店里被人打劫，于是打草惊蛇地吓到了劫匪。在我掏出家伙把他放倒之前，他朝我开了五枪。但是我连根汗毛都没伤到，那天也没别人送命，劫匪也不过挂了点小彩。那一天，我穿着这件衬衫。"

雷大爷又清了清嗓子，继续对着他盘里的土豆狼吞虎咽起来。

蕾砰地把一只穿着破旧蓝色高帮帆布鞋的脚翘到桌子上来。我把她的脚推下去，但她又放了上来。

"今年二月，"她开口说道，"我在八年级绳球比赛里拿了第三名,当时穿着这双鞋。还是今年,六月份,我在代数期末考试上一眼小抄都没看就得了八十三分,当时穿着这双鞋。就上周四,我差点骑着车被一警车给撞了,但是我躲过去了,当时穿着这双鞋。但是,我还是会换别的鞋穿!"

"把你的脚从桌上拿下来。"我妈厉声说道。蕾把脚放下来,再一次挑衅地盯着雷大爷。我决定提醒我妹一些最近发生的事情,以及它们背后的潜台词。

"也许你没注意到,蕾,不过吃别人的嘴短,拿别人的手短。你今天刚收到的那个高科技的监控摄像机可不是平白无故地送给你的,你可别搞错了。给你那个礼物,是想要告诉你,你大爷住在咱家的这段日子里,请你至少对他保持最基本的礼貌。"

蕾不信我的话。她做好了咧嘴大笑的准备,等着我抖出最后一个包袱。然而,没有人抖包袱,也没有人笑。她在饭桌上环顾一周,最终看向了我爸。

"这是真的吗?"她问道。

"是的,傻丫头。这是真的。"

课余监视之战

第 一 回 合

  其实这件事从蕾十三岁时起就开始了,但我忽视了它。事实上,在相当一段时间内,我家每个人都忽视了它。下学后也好,周末也好,假期也好,当阳光灿烂,而她想要去骑车兜一圈,或者腿儿着溜达一圈时,她就会干这件事。然而后来,雷大爷搬进来了,他的到来意味着多了一个正当年的壮劳力。倒不是说他干活有多卖命——恰恰相反,他向来最是消极怠工,然而,不管是否是有意为之,雇用雷都比雇用蕾更划得来。派一个十四岁的小丫头出任务能给我们带来每小时二十五块的进账,其中还包括一切开销。然而,如果派一位洛杉矶警局退休警督出马,每小时的进账就会直线上升至五十块。另外,雷可以一边开车一边往瓶子里撒尿(这可是个不可小瞧的性别优势)。至少有四条掷地有声的理由让我们放弃蕾而起用雷,而且,一般来说,雷在十小时的工作时间内是可以忍住不碰酒的。只有蕾注意到,几个月以来,给她的任务越来越少了;而只有我注意到,蕾是如何填补这些空缺的。

  现在,我妹妹已经十四岁,而我爸妈给她定的宵禁时间是周末晚十点和上学日晚八点。直到不久以前,她从没试图挑战过这个规定。蕾在学校只有两个朋友——阿里·瓦特和罗莉·弗里曼,而他们的宵禁时间都要比她早。也就是说,在正常上学的日子里,蕾通常晚上五点回家;如果要与阿里和罗莉一起做功课,则要到七点。而在周末,她几乎不出家门,除非要出任务、看电影,或者与她的两位朋友之一有特殊安排。她很少在外面留宿(在罗莉家),更不怎么参加大人监督下的派对。但在绝大多数情况下,这是因为家是蕾的堡垒,她总是要安安稳稳地蜷在家里——或者至少是监视车里——才能全身心地踏实下来。

正因如此,当她开始试图挑战爸妈定下的宵禁时间,当她在时钟马上指向八点时脸色潮红汗流浃背冲进家门,我就知道她肯定隐瞒了什么事。我当然可以直接问蕾她到底干什么去了,但这不是我家人的行事风格。于是,我跟踪了她。

蕾的学习成绩达到了我爸妈硬性规定的B-,其实她在课后都不怎么复习就拿到了这个分数。我在她放学时便跟在了她的身后,看着蕾跳上自行车,骑到了波克街。她按照我爸教给她的方法,仔细地将链锁穿过车轮和车架锁好,然后坐在一张长椅上,掏出了一本课本。如果你只是粗心大意地看她几眼,会以为她是在一边等车一边复习功课——那本书、她的校服,乃至公车站的长椅都会印证这个猜测。然而,我知道她是在挑选她的跟踪目标。几分钟后,一个三十出头的女人拎着一个硕大的手包,从几米开外的一家书店里走了出来。她从她那全无美感的包里拿出一张纸,扯成四片,狠狠地扔进了蕾身边的那个垃圾桶里。

那个女人颤抖的双手和紧张兮兮的神情激起了蕾的兴趣。我妹妹在女人从她身边走过的同时合上了书,耐心地等了二十秒,然后跟上了她。我一直停在街区另一端的街角,见她有所行动,我迅速启动汽车,拐上了波克街。我尽可能地放慢车速,直到赶上了蕾。就在她过马路的时候,我一个猛拐挡在了她的面前。

"要搭车不,小姐?"我一边摇下车窗,一边说道。她知道我跟踪了她,也知道我很清楚她正在干什么。我甚至能清清楚楚地看到她脑子里那正在飞快拨动的小算盘。硬碰硬地反抗从来不是蕾的作风。她和我不同,只要没触到她心里的底线,她就不吝于委曲求全。她很明白什么叫小不忍则乱大谋。

"多谢,我正懒得走路呢。"她说着坐进了车里。

我什么也没说,想着这可能只是偶然的一次。也许我妹在放学后会偶尔跟踪一下全然陌生的人。这也算是磨练技术,不是吗?

我有几个礼拜没有提这件事,就在这段时间里,她踩着点儿跑回家的次数越来越多。然后突然间,她似乎对这种消遣性的课余监视失去了兴趣。她开始在晚饭前回家,绝大多数晚上都把自己关在自己的房间里。我爸妈认为她的闭关锁国是为了避免和雷大爷接触。然而我却并不这么想。对这样一个和我有着同样遗传基因的人,我实在不能就这样相信她。

蕾的卧室在二楼,而我所住的阁楼恰好在她房间的正上方。一个室外消防逃生梯把这两个房间连了起来。蕾五岁时,在一天夜里发现我从逃生梯偷溜出去,于是发现了这条能够到达我房间的蹊径。我很快就纠正了她由此出入我房间的习惯,因为我的床就在窗户下面,而她在深夜里不请自来时,往往会在我脸上留下一串小小的鞋印。

六个月前

刚过七点,我听到窗外的逃生梯上有窸窸窣窣的响声,正要探出头去看一眼,电话突然响了起来。

"喂?"

"你好,请问是伊莎贝尔吗?"一个男人的声音问道。

通常我压根不回答这种问题,但是,他打的是我的私人电话。

"是我。你是哪位?"

"你好,我叫本杰明·麦克唐纳。我在图书馆遇到了令堂。"

"图书馆?"

"是的。"

"哪个图书馆?"

"市图书馆,市政府对面那个。"

"她去那儿干吗?"

"我想应该是去查书吧。"

"你看到她拿着书了吗?"

"是的。"

"你还记得是些什么书吗?"

"不记得。"

"一本都不记得?"

"是的。言归正传,我给你打电话是因为——"

"你在那儿干吗?"

"哪儿?"

"图书馆啊。"

"哦,我在做一些研究。"

"法律方面的?"

"对,确实如此。"

"也就是说你是个律师喽?"

"是的。我想说的是,能不能请你——"

"喝咖啡?"

"对,咖啡。"

"不,我再也不跟律师去喝咖啡了。不过在挂电话之前,我能问你几个问题吗?"

"你这不是一直在问吗。"

"够犀利。我妈都跟你说了什么关于我的事?"

"没说什么。"

"那你干吗要同意?"

"她说以后我找你们做盯梢调查可以打八折。"

我挂断电话,冲下楼去。

"老妈,我得赶快叫一堆白大褂来,把你像布兰奇·杜波依斯[①]那样拖出去。"

我妈热切地拍了一巴掌,"本杰明给你打电话了,是不是?"

"是的,而且我敢保证他不会再打过来了。"

"好吧,伊莎贝尔,你的加薪泡汤了。"

"你本来就不会给我加薪。"

"我本来有打算的。如果你和本杰明约会,我就会给你。不过现在啥也没有喽。"

"我可以自己搞定自己的约会,妈妈。"

我妈转了转眼珠,说道"你当然能喽",然后便转了话题,因为她知道,什么也不会改变。她仍然会不停地把我和律师拉郎配,而我也仍然会不停地坚持找能和我拼拼酒量的男人约会。

"我明天会把你从斯巴克实业公司的背景调查任务中撤下来,给你一个监视的活儿干。"我妈说。

"新客户?"

"是的,皮特斯夫人,上周和我们联系的。她怀疑她的丈夫杰克是个同性恋。"

"你没建议她亲口问问他吗?"

我妈笑了起来,"当然没有了,我正愁没生意呢。"

我回到我的房间,为准备明天的监视任务而看了会儿背景资料。

差不多夜里十点一刻的时候,我听到逃生梯又嘎嘎地响了起来。我关了房间的灯,透过窗帘紧紧盯着外面,于是我看到蕾的腿

---

① 译注:布兰奇·杜波依斯是《欲望号街车》女主角,在电影版里由费雯丽饰演。电影最后一幕即为发疯的布兰奇被拖进精神病院的汽车拉走。

翻过窗户钻进了她的房间。我迅速蹬上运动鞋,跳出窗户,顺着逃生梯滑下去。我爬进蕾的窗户时,她还没来得及把鞋脱下来。

"我房间有门,伊莎贝尔。"

"有门你干吗不用?"

"有话快说有屁快放。"她像老西部片里的牛仔一样说道。

"跟踪并不是为了玩儿的。"

"你什么意思?"

"你不能再跟踪完全不相干的人了。"

"凭什么?你不是一直都这么做吗。"

"我之所以跟踪别人,是因为那是我挣钱的饭碗。你明白这和你有什么不同吗?"

"我就是喜欢,不给钱都乐意干。"

"我们已经尽可能地多给你安排工作了。"

"可没有以前那么多吧。"

"你可能会因此受伤的,蕾。"

"我打壁球也可能会受伤啊。"

"你根本不打壁球。"

"这不是关键。"

"你可能会所遇非人,于是反而被绑架或者杀掉。"

"不太可能。"

"但不是完全不可能。"

"如果你是想让我洗手不干,我劝你还是别白费唇舌了。"蕾坐进书桌后的一张椅子里,说道。

我在桌子对面坐了下来,"那么减少次数如何?"

蕾在一张正方形的便签纸上写了点什么,对折两次,把它推到我面前,"你觉得这个数怎么样?"

"不该让你老跟大卫混在一起。"我看穿她的伎俩,摇头叹道。但当我打开那张纸,我几乎喊出声来:"百分之十?"

"我把它写下来,就是为了让你别这么大声嚷嚷出来的好吗?"

"是么?我说,百分之十门儿都没有。"

蕾把笔和便笺纸推到我这一边,"我很乐意听您开出您的条件。"

我决定按照她的路数玩下去。因为我知道,如果我不按这套来出牌,我们光是就到底用什么方法来扯皮都要扯皮好几个小时。我写下我的数字,折好纸,把它在桌上滑回去。

蕾笑了起来,仿佛无法相信眼睛所看到的数字,"这辈子都甭想,"她草草写下她的数字,把纸丢过来,"你看这个数怎么样。"

"百分之十五?你开什么玩笑。"

"你又错了!都说了别把数说出来!"

我又写下一个数,把纸举起来给她看:百分之四十。"蕾,你不答应,我就不离开你的房间。"

蕾绞尽脑汁想了一番,终于想出一个可行的办法来。

"如果我按这个比率削减我的课余监视,那么我需要从其他渠道得到补偿。"

"你想要怎样?"

"每周至少要有一天,你出任务时带上我。"

"如果你想用这种方法过周末的话,我是没意见。"

"还有假期和法定的只上半天学的日子。"

"一言为定。"

我们握了握手,蕾随即信心满满地建议道:"你觉得明天怎么样?"

按照皮特斯夫人的说法,杰克·皮特斯将在第二天早晨和一个身份不明的男人打网球,而她认为这个男人就是她老公的情人。这次的工作将在旧金山网球俱乐部开始。皮特斯夫人已经有好几次跟踪她丈夫到达这个地方,因此我不必再冒着暴露自己的风险,花十分钟开车跟踪杰克从皮特斯家到达俱乐部。

那天早晨,我跟我妈喝着咖啡,翻阅皮特斯先生案子的卷宗,包括由皮特斯夫人提供的他的日程安排。我刚喝完第二杯咖啡,正要喝第三杯;我妈刚说完,"你要是少喝点这玩意儿,没准还能不像现在这么欠扁。"而我则刚刚回击道,"别说'欠扁',这词儿跟你太不搭了。"就在这一刻,蕾从楼梯上蹦了下来,穿着白色网球短裙、粉色的伊索牌短袖衫,拴着绒球球的袜子,扛着一把威尔逊的铝制网球拍。

"妈妈,我好看不?"蕾问道。

我妈的表情整个都亮起来,"完美!"她夸奖道。

"蕾,你穿了件粉衣服。"我提醒道,希望她能给我个合理的解释。

"我又不是色盲。"她回答说,伸手去拿果脆圈。我本想出言阻止,但却想起这一天是周六。蕾摇了摇盒子,只听到糖粉在里面刷刷晃动的细微声音。她把盒子里剩下的东西一股脑倒进碗里,但是连一个完整的麦圈都没有找到。

"野种!"蕾吼道。

"蕾,你奶奶生你大爷时已经结婚了。"我妈纠正道。

"抱歉。"蕾说,随即把措辞改成了"老不正经的死胖子"。

"多谢,"我妈说道,就仿佛真的让某人受了教育似的,"宝贝儿,去储藏室翻翻架子的最下层吧,比如说纸巾后面。"

我妹钻到食品储藏室的最下面好一阵翻腾,再次出现的时候抱着嘎吱船长麦片和幸运魔咒麦片各一盒。我那善于预测潜在冲突的老妈竟然已经秘密地备好了存货,有的时候她真是大大出乎我的意料。

"我爱你!"蕾用一种远远超出想象的热切的真诚说道。

"你不是想吃果脆圈的么。"我说。

"我之前又不知道还有别的可选。"蕾一边回答,一边给自己把两种甜食各倒了一大碗。

其实我在开口时已经想到了答案,但我还是问道:"你这身打扮是怎么回事,蕾?"

蕾没有立刻回答,而是看向了我妈。我妈点了点头,那是在示意"说吧,我批准了。"

"妈妈在行使第五章第四条所赋予的权利。"

蕾所说的是《斯佩尔曼侦探事务所雇员合同》,所有雇员(不管是全职还是兼职)都要和事务所签署这一契约。正像我的家庭本身一样,这个合同的内容既有合情合理的雇主声明,也有千奇百怪的异想天开。第五章第四条正属于后者。简单说来,这条极具争议的条款的内容是,如果某次任务需要乔装打扮,那么艾伯特和奥莉维亚对服饰的选择具有绝对的掌控权。网球俱乐部的特殊着装恰恰符合这一条款。当我长大成人,并被要求签署合同的时候,我再一次通过谈判为第五章第四条增加了一个补充规定,声明这一权利在十二个月内不能被行使超过三次。然而我爸妈又增加了一个专门针对我的补充规定,声称如果我违反第五章第四条,将被处以五百元的罚款。(这一条是他们声称要开除我,却发现完全达不到威慑效果后增加的。)这个由我哥起草的合同在这些年里被他反复地修改修改再修改,已经具有了法律效力,因此我妈坚持说,只要我违反其中任何一条,她都会对我实施罚款。

虽然如此,我还是必须要负隅顽抗。"不,不!"我喊着,把咖啡倒进水槽,冲上楼梯朝房间跑去。

"如果我是你,就会刮刮腿毛!"我妈在我身后喊着。我觉得像是喉咙里堵了一大团东西似的,简直要喘不过气来了。

我看到全套衣服已经挂在了我的房门上,清爽雪白,可就是太他奶奶的短了。我这辈子还从来没穿过网球裙——当然这主要因为我压根儿没打过网球。但我敢肯定,就算我打过网球,也绝不会情愿穿这种衣裳。我冲了个澡,刮了腿毛(这是两个月以来第一次)。之后整整十分钟,我愣愣地看着镜子,努力往下抻裙子,并且把身子缩起来,以图让这破裙子看起来稍微长一点。但不管怎样都无济于事。我从衣橱抽屉里拉出一件巨长的灰色运动衫,走下楼去。

我走到一楼时,大卫正在门廊等着。一开始,他只是忍俊不禁地"嗤"地笑了一声。但当我爸也走过来,并且在他身边开始前仰后合时,这俩人便全都失去了控制,笑得几乎要背过气去,以至于我都想叫救护车来了。

我进了厨房,给自己又倒了一杯咖啡,我爸和大卫仍然在门廊那儿,已经笑抽在地,简直像是犯了羊角风。雷大爷也走进厨房,好奇地看了一眼,不过仍体贴地没有笑出来,只是简单而了然地评价道:"第五章第四条,是吧?"

我点了点头,让我妹去拿好她的东西。我妈站在角落里,带着得偿所愿的胜利微笑,小口抿着咖啡。我爸我哥终于重新学会了直立行走,到厨房里和我们会合。

大卫转头对我妈说道:"您说得对,老妈,这简直太值了。"然后他把他的网球袋递给我,提醒我不要弄丢了。

"你们就是没事闲得吃饱了撑的,你们每个人都是。"我甩下一句话,火冒三丈地走向门口。

蕾一溜小跑跟在我身后,手里拿着球拍。我停下脚步,扭过头看着她。

"你跟我说实话,"我说,"我的屁股露出来了多少?"

"应该露出多少?"蕾问道。

我把那件运动衫系在腰上,坐进了车里。

网 球 之 战
（网球初级班）

  蕾和我走进旧金山网球俱乐部时，并没有像预计的那样被狗眼看人低的门卫盘问。我猜是我们雪白挺括的网球服让他们把我们当成了俱乐部的常客。大卫已就俱乐部的场地分布简要地向我们面授机宜，因此我和蕾轻车熟路地走上了二层。一条洁净的、木地板铺成的道路围绕着这栋建筑，从楼上的玻璃落地窗可以俯视到楼下的四块场地。脚下是水泥地，头顶是木头房梁，而二者之间的这块空荡荡的空间，被营造出了一种蝉噪林愈静的诡异气氛。整栋房子里都回荡着沉闷的"砰砰"声，那是网球撞击的声音。但是人声也好，谈话声也罢，这些你真正想要听到的声音，却都沉寂着，仿佛是被隔绝于这块地方之外。

  我给蕾看了杰克·皮特斯的照片，她立刻就认出他正在下面中间那块场地上打球。我们回到一层，走到把那几块场地隔开的四层看台上，在中间偏左的地方坐下，假装在看两个穿得比我还奔放的中年妇女打球。不过其实我们真正盯着的是杰克·皮特斯，只见他打出了一个速度很慢但是中规中矩的发球，他的对手反手接球，速度甚至比他还慢。

  "他对面那个人是谁？"蕾指着杰克那个虽然打球很面，长得却出奇英俊的对手问道。虽然这个人身上有很多吸引眼球之处，但最让人过目不忘的还是他的腿。那两条可可色的腿,在白色运动短裤的映衬下简直能闪瞎人眼:肌肉结实,线条分明,修长匀称,简直像女人的腿一样漂亮,但是绝不让人觉得娘。这个人皮肤颜色很深,但却不是黑不溜秋。两条浓眉下面,如同罗马雕塑一般的挺拔鼻子高高耸起。

"你傻盯着什么呢,伊莎贝尔?"蕾的话把意乱神迷的我拉了回来。

"没什么,刚才谁赢了?"

我和蕾继续观赏这场钝刀子切肉一般慢慢腾腾让人抓狂的对决,看着两位选手卖力得如同奥运选手大赛过招,步法却是跌跌撞撞好比浪涛。

"打得都烂成这样了,谁还在乎他们谁输谁赢啊。"蕾说。

这场对决有些什么东西让人觉得很不对劲——事实上,是很可疑。我们终于听到了第一盘的比分:杰克以四比三暂时领先。

既然有道是大千世界无奇不有,那么杰克打败他那位黑皮肤的帅哥对手倒也不是不可能。然而,杰克是个四十八岁的男人,而且据他自己的老婆说,他学网球不过才三个月。他的腿就像麻秆一样,肚子却鼓鼓囊囊,他的胳膊,尤其是挥拍的那只,完全看不到任何可以被称为肌肉的东西。总而言之,我可不认为这样一个人能够在网球比赛中打败一个比他年轻十岁,而且从身材可以看出在近年一直坚持锻炼的男人。

话又说回来,我们可不是来围观杰克的网球比赛的。我们的目的是观察他是否和他的网球搭子有一腿,而我的结论是他并没有。他看起来热切地希望打败对手,热切地希望吼出"40比0",但是看起来完全没有热切希望与对手滚床单。然而,我敢以人格担保,如果他真的是个同性恋,那将是他脑子里唯一的念头。

"你干吗老盯着那个人看?你认识他吗?"

25

"不认识。"

"那你想认识他吗？"

"你说什么呢？"

"你懂我的意思。"她用一种欠揍的了然语气说道。

"闭嘴，蕾。"

我们在接下来的四十五分钟内观赏到的这场比赛，如果有更多人见证的话，足以被当做"有史以来最没劲网球赛"载入史册。我们眼睁睁地看着下手发球和挑高球的球速慢到球仿佛被冻在半空中，我们眼睁睁地看着三四十岁的大男人被自己的球拍砸到或者被自己的鞋带绊倒。当比赛终于大发慈悲宣告结束，杰克·皮特斯连赢两局获得胜利时，他高高跳起想要跃过球网，结果被绊了个狗吃屎。

他那位可可腿对手把他扶起来，和他握了握手，说道："打得好。"他说得云淡风轻，没有一点儿输球之后气急败坏的样子。

杰克拍了拍对手的背，也说了两句客气话。他试图表现出胜者的举重若轻不骄不躁的风度，可惜这举动让他做起来简直假得像在水上漫步一样。

这对毫不般配的搭档彼此毫不留恋地各走各路了，而我完全不能理解皮特斯夫人为什么会对她丈夫产生这种怀疑。我当然可以去直截了当地告诉她，她错了，她应该反思自己的疑神疑鬼。但是那样的话，皮特斯夫人就不但白白掏了笔钱，而且心里也会怅然若失。她想知道更多信息，而既然她已经付了钱，我也愿意帮她搜集她所想要的信息。

我和蕾远远跟在跟踪对象的后面，尾随他离开场地，穿过走廊，走进男更衣室。我让蕾坐在门廊里，盯紧了皮特斯先生。她调整了一下无线电的音量，拿出了一张报纸。我回过头，迅速地看了我妹妹一眼。她用看报纸来打掩护已经很多年了，我一直都觉得这么做很傻，简直是沐猴而冠——尤其是她才八九岁时，回回都挑

《旧金山纪事报》的商业版装模作样地看。然而，这是我第一次对她刮目相待。她把报纸对折，眼神在报纸和周围环境间迅速变换，看起来还挺像回事的。

我正穿过走廊朝更衣室走去时，看到那位可可腿对手正在走廊里和一位穿宝蓝色网球衫、戴浅蓝色护腕的学院范儿男人聊天，他昂贵的古龙水的香味在充满汗味的空气中显得鹤立鸡群。我迅速在饮水器前弯下腰去假装喝水，试图不引起他们的注意。

"丹尼尔，有空再来一局吗？"学院男说道，"弗兰克被临时通知上手术，赶不过来了，但我已经约了场地。"

丹尼尔。丹尼尔。于是我知道可可腿叫什么了。

"我正要回办公室呢。"丹尼尔说。

于是我又知道丹尼尔拥有一间办公室。现在你明白私家侦探是怎么一回事了吧？

"拜托，你上次把我打得那么惨，也给我个报仇雪恨的机会嘛。"

也许地球人都已经看出端倪来了，但我还是要说，这番对话非常不对劲。丹尼尔连杰克·皮特斯都打不赢，他怎么能打赢这个看起来似乎从娘胎里就带着网球拍的学院男？鉴于我喝水的时间已经长得足以让人觉得不对劲了，我站起身来，在这两个男人说最后几句话时走向了付费电话。

"好吧，"丹尼尔说，"给你一个小时来报仇雪恨。就一个小时。"

我并不认为我是唯一一个会注意到细节的人，但是我确实是我认识的人中唯一一个会抛下手头的工作，去为八竿子打不着的事情寻求答案的人。

我回到门廊去找我妹妹，让她继续盯紧了杰克，但是不要再用无线电，因为它在这个俱乐部里显得太扎眼了。

"等他从淋浴间出来,你打我手机就好。"

"你要去哪儿?"

"我得去查点事儿。"我一边说,一边从她那沓报纸中抓了几张。

我又回到球场,坐在旁边的看台上。

丹尼尔先发球,学院男冲过去接球,但是却打空了:15比0。丹尼尔再次发球,这次学院男接到了球,并报以凌厉的大力凌空截击,结果却把球打到了界外:30比0。毫无疑问,现在我眼前的这位网球选手,与刚才那个简直是脱胎换骨迥然不同。我几乎不能将目光从这场比赛中移开。刚才那场比赛有多沉闷,现在这场就有多精彩。我目不转睛地看着,希望从中得到一个靠谱的解释,但是我不能。我只能说,这就像个人格分裂的精神病所打出的网球比赛。

我的手机振动起来,我接了电话。

"目标行动了。"蕾说。

但我知道我现在不能离开。

"你能自己去跟踪他吗?"明知这样很不负责任,我还是问道。

"当然,"蕾在跟我说话时已经走到了门外,"妈妈为了以防万一,给了我打车的钱。"

有那么一瞬,我反思了自己眼下的所作所为,但我还是继续说道:"手机别关机,待在人多的地方,可不许干什么把我惹毛了的事。明白了吗,蕾?"

"明白。"

我觉得在看台上坐这么久,未免会让我的目的如司马昭之心般弄得路人皆知。于是我起身回到楼上,走进酒吧,坐在窗边看完了剩下的比赛。虽然在这里听不到记分员报出的分数,但比赛的结果显而易见。而我也从未像现在这样丈二和尚摸不着头脑过。

我回到一层,等待丹尼尔走出更衣室,并趁机给蕾打了电话。

"蕾,你在哪儿呢?"

"我在油水区,守在米切尔兄弟奥法雷尔剧院外面。目标在大概十分钟前进了这地方。我也想混进去来着,结果我的假身份证没蒙过门卫。"

"那是因为你才十四岁。"

"不过我的身份证可说我已经二十一了。"

"就在原地待着,别和不认识的人说话。我尽快赶过去。"

"伊姿,我觉得这是个脱衣舞俱乐部,就是有好多女的跳脱衣舞的那种。"

"确实是。"我回答说。

"你知道我在想什么吗?"

"不知道。"

"我觉得皮特斯先生喜欢的不是男人。"

"嗯,英雄所见略同。"

* * *

刚刚洗完澡的丹尼尔,穿着一条蓝色牛仔裤,一件旧T恤和一双人字拖走出了更衣室,朝楼上走去。我明明应该去和我妹妹碰头,但我实在需要一个解释,于是仍然跟在了他后面。

丹尼尔在酒吧里坐下,要了一杯啤酒。我一秒钟也没耽搁,立刻坐在了他的对面。丹尼尔微微朝我侧过身来,笑了一笑。那并不是泡妞高手那种自命风流的笑容,而是一个人意识到另一个人出现在他身边时,露出的那种友善的微笑。离得这么近,我可以清楚地看到他浓密的睫毛下,那双眼睛是非常非常浅的棕色。他几乎是深黑色的头发仍然湿漉漉的,散发着高级香波的好闻味道,蓬松的刘海以完美的弧度搭在额头上。他的牙齿整齐洁白,但并不像那些脱口秀主持人的牙那样锃光瓦亮完美无缺。突然间我意识到,我好像盯着他看了太久了。

当酒保把丹尼尔的酒送过来时,我从花痴状态中回过神来,往柜台上放了几张钞票。

"我请客。"我说。

丹尼尔转头看向我,"请问我们认识吗?"他毫无戒备之意地问道。

"完全不认识。"

"而你却要请我喝酒?"

"当然不是白请的。"

"怎么说?"

"我想跟你做个简单的交易。我请你喝啤酒,你回答我一个问题。你觉得怎么样?"

"我更想先听听这问题是什么。"他说,并没有碰那杯啤酒。

"你今天早上打了两场网球比赛。第一场的对手是个将近五十岁、身材完全走样的男人,比赛中你们俩看起来都很外行。这就让我觉得奇怪了,这是一家高端的网球俱乐部,也就是说,它本该是针对了解网球运动的人开放的。你们两个里面但凡有一个会打球的,我都不会这么好奇。"

"那当然。"

"你输给了那个笨手笨脚的对手,却横扫了球技高超的那个。"

"'横扫',这词儿说出来真带劲。"

"那么该轮到你解释了。"

"有的人需要赢球,而有的人需要输。"丹尼尔说着,浅酌了一口啤酒。

这个简单的回答镇住了我。竟然有人将网球拍作为运筹帷幄的工具,这让我觉得——呃,好吧——很迷人。我从来没有体会过什么叫一见倾心,然而就在这一刻,我被射中了。

"仅此而已?"我一边问,一边准备闪人。

"仅此而已。"

"你叫什么名字?"我一边问,一边打算从高脚凳上下来。

"丹尼尔·卡斯蒂洛。"

"你是干哪一行的?"

"我是个牙医。"这句话就像一记重拳打到我胸口,我前二十多年干的所有坏事都在这一刻得到了报应。

"今天休息哈。"我继续问着,我敢说我的脸色一定已瞬间变得煞白。

"是啊,休周六周日,和其他人一样。"

"呃,祝你周末愉快。"我说出这句话的时候,已经有半个身子在酒吧门外了。

丹尼尔在俱乐部外面追上了我,那时候我刚走到我的车旁边。

"刚才是怎么回事?"他问道。

"有什么不对吗?"

"你又叫什么?"

"伊莎贝尔。"

"贵姓?"

"恕不奉告。"

"你干什么的?"

"你指的是什么?"

"我是说职业。你干什么的?"

从我说出这句话的那一瞬间直到现在,我一直都后悔不已,而且一直在为此付出代价。

"我是个老师。"

我为什么要这么说呢? 呃,因为男人们喜欢女老师,因为如果我实话实说,他肯定会不自在。他也许会怀疑我是在跟踪他,他会想要知道我混进网球俱乐部里干什么,而我又不能告诉他。所以在当时看来,说"我是老师"要省事得多。

"你看起来不像个老师。"

"为啥?"我问道,口气略有点冲。

"你看起来好像没那份耐心。"

"你也太容易下定论了吧。"

"我能请你打局网球吗?"

"不能,我不打网球。"作为穿着网球裙、出现在一个网球俱乐部、手里还拎着个网球拍的人,我说出这句话来决不能算明智。因此我必须要迅速转移话题。

"回见了,医生。"我说着迅速钻进车里。

丹尼尔慢慢地转身离开了,我目送着他消失在俱乐部的入口。整整这段时间里我脑子里只有一个想法:这哥们儿会不会成为第九号前男友呢?

我在米切尔兄弟奥法雷尔剧院门口停下车的时候,蕾正在和几个妓女攀谈。她对蒂凡妮和道恩说了拜拜,钻进车里。我让她去食品店为我们的监视工作囤点儿甜食。于是在接下来的时间里,我们俩一边吃着混合巧克力豆、甘草糖以及奶酪泡芙,一边看着各种年纪、体形和肤色的男人仿佛长江后浪推前浪一般络绎不绝地在那个剧院进进出出。

"这奶酪泡芙弄得车里脏乎乎的,蕾。"

"可是我们总得吃点能填饱肚子的东西啊。"

"奶酪泡芙哪儿能填饱肚子啊。"我说着将一粒榛仁巧克力扔到了窗外。

"你这是赤裸裸的浪费,伊莎贝尔!"

"谁会吃榛子啊。"

"我就吃的。"

"什么时候?"

"在万不得已的时候。"

"什么叫万不得已？"

"就是把杏仁啊腰果啊花生啊等等所有东西都吃完了，只剩下榛子的时候。"

"怎么会有这种时候？"

"因为雷大爷搬进咱家，把所有东西都吃了，就剩下榛子了。"

"你难道不会宁愿他把所有的混合巧克力豆都吃干净了，而不是单单留下榛仁的吗？我是说，榛仁巧克力孤零零地待在那儿，难道不会让你想到你本该拥有、现在却已经失去的那些东西？"

"不，我宁可还有榛仁味儿的剩下来以备不时之需。"

"你到底是打哪个星球来的啊？"

"地球。"

"我这是个表示夸张的反问句。"

"那又怎样？"

"所以你根本不该回答。"

"错，是'不必'回答，但是只要我乐意，我就可以回答。"

这种拌嘴本可以无穷无尽地延续下去，但是目标在这时行动了，我们也只好跟着动起来。

那天晚上我和蕾一起弄出了跟踪报告，其间干掉了整盒巧克力豆，连榛仁味儿的也没有放过。我妈给皮特斯夫人打了电话，告诉她，她老公绝对是异性恋那一挂的，不过还建议他们去做夫妻关系咨询。我在办公室里一直待到深夜，把手头的一些文件工作处理掉。

我告诉过自己不要这么做，但还是没管住自个儿的手。丹尼尔·卡斯蒂洛是个很大众化的名字，但如果知道他是牙医，范围就缩小多了。到了凌晨一点，我已经搞到了他的社保号、出生日期、婚姻状况（单身），以及单位和家庭住址。我曾对我自己说，我曾经干的事情，我妈曾经对我干的事情，都已经是历史了，我已经洗手不干。但是我必须要增进对丹尼尔·卡斯蒂洛的了解,而通过普通渠道去了解他,既耽误时间,又不可靠。

佩特拉每个季度都会以"我再也不要和这个德性的你一起出现在公共场合了!"为由给我理一次发。而当我向她问出这个忍了整整一个礼拜的问题时,她正给我剪头发剪到一半。

"你最后一次去看牙医是什么时候?"

"记不清了,我估摸着有一年了吧。"

"你不觉得你也该去洗洗牙了吗?"

"就你这嘴牙还好意思问别人呢。"

"我不能去找这个牙医看牙。"

"等等,我们在讨论什么问题?"

"我遇见了一个牙医。"我还没有真的做好打算,这句话就冲口而出。

"牙医?你疯了吗?"

"我看上他了。我想确定一下,他是否值得我看上。"

醉翁之意不在牙第一回

佩特拉在牙科博士丹尼尔·卡斯蒂洛的诊所预约了下周一下午三点的治疗。我们俩说好了,我来付她洗牙的钱,而她要谨慎地将九个事先准备好的问题伪装成闲聊问出来。我设计的这些问题涵盖了通过背景调查和短期跟踪都无法发现的各个方面。我将那张打印好的纸递给她时,已经做好了遭她抗议的准备,但佩特拉并没有磨叽,她记住了这九个问题,毅然决然走了进去。

两个小时后,我们俩在哲学家酒吧碰头,一起喝点东西。我先前坚持要她带个录音笔进诊室,以便能亲耳听到事情的进展,而不会因她那摆爪就忘的烂记性而错过什么内容。

"你准备好了吗?"她问道,一边眉毛高高挑着,带着一脸不怀好意的坏笑。然后她按下了录音笔的播放键。

［录音笔按下的开关的声音］

佩特拉·克拉克：我是佩特拉·克拉克。在这个雾气蒙蒙的周一下午，我将去拜访牙科博士丹尼尔·卡斯蒂洛的诊所，以便为伊莎贝尔·斯佩尔曼摸清他的老底。

卡斯蒂洛医生：你好，克拉克女士。我是卡斯蒂洛医生。

佩特拉·克拉克：医生，幸会。

卡斯蒂洛医生：让我来看一下，这是你第一次来这里。我能问一下你是从何种渠道得知这个诊所的吗？

佩特拉·克拉克：谁会记得这种事啊！

卡斯蒂洛医生：好吧。那么你对上一次洗牙的记忆如何呢？

佩特拉·克拉克：不堪回首。

卡斯蒂洛医生：我是说，你还记得上次洗牙是什么时候吗？

佩特拉·克拉克：差不多一年前吧。我之所以还记得，是因为那时候我刚刚离了婚。你离过婚吗，医生？［问题三］

卡斯蒂洛医生：［清了清嗓子］呃，不，我没离过。那我们开始吧。

佩特拉·克拉克：那你结婚了么？［问题二——我们已经知道他仍然单身，问这个问题只是为了试探他的反应。］

卡斯蒂洛医生：没有。请把嘴张大。

［卡斯蒂洛医生戴上一副乳胶手套，开始检查患者的牙齿。］

佩特拉·克拉克：［听不清在嘀咕些啥。］

卡斯蒂洛医生：您是刚刚说了什么吗？

佩特拉·克拉克：您喜欢用局麻还是全麻？［问题五］

卡斯蒂洛医生：克拉克女士——

佩特拉·克拉克：请叫我佩特拉。

卡斯蒂洛医生：佩特拉，洗牙压根用不着麻醉。

佩特拉·克拉克：哦，我知道。我只是说，总体说来您喜欢用哪种？

卡斯蒂洛医生：呃，这要视患者的情况而定。不过，只要情况允许，我还是喜欢用局麻。您不张开嘴我怎么给您洗牙啊。

［三十秒钟洗牙的声音］

卡斯蒂洛医生：请漱口。

［吐水的声音］

佩特拉·克拉克：但不是有传闻说，有医生用全麻把病人完全弄晕过去吗？［问题五的后续问题］

卡斯蒂洛医生：嗯，曾经有过。

佩特拉·克拉克：你一直住在湾区吗，医生？［问题六"你是哪里人"的变体］

卡斯蒂洛医生：我出生在危地马拉，九岁时跟爸妈一起搬到这儿来。请您再次张开嘴。

［三十秒钟洗牙的声音］

卡斯蒂洛医生：请漱口。

［吐水的声音］

佩特拉·克拉克：这么说您会两种语言喽。［佩特拉追加问题一］

卡斯蒂洛医生：是的。请问您使用牙线的情况如何？

佩特拉·克拉克：经常用。

卡斯蒂洛医生：是每天都用吗？

佩特拉·克拉克：不，但也差不太多。您心情抑郁吗？［佩特拉追加问题二］

卡斯蒂洛医生：不，您为什么问这个？

佩特拉·克拉克：我听说牙医会有情绪问题。

卡斯蒂洛医生：我没问题，谢谢，很感激你的关心。

佩特拉·克拉克：别客气。

［洗牙声］

卡斯蒂洛医生：请漱口。

［吐水声］

佩特拉·克拉克：您有没有酗酒或者嗑药的习惯？［问题七］

卡斯蒂洛医生：您是《旧金山纪事报》派来的还是怎么着？

佩特拉·克拉克：不，我只是个发型师，这是我的名片。言归正传，酗酒不？嗑药不？

卡斯蒂洛医生：不，多谢关心，我到现在为止一切正常，克拉克女士。你知道么，如果我不用一直提醒你张大嘴的话，咱们会进行得快得多。

［洗牙声］

卡斯蒂洛医生：请漱口。

［吐水声］

佩特拉·克拉克：那么，医生，你都有什么娱乐活动呢？［问题四］

［叹气声］

卡斯蒂洛医生：打网球。

佩特拉·克拉克：除了网球呢？

卡斯蒂洛医生：给人看牙。不需要其他更多娱乐了吧。

佩特拉·克拉克：这么说，你喜欢给人带来痛苦？［佩特拉追加问题三］

卡斯蒂洛医生：你的这些问题让我很不舒服。

佩特拉·克拉克：实在抱歉啦医生，我只是特别好奇而已。你是天主教徒么？［问题九"宗教倾向"的变体］

卡斯蒂洛医生：是的。

佩特拉·克拉克：那你认为女性有堕胎的选择权吗？［佩特拉追加问题四］

卡斯蒂洛医生：算我求您了，张大嘴。

佩特拉·克拉克:这话听起来略显猥琐啊,您觉不觉得?

[叹气声]

卡斯蒂洛医生:你还想不想让我给你洗牙了。

佩特拉·克拉克:当然了,否则我到这儿干吗来的。

卡斯蒂洛医生:说实话,我也不知道您是干吗来的。

[长久的沉默]

卡斯蒂洛医生:你能一直保持张嘴状态么?

[含糊不清的咕哝声,洗牙声]

卡斯蒂洛医生:请漱口,漱完口也不要说话。

[吐水声]

佩特拉·克拉克:您是激进派还是保守派?

卡斯蒂洛医生:你说什么?

佩特拉·克拉克:关于交税,您报税时是激进还是保守?[问题八]

卡斯蒂洛医生:[彻底被惹毛的口气]这关你什么事?

佩特拉·克拉克:你刚刚拿手指在我嘴里搅和了至少二十分钟,我觉得我有权知道一点你的个人信息当做补偿。

卡斯蒂洛医生:我是保守派。我不会再回答你的问题了,克拉克女士。张大嘴。

[洗牙声]

卡斯蒂洛医生:漱口。

[吐水声]

佩特拉·克拉克:你会和病人约会么?[问题一]

卡斯蒂洛医生:不,绝对不会,永远不会。[停顿了很长时间]不要让我再告诉你第二次。

[含糊不清的咕哝声,说明患者张大了嘴,而且会一直张着。洗牙声。]

卡斯蒂洛医生:漱口。

佩特拉·克拉克：你看起来很紧张，医生。

卡斯蒂洛医生：这一天下来我很累。

佩特拉·克拉克：有些人会看些带颜色的东西来放松自己。[已经被删掉的问题十"你喜欢色情片吗"的陈述句版]

卡斯蒂洛医生：感谢惠顾，克拉克女士，请到前台找桑切斯太太缴费。

[开门声和关门声]

佩特拉·克拉克：我，佩特拉·克拉克，已离开丹尼尔·卡斯蒂洛的牙科诊所。

[录音结束]

"我们不是说好了，不提色情片那个问题的吗？"

"当时气氛很适合，所以我觉得应该问问。"

"气氛一点也不适合好吗！"

"他跟你完全不搭嘛。"佩特拉说，又往嘴里塞了一块椒盐饼干，嘎吱嘎吱地嚼了起来。

"我知道。"我一点也不生气地说。我可不是会被这种事情吓得掉头跑的姑娘。我一直认为，这些年被嫌弃被训斥的生活，让我面对"不"字已经磨练出了一副厚脸皮，我才不会像别的女孩子那样，被拒绝一下就跟天塌了似的呢。

"你得试着表现得像个正常人。"她说。

"已经开始这么做了。"

"你和他的感情不管发展到什么程度，都是建立在一个谎言上。"

"话是这么说，不过这样好歹能先发展起来啊，是吧？"

在两周之内，我已经把丹尼尔的生活归纳为薄薄的一页纸：

周一：上班　　　　　　　　（上午八点到下午四点）

　　　　打网球　　　　　　　（晚上五点半到七点半）

　　　　家里待着　　　　　　（晚上八点到次日早上七点）

　　周二：上班　　　　　　　（上午八点到下午三点）

　　　　跟十一岁的男孩子　　（下午四点到晚上八点）
　　　　一起干各种事①

　　周三：上班　　　　　　　（上午八点到下午四点）

　　　　打网球　　　　　　　（晚上五点半到七点半）

　　　　家里待着　　　　　　（晚上八点到次日早上七点）

　　周四：上班　　　　　　　（上午八点到下午四点）

　　　　和一帮各色男人吃饭（晚上六点到七点半）

　　　　和一帮各色男人打牌②（晚上七点半到凌晨零点）

　　周五：上班　　　　　　　（早上八点到下午四点）

　　　　打网球　　　　　　　（晚上五点半到七点半）

　　　　和朋友吃饭/喝酒　　（晚上九点到十一点）

　　周六：打网球　　　　　　（上午十点到中午十二点）

　　　　各种乱七八糟的事③（下午一点到凌晨零点）

　　周日：跟他妈吃午饭④　　（中午十一点到下午两点）

　　　　各种乱七八糟的事⑤（下午三点到晚上七点）

　　　　家里待着　　　　　　（晚上八点到次日早上七点）

　　在跟踪了丹尼尔·卡斯蒂洛两周以后，有两件事是我所确信无疑的：第一，他绝对会成为九号前男友。第二，我得去学网球了。

　　我在德洛丽丝公园对面的一个咖啡馆里看到了一个瑞典人贴

---

① 受美国法律认可的一帮一大哥会活动。
② 与上面一条是同一帮人。
③ 完全无规律可循。
④ 或者说是个长得跟他挺像、看起来应该是他妈的女人。
⑤ 完全无规律可循。

的广告，于是迅速开始跟他学习网球。斯蒂芬说我天生就是个打网球的料，不过我不知道他是实话实说呢，还是他的教学风格是以鼓励吹捧为主。我所知道的是，我练习得很刻苦，我学会了在比赛中得分，我买了蓝色网球短裤和白色上衣，这身打扮让我看起来像个大外行，但谢天谢地，至少不像暴露狂。还不到一个月，我的水平就赶上了陪杰克·皮特斯打球时的丹尼尔。我觉得已经是时候杀回旧金山网球俱乐部了，但是现在还有唯一一个障碍，就是大卫。

我哥把脚跷到办公桌上，身子完全倚在椅子靠背里，给自己找了个舒舒服服的姿势，准备开始这段他认为时间会很长、内容上还能好好拿我开一顿涮的谈话。

"你再重新说一遍好吗？"他说。

"我觉得这事没什么大不了的啊！我只是想让你在周六上午十点跟我在旧金山网球俱乐部碰头，跟我打一场网球，然后我请你吃个午饭。你怎么就不能像别人家的正常老哥一样直截说一句'没问题，伊莎贝尔'啊！"

"你打什么时候开始玩网球了？"

"大概一个月以前开始学的。"

"这位肯定大不寻常啊。"

"我不懂你在说什么。"

"抱歉喽，伊姿，我周六上午忙。"

"那下周六呢？"

"也忙。"

"他不是个酒保，我向你保证。"

大卫秘书的声音响了起来："大卫，你妹妹蕾来了。"

"让她进来吧。"

蕾走进办公室，立刻质问我来这儿干什么。而我，虽然明知她是为了每周例行敲竹杠而来，却也立刻反咬一口，质问她又来这儿干什么。蕾轻轻一跳，坐在大卫的桌角上，递给他一张打印出来的单子。大卫看了一遍，划掉了其中一行，掏出他的钱包。"买零食的钱我可不管，你向来都只买垃圾食品。"

"我给你提供收据总行了吧？"

"没门儿，你会去跟店家买收据的。对于这个问题，我和你姐在同一战线上，我们必须把你的甜食给断了。"

大卫递给蕾一张二十块的钞票，并要求她找给他三块钱。

"伊姿也是来找你要钱的吗？"蕾问大卫。

"不，伊姿想让我帮她钓个男人，不过我不赞成她所用的手段。"

"什么手段？"蕾天真无邪地问。

"她先是跟踪人家，把人家生活的方方面面翻个底儿掉，然后自己再渗透进去，逼得人家除了约她出去以外没有任何选择。"

"咱们不能用'调查'这个词儿吗？"我提议道。

"这有什么不对吗？"蕾说，"她只是想在陷进去之前先有点了解嘛。"

大卫一脸震惊地转向我，等着我的反应。

"你不必替我说话，蕾。"

"为什么？这完全合情合理啊！"她用一种语言无法形容的、无比自然的语气说道。

"你永远不能这么做，永远。"

"说一套，做一套。"大卫揶揄道。

我向后倒去，陷在沙发中，从这场言语交锋中败退下来。我又一次，就像以往的多少次一样，被当做了反面典型，这让我深受打击。

"大卫，你来告诉她应该怎样吧。"我低声嘀咕道。

"蕾，女人，除了你姐以外，看上了某一位异性——或者同性，那要视她的口味而定——之后，会用某种方法做自我介绍。她们会微笑、挥手，把自己的名片或者写着自己电话号码的纸片送给对方,或者问对方的电话号码。她们表达出自己的意图,然后等待对方的回应。但她们不会跟在人家身后好几个礼拜,全盘掌握人家的作息时间,调查他的道德品质,确保在两个人的交往过程中不会有意外横插一脚。男女交往总会伴随着未知因素的,不管你如何使出浑身解数,这也是无法逃避的。"

蕾兴味索然地回答道:"大卫,老妈早就对我发表过'别学伊莎贝尔'的长篇大论了,虽然你的中心思想是搞对象而不是抽大麻,但和老妈的意思没有啥不一样的。多谢你给的钱,我爱你。"

她在这个她从小就知道是块好肥肉的男人颊上亲了一下,为了表示手心手背都是肉,又朝沙发走过来,掀掉我脸上的靠垫,给我脸上也来了这么一下。

"拜拜,伊姿,回头见喽。"她说着便离开了,抛下我独自面对我那刁钻苛刻的老哥。

我缓缓地在沙发上坐直身体,突然觉得自己重若千钧。我站起身来,穿上大衣。

"回见了,大卫。"我有气无力地说。

"周六十点整,俱乐部见。"他回答道。于是我突然觉得身上那千钧的担子卸下了一些。

进网球俱乐部之前,我们俩简短地对了对词以便口径一致,这花了大概二十分钟。我对大卫的要求是:除非有人和他说话,否则不要开口;不要泄露任何关于我的家庭、事业以及以往感情经历的信息;不许纠正我所提供的信息,也不许向别人提供任何我的信息。而大卫只有一个底线:如果要把他扯进什么非法勾当的话,他就报警没商量。

我们抛了个钢镚来决定发球权,结果我先发球。我打出了个有效发球,但大卫没有接球。他用球拍指指球网,示意我在网前和他碰头。

143

"你说你只学了大概一个月。"

"没错。"

"这发球很不赖嘛。"

"多谢。你到底打是不打？"

"开打吧。"

"15比0了。"

我再次发球,大卫用一个力度中等的挑高球打了回来,这给了我足够时间,报以一记大力反手击球,球在球场上空划过一道对角线,于是大卫决定不去救它。我们俩又对打了几分钟,然后大卫再次把我叫到网前。

"到底是怎么回事,伊姿？记得么,我曾经看过你上体育课的样子,你的手眼协调能力顶多顶多算是中不溜的。"

"哈,斯蒂芬可不像你这么想。"

"没有人能在一个月里就练得这么好。"

"到现在已经算是五个礼拜了,何况我还上了几节课,而且一到休息日就练球。"

"到底多少节课？"

"差不多二十五节吧。"

"在一个月内？"

"嗯,也就差个一天两天的。"

大卫摇了摇头,走回球场底线。在发球之前,他实在是如鲠在喉不吐不快了。"你这真是非常,非常,非常不正常。"

没错,在只学了一个月的初学者里,我的水平已经出类拔萃了,但即便如此,我仍然完全不是大卫的对手,尤其是在他存心要给我点颜色看看的时候。

大卫以两个6比0直落两盘,几乎都没有出汗。而我呢,当我们走进顶层的酒吧时,我看起来就像刚在龙卷风里打了一千多个滚儿似的。根据以往经验,我知道丹尼尔马上就要到这儿了,于是便抓紧最后几分钟，向大卫重申了一遍行动精神。

"这非常重要，大卫，请你不要借此机会打击报复。"

丹尼尔走进赛点咖啡酒吧时，大卫正在点我们俩的酒。我突然意识到，在中午之前就喝酒精饮料看起来有点不像好人，但是为时已晚。丹尼尔在走向吧台的途中认出了我。

我努力想着在这种情况下该用什么表情才合适。似乎应该装作愣了愣神，露出一种"我是不是在哪儿见过你？"的神情，而不是"按照经验，我早就知道会在这儿看见你，不过现在真看见了吧，我又不知道该跟你说什么。"我还没决定用哪种表情会万无一失，丹尼尔就朝我走了过来。

"我正想着，能不能再次在这儿见到你呢。"

"哦，你好。"这是我能想到的最稳妥的回答。我感觉自己完全僵住了，各种字眼儿在我脑袋里没头苍蝇一般乱撞，我的脚后跟完全不受控制地咚咚咚敲着地面。就在这时大卫出现了，递给我一杯啤酒，把我从这不言而喻的难堪境地中拯救了出来。

"嗨，我是大卫。你是伊姿的朋友么？"

"伊姿？"

"伊莎贝尔，就是坐在你眼前的这位。"

"我们之前见过面。"

"一起喝一杯如何？"大卫建议道。

丹尼尔打算推辞，他一定是下意识地把大卫当成了我的男朋友而不是哥哥。我和大卫实在长得太不相像，因此被错当成情侣也不是一次两次了。不过，如果是被女同胞误会的话，我通常能够听到背后传来类似"哇噻，她上辈子是积了什么德啊"之类的窃窃私语声。

"哦，不必了，我不想打扰你们。"

"坐下吧，"大卫坚持道，"我今天跟我妹说的话已经够多了。"

我通常会把有我家人参加的对话录下来,以作为那些互相攻击之辞的证据。当然,大卫现在确实是在帮我的忙,但我家人所谓的帮忙往往成事不足败事有余。于是我按下了袖珍数码录音笔的开关,只是为了有备无患。

下面便是这次谈话的记录。

丹尼尔:我先去弄点喝的,这就回来。你们还要点什么吗?

大卫:我不用了,不过伊姿喝酒很快,你可以再帮她带杯啤酒。哎哟喂。

伊莎贝尔:不,我不用了,谢谢。

[丹尼尔朝吧台走去]

大卫:他才不是你的菜呢。

伊莎贝尔:我喜欢他。也就是说,他就是我的菜。

大卫:那我就换个说法吧。你不是他的菜。

伊莎贝尔:你怎么知道?

大卫:我就是知道。

伊莎贝尔:为什么?

大卫:男人喜欢修眉毛的女人。

伊莎贝尔:我修眉毛。

大卫:一年半载才修一次的不算。

伊莎贝尔:我经常修,而且就算是在没修的时候,你也得离得很近才能看出来。

大卫:我就是觉得你们俩不般配。

伊莎贝尔:大卫,如果你敢从中作梗,我敢保证——

大卫:伊莎贝尔,这整整两个礼拜以来你一直在侵犯这个男人的隐私,我觉得在这段关系中作梗的不是别人,正是你自己。

[丹尼尔端着两杯啤酒回来了]

丹尼尔:我多要了一杯,万一不够喝呢。

大卫:真聪明。对了,丹尼尔,你是怎么认识我妹妹的?

丹尼尔:我们几周之前见过面,是吧?

伊莎贝尔:差不多。

大卫:你不觉得更像是五个礼拜吗?

丹尼尔:也许吧。

伊莎贝尔:我当时借了他的会员证,大卫记这种琐碎细节记得很清楚。

大卫:我之所以记得,是因为伊姿从那时起开始决定学网球。

丹尼尔:你习惯被称为伊姿还是伊莎贝尔?

大卫:叫她伊姿就好。干吗要费那份儿劲去发"莎贝尔"的音呢?

伊莎贝尔:叫我哪个都行。

大卫:那么,在差不多五周前的那一天,你和伊姿到底是怎么搭上话的呢?

丹尼尔:你妹妹问了我一个问题,是关于我打过的一场球。

大卫:什么样的问题?

丹尼尔:我得承认,伊莎贝尔的眼睛很毒。

大卫:你才知道些啥啊。哎哟喂。

伊莎贝尔:哎呀抱歉,那是你的腿吗?

大卫:你明明就知道那是什么。

伊莎贝尔:我都道歉了。话说丹尼尔,你今天怎么到这儿来了。

丹尼尔:我在打牙医联赛,今天早上有几场比赛。

大卫:你是个牙医?

伊莎贝尔:我们好像说过不谈工作的吧。

大卫:你真是个牙医?

丹尼尔:对,我是牙医。

大卫:你之前知道么,伊莎贝尔?

伊莎贝尔:嗯,我知道,大卫。

丹尼尔:大卫,你是做什么的呢?

大卫:我是个律师,主攻公司法,比如企业合并啊、收购啊之类的。我妹妹告诉你她的职业了么?

丹尼尔:嗯,我们第一次见面时她告诉我了。

大卫:也就是说你知道喽?哎哟喂。

丹尼尔:对,我知道的。

伊莎贝尔:我是个老师啊,大卫,我为什么要对这件事保密呢。

大卫:老师?我怎么知道。我是说,我怎么知道你为什么要对此保密。

伊莎贝尔:事实上,我只是个代课教师。不过等我拿到执照,我就去找份全职工作。

大卫:你还不如加入家族行业呢。哎哟喂。伊莎贝尔,你到底懂不懂,和别人分享一张桌子,也包括分享桌子下面的空间?

伊莎贝尔:抱歉,那又是你吗?

丹尼尔:家族行业是什么?

伊莎贝尔:教书。我们全家都是搞教育的。

大卫:我不是。如果你不介意的话,富余的那杯啤酒给我喝了吧。

伊莎贝尔:不行,这杯酒是我的,想喝你就自己买去。

大卫:知道吗,我打算给妈妈打个电话,问问她的教育事业进展如何了。哎哟喂。我说,你该去医院看看你这腿脚乱抽的毛病,我觉得你可能得了神经失调了。

伊莎贝尔:大卫,那边就有付费电话,你去打吧。

[大卫一瘸一拐地朝付费电话走去]

丹尼尔:你哥哥没有手机吗?

伊莎贝尔:有的,我只是想把他支开。

丹尼尔:你们俩一直都这样相处吗?

伊莎贝尔:怎样?

丹尼尔:我觉得你一直在踢他。

伊莎贝尔:大卫老是爱说些不着调的话,我只是想提醒他管好自己的嘴而已。

丹尼尔:原来如此。

伊莎贝尔:真是累死个人了。

丹尼尔:那你为什么还跟他打?

伊莎贝尔:因为他是我哥啊。

丹尼尔:那也不意味着你要跟他一起打网球啊。

伊莎贝尔:话是没错,但我喜欢这家俱乐部,他又恰好是会员。

丹尼尔:我也是会员啊。

伊莎贝尔:对哦,你也是。

[大卫回到座位上]

大卫:妈妈问你好。

伊莎贝尔:她怎么样?

大卫:她打算退休了,这年头的小孩儿不像以前那么好带了。说到小孩儿,你当爹了么?

丹尼尔:哎哟喂。没有。

伊莎贝尔:啊,抱歉,我还以为那是大卫的腿呢。

丹尼尔:我猜也是。[从他的钱包里掏出名片]这是我的名片,如果你偶尔想打网球的话,就给我打电话吧。我是说,如果你不介意我抢走你的球伴的话,大卫。

大卫:请随意抢走。哎哟喂。

伊莎贝尔:这回可不是我。

大卫:用不着你说。我撞到膝盖了。

丹尼尔:再见。

[丹尼尔渐去渐远]

伊莎贝尔:您还能更不要脸点儿么?

大卫：当然能，我本来想告诉他真相的。

网球约会第一至三回，正常约会第一至三回

在俱乐部那次惨绝人寰的互相介绍之后，我打电话给丹尼尔，假意要约他打网球。这个计划唯一的软肋是就是打网球本身。每一场对决都会以一个看似随机、实际上经过精心计算的结局收场。丹尼尔会连赢两盘，每盘都是6比2。如果他一时大意没收住手，就会是6比1，而如果他偶尔宽宏大量地决定放水，就会出现个6比3。虽然在远远旁观时，我曾被丹尼尔这种视对手而定、收放自如的球技迷得神魂颠倒，但当我自己变成球网另一边的人，他的这个本事就变得很烦人了。说句实话，我对网球压根就不感兴趣。当然喽，我喜欢看他那两条可可色的长腿满场飞奔，但是我说了归齐是为了啤酒、椒盐饼干和赛后的没话找话而来的。我才不在乎被打败呢，被打败对我来说就仿佛喘气一样不足为奇。

在我和丹尼尔的第三场网球"比赛"第二盘的第四局中，他打出了一个软绵绵烂糟糟的正手击球，可惜他的演技和这个球一样拙劣。我走到网前，他也走了过来，称赞我先前的接球。

"我已经忍了很久没说了。"我说。

"你说什么？"

"你是打算以后就靠着这种拙劣的滑稽表演过活了么？如果不是的话，我们来真刀真枪打一场吧。"

"你想让我真刀真枪跟你打？"

"我都不敢说你还会不会好好打了。"

"可那样我会赢的。"

"你本来也一直在赢啊。"

"我会赢得更快。"

"我没意见。你来发球。"

七分钟之后,丹尼尔和我坐在酒吧里,第一杯啤酒已经喝了一半。

　　"现在感觉如何?"

　　"你下次其实可以再稍微悠着点。"

　　丹尼尔若有所思地看着他的椒盐饼干。我觉得他好像对"下次"这个词抱有异议,于是我做好了被断然拒绝的思想准备。

　　"我们非要打网球不可吗?"他问道。

　　"不是啊。"我回答。

　　"我们能不能干点儿别的?"

　　"比如说打保龄?"

　　"不!"他的声音比平时要大了一些。

　　"我是否可以认为这是因为你不太会打保龄?"

　　"我想排除掉任何带有竞赛性质的活动。"

　　"因为永远都会赢实在太没有乐趣了吗?"

　　"伊莎贝尔,出于礼貌起见,你能不能别对我这么咄咄逼人。"他压低声音说道。

　　"当然可以,那你想做什么呢?"我也压低声音。

　　"你这是在装傻么?"

　　"才不是呢。"我说,声音一点也不压低着了。

　　"你喜欢我吗?"

　　"喜欢。"

　　"那你觉得,我们开始正常的约会如何?"

　　"当然好了。"我说,但是紧接着我又嘴欠地问了一句,"正常的约会是啥意思?"

　　对丹尼尔来说,正常的约会基本上指的是自己在家做顿饭吃,在此之前或之后干点别的,比如说看看电影,喝喝小酒,打打网球。但我终于明白,只有对真正喜欢网球的人来说,打网球才能算是正常约会的一部分。而我仍不确定我是否喜欢打球,因此很感谢他给了我喘息之机。我们还会打最后一次网球,不过那是后话了。

正常约会第一回

丹尼尔在网球俱乐部里约我出去的三天之后,我们在海耶谷的一家红酒吧见面,一起喝了一杯。一个侍者在我们桌边逡巡不去,一个接一个地给了我们太多的"建议",这让我们终于待不下去了。于是丹尼尔主动提了一个建议:邀请我到他家里,尝尝他的"拿手好菜"。在不久之后,"拿手好菜"这个词会让我仿佛听到丧钟长鸣,但在这个晚上,他第一次显露身手时,丹尼尔和他的拿手好菜都表现得几乎称得上完美。

卡斯蒂洛医生住在一栋三层公寓的一层,两居室,一个卫生间,房间很干净,但是却并不干净得让人发指。家里布置得非常雅致,完全不能从中看出他的职业特点。对于一个带着"牙科博士"头衔的人来说,这个地方实在显得太低调了。

丹尼尔从冰箱里拿出一盘墨西哥辣椒肉馅玉米卷饼,把它解冻了。我质疑说,解个冻也能算亲手做道菜吗?但丹尼尔解释说,这道菜确实是他之前按照他妈妈给的菜谱自己做的,因此能够算数。这道菜一端上来,我就不再跟他叫板了。我必须得承认,丹尼尔实在懂得怎么做好吃的墨西哥辣椒肉馅玉米卷饼。不幸的是,这是他唯一会做的菜。

正常约会第二回(五天之后)

在金门公园里溜达了一圈后,丹尼尔再次邀请我去尝尝他的手艺。这一次他挑战的是罐焖鸡肉,食谱是从他诊所等候区摆着的《美食家》杂志里看来的。这道菜本来也许并不难吃,但每当丹尼尔找不到某种香料时,他就会用一种颜色或者名称相近,但味道未必相近的香料取而代之。于是该放牛至的时候他放了百里香，而该放黑胡椒的时候他却放了辣椒。

丹尼尔的迷人之处在于，他并不认为这道菜的失败是由他自己的失败造成的，他单纯地认为是提供菜谱的人长了条不正常的舌头。他每吃一口就会发表一句评论，一开始是"有趣，这还真是五味杂陈啊"，多吃了几口之后，变成"我大概不会再做这道菜了"，而最终的盖棺定论是"可是我喜欢尝试新菜谱"。

虽然如此，我对第二回正常约会的回忆仍然十分美好。丹尼尔把桌子收拾干净之后，从冰箱里拎出了一提六瓶啤酒。

"咱们爬到屋顶上去看星星吧。"

那天晚上压根儿一颗星星也没有，但我并没有拒绝。因为坐在屋顶上喝小酒算是我最爱干的事情之一了。

我们坐在塑料躺椅上，看着那片黑咕隆咚、雾气蒙蒙的天空，几乎谁也没有说话，但是却并不觉得尴尬，因为两个人都安静而惬意地享受着彼此的陪伴。我原本很肯定他把我带上天台，是为了展开第一步进攻的，然而我傻等了足足三个小时，直到冷得多一分钟都待不下去了，我才意识到我错了。

正常约会第三回（三天后）

丹尼尔再一次自告奋勇要求为我洗手做羹汤，他端给我的那盘糖醋洋白菜实在是让我难以下咽。而丹尼尔呢，他果然又把责任推给了菜谱："他们就不觉得这味儿很怪吗？"他说，"我绝对再也不做这玩意了。"

"我还挺喜欢的。"我回答道。

这句话从头到尾没一个字是真的，不过我觉得吧，既然我已经在我的前半生经历上对他撒了弥天大谎，那么至少可以在他的厨艺上撒个小谎来作为补偿。

斯家侦探档案

丹尼尔刷碗的时候,我就在他的客厅里东逛逛西看看,扫视着他的书架。就在这时,我有了一个惊人的发现,它改变了一切——至少改变了我们的活动范围。我从书架上那些DVD盘盒中抽出一套,走进了厨房。

"丹尼尔,我才发现你有——"

"大点声,我开着水呢什么都听不到。"

我走到他身边,把那套DVD举给他看,"我才发现你有《糊涂侦探》的整套DVD,我都不知道这个剧出过DVD呢。"

"是盗版碟。"他回答说。

"这是你收到的礼物吗?"我问。

"是的,"他说,"我自己送自己的礼物。我爱《糊涂侦探》。"

"你肯定没有我爱!"我兴高采烈地说,"我最好的朋友[哔——]①和我曾经一整天一整天地[哔——]②看这部剧。"

丹尼尔关了水龙头,擦干了手,说道:"我们来场看片马拉松如何?"

我们整整看了十集,看着精明探员打了无数次鞋子电话,丹尼尔打起了哈欠,而我意识到我第二天早上要七点钟起床,因为八点钟前要到学校③。我该回家了。

丹尼尔关掉DVD,说道:"我小的时候,一直真的认为我长大后会为特工局④工作。"

"我也是。"我回答说。但实际上,我当年是想要为混沌组织⑤卖命的。

---

① 就是佩特拉,不过不能提起她的名字,以防他还记得"醉翁之意不在牙"第一回。
② 先嗑药嗑爽了。
③ 扯淡呢。
④ 顶级机密的反间谍组织(是好人)。
⑤ 国际邪恶组织。

正常约会第三回以和正常约会第一、二回相差无几的方式告终。丹尼尔回回都把我送到我的车边,第一回时他和我握了握手,第二回是个轻轻的拥抱,而在第三回,他在我头上轻轻拍了拍,而这成了压断骆驼背的最后一根羽毛。我的耐心终于耗尽了。我花了足足三次网球约会和三次正常约会,竟然连个吻都没得到。

　　我坐进车里,看着丹尼尔走进他家的门廊,不见踪影了。我打着了火,准备离开,准备接受又一个被牙医拒绝的夜晚。但是突然间我改变了主意。我已经等得够久了。

　　丹尼尔门厅的窗户离地面只有一米八多一点,只要踩着地上的排水管,够到窗户完全是小菜一碟。当我看到丹尼尔家的灯光亮了起来,看到他的影子投射在窗户上,我走出汽车,走过去敲了敲他的窗户。

　　人们听到有人敲窗户时,反应大概会与听到门铃或敲门声时不甚相同,但终究还是会有反应的。就在我马上要抓不住那满是灰的窗台时,丹尼尔打开了窗子。

　　"嗨,伊莎贝尔,我的门铃坏了吗?"

　　"没有。"我回答说,完全不明白他为什么要这么问。

　　"那你在窗户外边干什么?"

　　"我有话要对你说。"

　　"好吧,你想要进来吗?"

　　"当然。"我一边说着,一边又用手掌把窗户往上推了一些。

　　"你干吗不绕到正门口按按门铃,让我放你进来呢?"丹尼尔说。

　　我不清楚在我们的日常生活中,门什么时候成了进出房屋的唯一合法通道,不过我怎么看怎么觉得这僵化刻板的规矩其实根本不科学。丹尼尔想让我从排水管跳下去,走上好几步路到正门那里,按门铃,等着他开门,穿过一道防盗门和两道屋门,到达明明一蹦一撑一骗腿儿就能到达的地方。我才不费那份儿劲呢。

"我就想翻窗户进去,如果你不介意的话。"我说。

我一条腿翻进去,跨坐在窗户上时,丹尼尔向后退了几步。于是我把另一条腿也迈进去,拍了拍手上的灰。

"你该擦擦窗户了。"我说。

丹尼尔对我的建议完全没有反应。

"你还好吧,伊莎贝尔。"

"我不好。"

"那你说说我听听,怎么不好了?"

"你把我当什么了? 一条金毛巡回猎犬么?"

"当然不是了。"丹尼尔一头雾水地回答说。

"打了三次球,喝了一次酒,跟公园遛了一大弯,一打啤酒,一杯红酒,三顿你自个儿做的饭。结果都换来什么了?"

丹尼尔向后靠在沙发的扶手上。

"都换来什么了?"他像复读机似的重复道。

"四次握手,一个公事公办的拥抱,还有在头上拍一下?"

"伊莎贝尔,你不放开了说清楚,我怎么能明白呢。"

于是我便放开了,我揪住他的领带,把他朝我拽了过来。耗了这么久,经过了七个礼拜、二十五节网球课、两周短期监视、三次网球约会和三次正常约会,以及十集我最爱的电视剧之后,我终于得到了第一个吻。

"现在明白了吧?"我把他推开,问道。

"明白了。"丹尼尔说着搂住我的腰,回吻了过来。

不让我爸妈发现丹尼尔,也不让丹尼尔遇到我爸妈,这需要比我这些年来摸爬滚打磨练出的偷偷摸摸更具挑战性的手段。相比之下,最容易的是不让丹尼尔去我家。我向他解释说,如果他不请自来,就有可能和我爸妈不期而遇。我还解释说,如果我们刚交往到这一步就让他见我家长,铁定会让我们的关系玩儿完。丹尼尔质疑说,他不认为一辈子献身于教育事业的人会像他们女儿形容的这样疯疯癫癫，但是他还是接受了。

　　要不是我的穿衣风格突然有了一百八十度的大转变，我爸妈也不会发现我的行为有什么异常。我平时的打扮完全不像个当老师的，但是，为了用这个我自己都觉得极不靠谱的谎言蒙过丹尼尔，我觉得唯一的办法就是，把自己捯饬得有点儿职业范儿。

裙子之战

一开始,我会在干完活儿后急急忙忙跑回家,冲个澡,换上一件剪裁考究的连衣裙,或者是粗花呢裙子配一件多少熨过的衬衫,随后溜出家门,试图不引起任何注意。然而,在这个家里,"不引起注意"这种事是不存在的。如果正巧下雨,我就可以穿一件长雨衣,把我的全套行头都罩在里面。赶上屈指可数的派我去见客户的日子,我这种打扮倒也算说得过去。但是大多数时间里,我只能使尽全身解数不被注意。于是,跳窗户成了我进进出出时最常使用的方法。然而,连我都说不好这两件事里哪个更引人怀疑:是突然在穿衣品位上转了性呢,还是突然就不走门了呢。

然而,最大的挑战往往出现在中午,在丹尼尔想来一次突然袭击的"惊喜"午餐的时候。有个病人取消预约啦,他突然就闲下来啦。竟然有那么多人都不过脑子就贸然取消牙医预约,我真为此感到震惊。我对每个取消预约的病人都咬牙切齿,恨不得打电话去一个个地对他们吼:"你知道你给我添了多少麻烦吗?!"或者"你对牙齿卫生就一点都不在乎吗?!"然而,我能做的只是学会在车里换衣服。我会把车停在不同学校的门口——教会高中、要塞中学、杰弗森小学等等——换好衣服,在街上等丹尼尔。偶尔我需要冲着某个像教育工作者一样面露疲态的陌生人挥手并喊着"下周见啦,苏西"或者"当心感冒哦,吉姆"。丹尼尔从来没有注意到他们投桃报李的惊恐眼神。他对一切都信之不疑。当然了,他怎么会怀疑呢?这件事的真相比任何小说都更要离奇,他才猜不到呢。

这种生活成了定式——把车停在学校旁边,在车里换衣服,以至于我开始将它视为业余体育锻炼而非谎言的副产品。我的最高纪录是在三分二十五秒里穿好全套衣服,而最慢的一次花了八分五十秒,因为我把亚麻衬衫的下摆绞进羊毛裙子的拉锁里了。在丹尼尔和我开始正常约会的一周以后,佩特拉忍不住对我的穿着挑眼了,她说我的打扮实在太夸张,看起来就像要在一部戏里演个老师角色似的。但是我却发现,我需要这些衣服来提醒我自己所扮演的角色。对我来说,这些衣服并不是要打造一个女人,而是为了编圆一个谎言。然而,虽然我本该对自己的所作所为感到不安,但我并没有。直到有一天,我无意在后视镜中看了自己一眼,我的运动衫袖子打了个死结,我在自己的车后座上,被自己的衣服给困住了。

是时候让丹尼尔的这种"惊喜"午餐打住了。为了满足丹尼尔想要随时见面的愿望和我想要在饭馆吃饭的愿望,我开始去他的诊所看他——只要我在诊所附近,穿得也还算得体。人人都知道代课老师的时间安排非常灵活,所以丹尼尔一点也不觉得这有什么不正常。

桑切斯太太今年六十岁,是丹尼尔的护士,办公室主任,一个无所不能的多面手。当我被第一次介绍给她时,她上上下下打量着我,礼貌地笑了笑,然后用西班牙语对丹尼尔嘀咕了些什么。

我和丹尼尔约会了大概六周后,我第二次"乘兴而至"地去了他的诊所。桑切斯太太请我坐下,告诉我丹尼尔正在接诊,还有十五分钟就完事了。于是我犯了个错误,跟她闲聊了起来。

"丹尼尔告诉我说,你是个代课老师。"桑切斯太太说道。

"是吗?他怎么会有这个想法的啊。"

沉默。

"抱歉,我开玩笑的。"我说,虽然这笑话并不好笑,而且如果对方甚至没有出于礼貌小笑两声,那肯定不是什么好兆头,"没错,我是个老师,代课老师。孩子们多可爱啊。"

"是啊,"她回答说,"我有三个隔辈人呢。"

"真好啊,"我说,"我希望你不光有'胳膊'人,也有腿人。"

沉默。

"我是说,你总得先有孩子,才能有孙子……胳膊拧不过大腿嘛。"

"我有三个孩子。"她带着一脸礼貌却让人不安的微笑回答道。

"恭喜。"我只说了这一句,因为我实在失去了说话的勇气。

"对了伊莎贝尔,你通常在哪儿代课?"

"哦,到处代。"

"没有哪个学校是你通常去的么?"

"还真没有,我喜欢东跑跑西跑跑,这样总能保持新鲜感和趣味。"

"那么,比如说,你上周在哪儿讲课来着?"

上周丹尼尔搞了一次突然袭击,我只好在要塞中学外面换了衣服。既然要撒谎就必须前后一致——我打小就知道这一点了。

"上周二和周三我在要塞中学讲课,如果没记错的话。"

"我孙子胡安就在要塞上学,那你一定认识那儿的副校长莱斯利·格兰维尔了。"

"哦,我和格兰维尔女士不太熟。①"

沉默。

"我想你是想说先生。莱斯利是个男人,至少我上次遇到他时

---

① 按照比例说来,教育口的女性工作者比男性要多,所以我这其实并不是信口开河。

还是。"

"没错。"我说，觉得血刷的一下从头顶坠到了脚底，"先生，当然啦，我老是把男女称谓给搞混了，这是种毛病，还有个专门的名字呢，叫什么来着。哎呀记不得了。总之没错，莱斯利是个男人。"

简直是有如神助一般，电话在这时响起来，把我拯救于水深火热之中。然而，自打这天起，桑切斯太太看我的眼神，就仿佛我有什么不可告人的秘密似的。这倒也不能怪她，我确实有秘密。

* * *

丹尼尔和我交往六周之后，我的生活中已经层层叠叠地堆满了谎言，照老话说的，我该打开天窗说亮话了。我可以向丹尼尔隐瞒我的真实生活，却不管再怎么费尽九牛二虎之力，也不可能再继续向家人隐瞒我的虚假身份了。我认为我先前的所作所为并不正确，但我将这种演变视为进步。第二天，我穿着一条花呢裙子和毛衣，径直走出了我家大门。在接下来的一天，和再接下来的一天也仍然如此，只不过每天都换身衣服。

在第四天，我爸在我走到家门口时截下了我。当时才早上七点，而我爸通常不到九点绝不下床，所以我已经有了心理准备。

"早啊，伊莎贝尔。"

"老爸，你怎么这么早就爬起来了？"

"我就是想看看日出。"

"日出好看么？"

"我起晚了半小时，没看到。谁知道太阳会那么早出来啊。"

"你是故意挡我的道么？"

"是的。"

"为什么？"

"有什么新鲜事？"

"没什么。"

"你的花衣裳可不这么说喂。"

"我怎么没注意到我的衣服在跟你打小报告呢。"

"哦,它们打了。"

"那它们说什么了?"

"它们说你让鬼迷了心窍了。"

"一块布说话都这么难听,你觉不觉得?"

"你的衣服,伊姿,你的衣服非常可疑。"我爸说,渐渐提高了嗓门。

"爸,我要在十分钟内赶到城区另一头,"我一边回答,一边侧身从他身边挤过去,打开房门,"我会教育我的衣服,让它们不再跟你说话。我希望你能明白我的意思。"

讯 问

第四回合

我注意到斯通把我喜欢从窗户进出的习惯记在了他的记录本上。他的字迹龙飞凤舞潦草不堪,从反方向很难看清。通常我很善于干这种事,从反方向认字什么的,但是我盯得有点太久了。

"伊莎贝尔,你能不偷看我的记录本么?"

"我没看。"

"不,你看了。"

"不,我没有。"

斯通放下笔,严厉地盯了我一阵。"你多大了?"

"你知道我多大了,你都记在本上了。"

"回答问题。"

"二十八。"

"据我所知,二十八岁已经是个大人了。按照法律,你已经可以开车,喝酒,选举,结婚,起诉别人,进监狱——"

"你想说什么,警督?"

"我希望你的表现能有个大人样。"

"你这又是什么意思?"

"意思就是,你该成熟起来了,伊莎贝尔。"

他的批评对我的震撼非同一般。我很想相信他之所以这么说，是我父母对他洗脑般灌输的结果。然而实情并不是这样。斯通对我的评价，完全是他自己做出的。

　　我低下头，看着那张木头桌子上斑斑点点的瘢痕，那是我在从幼年到青春期的那段时光里，一次次在被关在这里受审时刻下来的。我试图忘记我为何在这里。我试图不去想就在这间屋子里，传出了多少关于我的风言风语。我试图忘记他已经询问过我家里其他所有人——呃，几乎是所有人。我试图想些别的东西，但是斯通将我拉回了现实。

课余监视之战

第二回合

那天晚上,我回到家,准备好了为了衣着打扮接受第二轮审问。然而,另一场冲突正蠢蠢欲动地酝酿着,把所有人的注意力从我那相对无害的打扮上转移开了。我发现蕾独自站在走廊里,把眼睛凑到她的卧室门跟前,仔细看着。

"蕾?"

我的声音把正在全神贯注物我两忘的她吓了一跳,她转头看着我,"你进过我的屋子么?"她问道。

"没有。怎么了?"

"有人进去过。"她回答说,用食指在门上轻轻推了一下,于是门吱扭一声开了。她看着我,等着我对他作出些肯定。

"蕾,别急着下定论。"我向她叫道,但是我明白,这实在是铁证如山。蕾在两年前学会如何安门闩后,就立刻给自己的门上安了一个。我们的门上都有门闩,而且,除了有两年我的门闩被爸妈拆掉了(因为我沾了毒品)以外,门闩在我家一直是个标准配置。我们都非常看重个人隐私,尤其是因为我们其实都不尊重它。

我继续走上楼,进了我的房间。没过多一会儿,我听到一声房门被撞上的巨响,然后是一串仿佛是一百磅的人在跑步的重重脚步声。我走出房间,跟着这串脚步声走进了客厅。

"你个老不要脸的,活腻味了吧,竟敢偷我的东西!"蕾怒吼着闯进房间里。

雷大爷看着电视,几乎连眼皮都没抬,"侄女儿,我当时得去干活儿,但是我相机的电池坏掉了,于是我就借用了你的数码摄像机。我也是不得已而为之嘛,这有什么大不了的?"

"你撬了三道锁,闯进一个白纸黑字写着'禁止入内'的房间,翻箱倒柜地找一个放在我床下,而且还锁在盒子里的数码摄像机,并且拿走了它。**我不知道你们那疙瘩管这种事儿叫什么,反正在我的地界,这就叫偷窃!!!**"

蕾像一阵龙卷风似的扫过我身边,冲出了客厅。在她的粗重气息下,我仍然听到一句低声嘀咕:"开战吧,没商量了。"

❖

正像蕾日后所形容的那样,那天晚上,她溜出去是为了"找点出气筒"。我坐在我房间里,校对着一份被大卫打回来的监视报告。他说只有等我自己找出其中的五处拼写错误,才肯收下它,"否则我看不懂啊"。我听到逃生梯那边传来熟悉的窸窸窣窣声,然后便看到了蕾。她正踩在逃生梯的最后一磴上,准备从这离地三英尺的高度纵身跃下。我看了看表,已经是晚上九点半了。万一蕾要违反宵禁的话,总要有人能提供在场证明才行。于是我下了决定。

我神不知鬼不觉地从大门出去,朝蕾的方向跟过去。我一直远远地跟着,直到她到达波克街。虽然蕾喜欢打乱自己的习惯,但我相信有些事情实在是积习难改。波克街离我家只有区区几个街区,而她需要到公共场所,找个靶子来磨练自己的技术。

她走进了一家咖啡馆,不久便出来了,捧着一块我认为是布朗尼蛋糕的东西,边走边吃。我觉得这一趟盯梢绝不会是冤枉路,因为我至少已经有了她的一个把柄——在非假日里吃甜食。蕾在马路上迂回前进,这让我发现她已经选好了她的猎物。我缩短了和她之间的距离,并且有充分信心,相信我不会被她发现。

蕾如影随形地跟上了一个男人,那人大概二十多岁,留着超有个性的胡子,满身刺青。蕾尾随他进了波克街的一家书店。蕾已经十四岁了,看起来却像十三岁,而她却在这样一个第二天还要上学的日子里,在大晚上将近十点,一个人在街上晃荡。这让她完全不像自己想象的那样不引人注意。我并没有走进书店毁掉她的乐趣,而是蹲在书店外,等待一个合适的机会出现在她面前。

刺青男一本书也没买,两手空空地走出了书店,说实话,这一点也不让我惊讶。我离开书店门口,躲到一边,等着我妹妹从里面出来。她迈着准确计算好的步子走出来,跟上那个人,沿着街朝油水区的方向走去。我仍然尾随着他们,仍然没有被发现。

蕾的跟踪目标朝左一拐,走进了艾迪街,而她也一样。意识到她压根儿就没有掉头往回走的意思,我的火"腾"的一下涌了上来。这么多年来,我千叮咛万嘱咐,不停地对她说拐过那个弯之后的地方潜藏着多少危险,而她竟然就这么大大咧咧地拐过去了,这真让我震怒不已。

走到这个街区尽头的路口,刺青男又往左拐了个弯,蕾一溜小跑地追着,以防跟丢了他。她刚一消失在拐角处,我就也像她那样小跑起来。刺青男再一次朝左面拐去,彻彻底底地兜了个大圈子回到原处。我简直想冲着蕾大喊一顿"你是傻啊还是笨啊还是呆啊还是白痴啊"等等等等,但是我仍然认为这可以让蕾吸取点教训,于是我把嘴边的话咽了下去,直到我走到街角。

这时候我听到说话声,便偷偷探身往拐角那边看去,发现蕾和她的跟踪目标都被罩在一座施工中的办公楼的阴影之中。刺青男双手撑着红砖墙斜倚着,把蕾圈在他的两臂之间。

"宝贝儿,你干吗呢?"他以一种矫揉造作的语气低声说道。

167

"没什么,散散步而已。"蕾回答说。

"大晚么晌儿的还散步?"

"我想呼吸点新鲜空气。"

"你知道我是怎么想的?"他说。

"我怎么会知道。"

"我想你是在跟踪我。"

"我才没有。"她紧张地反驳道。

"你喜欢比你大好多岁的男人,是不是?"

"才不是那么回事呢,才不是呢。"

"我来教给你一些事情吧。"

"伊姿!你现在总能来帮我一把了吧!"蕾喊了起来。

我抽出刀,手腕一抖甩出刀刃,从拐角走出来。刺青男听到声音,回过了头。

"你他妈的把我妹妹放开。"我冷冷地说,暗暗期待着李·范·克里夫①能在这一刻灵魂附体。

"别急嘛小妞儿们,我一个人就足能让你们俩爽得找不到北。"

我掏出电话,假装要报警。"我希望这句话能把你送进监狱。"

刺青男想了想,发现这确实有可能,于是决定见好就收。他挑逗地向蕾挤了挤眼睛,"回头见喽,小姑娘。"

我一直盯着他,直到他消失在路尽头的一条巷子里。然后我一把将蕾推到墙上,提醒她我们明明有君子协定。

"我答应的是大幅度削减我的课余监视次数,又没说完全金盆洗手。"

"你竟然深更半夜地在红灯区里溜达。用不用我告诉你,你才十四岁啊?"

---

① 译者注:李·范·克里夫是美国著名西部片明星,被称为"最伟大的反派演员",专演冷酷少言心狠手辣的盗匪头子。

"如果有家人陪着的话,爸妈允许我在宵禁之后在外面活动。既然你一直跟着我,我认为这没什么不可以的。"

"你什么时候发现我的?"

"在书店。如果不知道有你护驾,我也就不会继续跟着他了。"

我摇了摇头,一时间竟不知该作何反应。我抓住蕾的胳膊,扯着她走上回家的路。"先回家,我回头再跟你算账。"

我们一声不吭地走着,一直走到波克街,然后蕾果然不出所料地打破了沉默。

"你看到他挤眼睛的德性了么?"

"看到了。"

"我最讨厌别人挤咕眼了。"

"我知道。你再也别想从家里偷溜出来了,我希望你意识到这一点。"我对蕾说。

"我们可以打个商量么?"她问。

"不好意思,这件事没得商量。"

在那天夜里,我家那名为审讯室的小黑屋中,我爸妈组成男女混合双打队伍,整整数落了蕾两个小时,给她灌输了课余跟踪的各种潜在危险。我爸妈有一种天赋,他们好像非常善于把握事物的消极一面。但我可以跟你们保证,就算这件事有什么危险,蕾也已经在这个晚上知道了。

牙 医 之 战

我爸最终放弃了探索我的品位突变之谜,但我妈却没有。她的第一波攻势是胡乱问上几句,比如"你这么干是为了气我么?""你把谁当傻子呢?"或者"你是吃错药了还是没吃药啊?"随即,她缩小了攻击范围。

首先被她当做靶子的,是我之前的穿衣风格。

"整整二十年啊,成天就是皮衣牛仔裤,皮衣牛仔裤,就跟有个飞车党住在我家里似的,尤其是再配上你那张脏嘴。"

"你怎么没告诉过我,有个飞车党住在咱家啊。"我回敬道。

"我都得求你穿裙子,真的是求啊。还记得玛丽姨妈的葬礼那次么?要了我老命了简直。结果突然一下,你成天都只穿衬衫裙子了。你总得给个理由吧。"

"没理由,老妈,就是想换换口味。"

"他叫什么?"她终于捅破了窗户纸。

每次她问我这个问题时,都会得到同一个回答:"约翰·史密斯。"告诉她一个大众化名字,就意味着告诉她,休想从我嘴里挖出这个秘密。

"你觉得能跟他处多久,伊莎贝尔?"

我当时并不知道这个问题的答案。然而但凡问题就一定有答案,而就这个问题而言,它的答案是,三个月。

在我忙着糊弄丹尼尔和我爸妈的同时,我家里还有其他人在瞒天过海。我一直自认为是精通各种伎俩的骗人高手,因此当我发现有人在我眼皮底下施展手腕偷梁换柱时,不管他们是为了我的好,还是完全罔顾我的利益,总会觉得分外诧异。

我并没有养成不打招呼就直接跑到大卫家的习惯,这主要是因为他禁止我这么做。不过,有那么一次,我纯属意外地到了他家旁边,因为我正在开车经过那一带,突然发现轮胎瘪了。我把车停在我哥的私人车道上,按响了他的门铃。那是一个周六的晚上七点,我觉得他没什么可能会在家里待着。

大卫在门铃响到第三声时打开了门。看到我后,他的脸骤然沉了下来,就仿佛是他在等待什么人的到来,并且为此挂着满脸笑容,却被真相严重打击了一样。

"伊莎贝尔。"

"真好,你还认识我。"

"我们明明说好的。"

"我以为那个约定有灵活处理的空间。"

"你看我长得灵活么?"

"完全不。不过我的轮胎爆了,就在这附近爆的,所以我顾不了那么多了。"

"你的轮胎真的瘪了?"

"我的车就停在你的车道上,您不能自己屈尊去看一眼么?"

"不。你需要什么?"

"呃,我想用一下你的电话,然后在等待拖车的这段时间里,在你奢华的家里好好享受一下。"

"你没有手机么?"

"我把它落在家里了,我是出来干趟急活儿,走得太匆忙。"

大卫转身走进门厅,让门半开着,一句话都没有,一点儿礼貌都不讲,但毕竟允许我进去了。

"速战速决,伊姿。我今晚有安排。"

"什么安排?"

"我现在没心情被你刨根问底。"

"你什么时候有过啊。"

"用不用我给你画张地图,告诉你怎么走到电话那儿?"大卫说道,比平时还要声色俱厉,不耐烦指数基本达到极值。

我正把手伸向厨房台面上的无绳电话时,它响了起来。我把电话拿了起来,而就在这时大卫冲了过来,劈手把它从我手里抢走了。

"喂,"他气喘吁吁地说,"嗯,我知道。我妹妹现在在这儿,我得等到她叫的拖车过来。我们能不能稍微拖后半个小时?好的,一个小时。到时候见。"

大卫挂断电话,把它递给我。我仔细地打量着他,但仍然未发一言。我为了我的车打了几个电话,在这段时间里大卫在对着镜子心急火燎地捯饬自己。我找个借口说用一下卫生间,然后水到渠成地翻看了他的药橱。通常情况下,我会在里面发现最新的抗衰老护肤品,然后毫不留情地猛烈挖苦大卫的臭美之心。有时候我甚至觉得,如果他不是我哥哥,我肯定会很嫌弃他。不过这一次,我在果酸润肤乳旁边发现的,是一盒卫生棉条。而这个证据只能说明一件事情——大卫有了个认真交往的女朋友。你可能会觉得我的结论太唐突了,但这种跳跃性思维是以历史经验为基础的。而且我豁然明白,他是在努力把这件事瞒着我,于是我不由得很是不爽。

我从卫生间的房门探出半个身子,"你今晚要去哪儿啊,大卫?"

"出去吃饭。"

"约会么?"

"和朋友见面而已。"
"这小妞儿叫啥啊?"
"不关你事。"
"哎哟这不会是她的名字吧。"
"让我清净会儿行么,伊莎贝尔?"
我拿出了那盒卫生棉条,"想瞒我?没门儿!"

课余监视之战

第 三 回 合

几个星期之后,蕾因为在代数考试中得了C+而被踢出了一次监视任务,于是她又偷偷溜出去跟踪路人了。这一次,她是在两个戴大檐帽的警察陪同下回到家的。听到门铃响,我爸穿着睡衣去开门,发现蕾竟然站在门外而不是待在楼上,不由大吃一惊。

格伦警官做了自我介绍,并介绍了他的搭档杰克逊警官,然后亲切地与我爸握了握手,"晚上好,先生。请问这是您女儿吗?"

"那要看她做过些什么了。"

"我们接到匿名线报,说有一位符合您女儿外貌特征的年轻女性在波克街一带跟踪路人。此后不久,我们就发现艾米丽正在诺布山地区跟踪一对年迈夫妇。这并不是犯罪,我们只是觉得,年纪这么小的姑娘,在这么晚的时候干这种事情,也不能算是正常。"

"宝贝,"我爸爸说,"你不能编个假名字告诉执法人员。我替我女儿蕾·斯佩尔曼向你们道歉,你们会把这件事备案吗?"

"不,我觉得没有这个必要。"格伦警官说道,然后两个警察便离开了。

蕾走进屋,我爸在她身后关上了门。

"还要我们跟你说多少次啊?"他问道。

蕾并没有听出这是个反问句,她回答说:"你想要我给你个数吗?"

"天黑以后街上到处都是坏人,你明明知道的。"

"所以我才只跟踪老年人啊!"

还好我爸没有被她的强词夺理绕晕。他平静却又很有威慑力地低声说道:"总有一天你会栽在这上面,傻瓜。"然后便让她去睡觉了。

蕾路过雷大爷房间的时候,他正巧在关上房门。她知道他偷听了刚才的父女谈话,也知道打电话向警察报信的正是她大爷。她知道对她的惩罚是板上钉钉的,除了认命以外没有别的办法。但是她暗暗发誓要血债血偿,让雷大爷也没有好果子吃。

酒 吧 之 战

蕾违反了家庭规定,私自跟踪了一对年纪加起来足有一百六十岁的老夫妻,她为此受到的惩罚可谓是旷世绝伦,她之前的受罚经历与之相比,都立刻显得不值一提。她被禁止外出足足三个月,这可绝对是前无古人的。但最要命的是,在这段时间内,她同样被禁止参加任何事务所批准的监视行动。眼看着自己即将过上无风无浪闷死个人的家里蹲生活,蕾决定先去趟哲学家酒吧,用姜汁汽水消愁。

正当米罗徒劳无功地努力劝蕾自己离开酒吧时,丹尼尔正在亲手为我做饭,又是一顿与菜谱失之千里、谬之不知多少里的饭。

在切绿洋葱的时候(菜谱上白纸黑字写着要用韭菜),丹尼尔说:"我想张罗一个晚宴。"

"你觉得这靠谱么?"我还没来得及过脑子,这句话就冲口而出。

"当然了,"他坚持道,"这一定很好玩。"

"你要请谁?"我问。

"请几个朋友,也许可以把我妈也请来。"

哎呀我靠。我心里暗暗叫了一声。不过转念一想,只要他不想见我妈,一切就万事大吉。于是我决定在这件事上随和些,甚至推动一下。

"听起来真不错,你可得做墨西哥辣椒肉馅玉米卷饼哦。"

"不,我想做些别出心裁的。"

"我觉得辣椒肉馅玉米卷饼就挺别出心裁了。"我说,暗暗希望他不要想起一出是一出。这时候,我的电话响了。通常我不太接电话,但这个号码看起来有点眼熟,却又不是家人号码那么熟——而我通常只接这样的电话。

"伊姿,我是米罗。你妹妹又来了。"

"在酒吧里?可她明明被禁止出门了啊。"

"我知道,我什么都知道了。你能来接她一趟么?"

"好的,我这就出发。"

我刚挂上电话,丹尼尔就问我谁被禁止外出了,这让我的谎言偏离了之前设计的轨道。我告诉她,是我的妹妹蕾因为练习"芭"蕾(以防他听到我说"吧"这个字了)而错过了回家的校车(压根儿没有校车),但如果她不能在晚上七点之前回到家的话,就会被罚禁止外出。

丹尼尔问能不能和我一起去,因为他想见见我妹妹。但我提醒他说,菜的酱汁还没收干呢。于是他便不再坚持了。

我到达米罗的酒吧时,蕾正絮絮叨叨说个不停,而米罗尽了一个好酒保的本分,礼貌而同情地听着她诉苦。

"他们都可老了,米罗,可老了。而且是在诺布山,毒贩子和站街女根本不会去那儿的。"

"你说得没错,姑娘。"

"我说了我们可以谈判,但妈妈不肯谈。不谈就不谈吧。但是每件事都可以谈判的啊,我又没伤到任何人,是不是?"

"我觉得关键问题是,你有可能会伤到自己。"

"我说愿意砍掉百分之六十,但没用。好吧,那就百分之八十,百分之八十耶!但老爸还是不答应。这还不算什么,他竟然连工

|177

作都不让我干了。他把我饭碗给砸了!"

蕾知道我在看着她,她这些话纯粹是说给我听的。但是我听得已经够多了。我在她旁边的高脚凳上坐了下来,再一次帮她把姜汁汽水一饮而尽。

"你在禁闭期内呢,蕾。"

"我知道。"

"那你为什么要到这儿来?"

"爸妈的规定是,在下学后,如果没有成年人的陪同,我就不能出家门。"

"你想说什么?"

"米罗是成年人啊。"

我把她从椅子上薅下来,拖到汽车那里。我重新给她解释了这个惩罚的具体含义,并且和她约定,只要她从此之后乖乖做人,这段小插曲就会仅仅是天知地知你知我知而已。

那天晚上,我用《糊涂侦探》来分散了丹尼尔对我妹那个小插曲的关注。我们看了四集,其中看得最爽的是一九六六年的第一季第十九集。在那集里,混沌派一个榆木脑袋[1]的机器人海米[2]打入特工局内部,并绑架了由精明保护的重要科学家舒特瓦尔博士。但是精明的善良感动了那个容易动感情的机器人,让他改邪归正,在最后海米[3]救了精明、九十九号特工和舒特瓦尔博士,并且开枪打了自己的创造者。局长请海米加入特工局,但海米说他更想为IBM工作,因为在那儿能多遇见一些人工智能机。本来海米只会出场这么一次,但是他太讨人喜欢了,所以后来又客串过

---

[1] 比方说,你跟他说"给我搭把手",他就把自己的手拧下来给你。
[2] 这名字是创造它的坏科学家给它取的。
[3] 海米看起来跟人没啥区别。

几集。

"我爱死海米了。"丹尼尔说。

"怎么可能不爱啊!"我回答说,还以为已经彻彻底底地让他忘掉我妹和我家人的事了。但是我错了。

丹尼尔按下暂停键,说道:"我想去你住的地方看看。"

他正式提出了要求,其后我们便以此要求为基础进行了谈判,而其结果是在凌晨两点半之时,我和丹尼尔踏着清风明月逃生梯鬼鬼祟祟翻进了我的房间。这种高中生常玩的小把戏在他眼里是那么的新鲜有趣,以至于让他忘了他女朋友早就不是高中生了。他留下来过了夜——好吧,其实只有四个小时——直到我把他摇醒,又把他从逃生梯送了下去。

我妈和丹尼尔失去耐心的步调几乎完全一致,但我对哪一个都没有泄露半点口风。关于我是老师的瞎话越来越捉襟见肘难以维持,但是我已经开始在展现给丹尼尔的那一面中掺入我自己的穿衣和言语风格,总有一天我可以对他说,我是完全以自己的真实面目和他相处的——除了在家庭和职业方面不太真实以外。

在被罚禁足的日子里,每逢周末,蕾就会安静而又异常愤怒地在家里来来回回绕圈子,无法替她那充沛的精力找到发泄口。我妈最终建议她出去骑骑车,并且重申了这段短暂假释期中需要遵守的规则。蕾骑上车就直奔米罗的酒吧,而这一回米罗直接打给了我爸。我爸妈就这一问题进行了一番讨论,而最终得出了一个只有他们才会觉得合适的结论。

注:(虽然我不是以下这场对决的直接目击者,但是我详细采访了参与此战的各方势力,因此我认为我的调查已经基本触及了真相。)

当我爸妈在哲学家酒吧接上蕾时,雨已经下得挺大了。蕾把她的自行车绑在我妈那辆本田车的后保险杠上,坐进了后座。我爸妈从前排转过头来瞪着她，各自板着张扑克脸。蕾立刻开始防守反击。

"你们这是不让我干我最爱干的事情！"蕾说。

"别假模假式了。"我妈说。

"我说真的！我真不知自己能不能收手！"

"我们让你收手，你想不收也不行。"这回轮到我爸了。

"你们的想法也太不切实际了。"

我妈扭头看着我爸，等待他的允许。我爸点了点头，于是我妈说道："我们交给你一个活儿，能让你忙好一阵儿，但是又不会惹麻烦。请记住，这是被我们批准的监视工作，蕾。但是一旦被我发现你又自由散漫为所欲为了，那么你在十八岁以前就再也别想接活儿。明白了么？"

"明白。是什么活儿？"

"我们要你跟踪你姐姐。"我爸说。

"我要知道现在跟她交往的男人是何方神圣。"我妈说。

在我爸向她摊出任务规则时，蕾一直一言不发："你不能因为这份工作而耽误学习，也不能以此为由违反宵禁要求。不管伊莎贝尔在哪里，在干什么，你都必须在晚上八点前回家。"

"但是我的宵禁时间是九点啊。"蕾说。

"现在不是了。"我妈说道，"你有兴趣么？"

"说说工资的事吧。"蕾说。

经过一番讨价还价，蕾以跟踪我会有额外风险为由为自己争取到了一小时比平时多一块钱的工资，此外还有加班费，而且执行任务时一切花费报销。于是双方握了握手，敲定了这笔交易。

蕾跟踪了我整整三天才被我发现，这让我的自尊心大受打击，但我的郁闷远远比不上蕾将照片和真相对我妈和盘托出时，我老妈的反应。我妈一张张地看了我和丹尼尔的合影，甚至向我爸评价说，这男孩子看起来很帅，打扮也挺精神。她看起来老怀甚慰，直到我妹妹递给她最后一张照片。

"妈妈,你一定要挺住啊。"蕾一边把最后一张照片递过去,一边这样说着。

我妈从蕾手里抢过了那最后一张照片,照片上是一块牌子,上面写着"**牙科博士丹尼尔·卡斯蒂洛**"。

"他是个牙医?"我妈问道。

"是的,"蕾说,"但是他看起来真的很不错啊。"

在第一次正常约会的整整三个月之后,丹尼尔的耐心终于被耗尽了。他给了我最后通牒,而且完全没有讨价还价的空间。

"我要见你的家人。"他说。

"为啥?他们一点都不好玩。"

"不,我一定要见你的父母。"

"或者呢?"

"什么叫'或者呢'?"

"呃,通常当有人提出一个要求,但是不能被满足时,他就会退而求其次。"

"嗯,确实如此。"

"所以你准备怎样退而求其次?"我问道,因为我觉得他也许会说"或者我就再亲手给你做顿饭"之类的。

"如果我一周之内不能见到你家人,我们就玩儿完。"

"如果你见到了我家人,我们铁定玩儿完。"

丹尼尔转了转眼睛,夸张地叹了口气,"他们一生致力于教书育人,这样的人,能可怕到哪儿去?"

"你之前见过当老师的么?"

"伊莎贝尔,这是我的最后通牒。要么见你家长,要么一拍两散。"

最后通牒这玩意儿一定是会传染,因为就在第二天,我妈也给我来了这么一道。

"宝贝儿,如果我一周之内见不到你的新男朋友,老娘我就亲自上阵去跟踪他,然后亲自跟他做自我介绍,你明白了没?"

接下来的那天,当我一大早走进斯佩尔曼家的厨房时,蕾正在做她的标准周六早餐——巧克力脆片煎饼,加很多很多巧克力脆片。她加得太多了,我爹不得不从她手里把袋子抢下来,而紧接着我娘又从我爸手里把它抢了下来。蕾递给我一盘第一锅出炉的煎饼,我跟她说我可不会付钱,因为她经常玩这手:先是假装大方地递给你一份,转眼就翻脸跟你要钱。不过这一次她说这是她请我吃的,并且一脸愧疚地笑了笑。

我转向我妈,她正等着我就前一天的最后通牒给她答复。于是我满足了她的愿望。

"你可以见他,不过我有条件。"

"洗耳恭听。"她说。

"他以为我是个老师。"

"他怎么会有这想法的?"我爸问道。

"我告诉他我是个老师。"

"这瞎话听起来真真儿的。"他讽刺地嘀咕道。

"我没准儿以后真当老师呢,谁知道呢?"

"你才不会去当老师呢。"我妈说。

"你怎么知道?"我质问道。

"我们还是说说见面的事好吗?"我爸打断了我俩的拌嘴。于是我向他们说明了我在这件事上的要求。

"我还没准备好告诉他真相。"

"他知道我们是干什么的吗?"我妈问。

"不知道,而且我也没准备让他知道。"

雷大爷走进厨房,光着膀子,只穿了他的蓝牛仔裤和板鞋。

"嘿,谁看见我的衬衫了?"

三个人都摇头说没有,而我妈开口问道:"你最后一次看见它是在哪儿?"

"我昨儿晚上洗衣服的时候。"

"那就按照路线翻回去找找。"

"我他娘的都翻回去找了俩小时了,老天爷啊。"雷大爷的脏话并不是针对任何人,他边说边走出了厨房。

我妈把话题扯回了重要事件,"我们什么时候见面?"

"周五晚上。"

"我们的假身份是什么?"我妈不情不愿地问。

"妈,你是个教七年级的数学老师。爸,你退休前在林荫校区当校长。"

"我也是老师吗?"蕾问道。

"不。"我说。

"为什么就我不是?"

"因为你才是个九年级学生。"

"那我的假身份是什么?"

"当你的九年级学生。"我竭尽所能铿锵有力地说道。

我妈垂下头,看着她的咖啡,用几不可闻的声音低低说道:"你就这么觉得见不得人吗?"

* * *

那天晚上,蕾敲响了我的房门。

"我要有一段黑暗的过去。"我刚一打开门,她劈头盖脸就是这么一句。

"啥?"

"周五,咱们全家见那牙医时。'当好九年级学生'这个设定对我来说太没劲了,咱们就说我有海洛因毒瘾,不过在六个月以前戒掉了,现在一切正常怎么样?"

"一点都不好玩。"我说。

"嗯,确实不好玩,"她回答说,自顾自地进入了角色,"那是我一生中最为艰难的事情,但我现在每天只抽一次粉儿了。"

我抓住她的领子,把她按在墙上,打定了主意,不管她编了什么身世,我都毫不留情地把它打个粉碎。我缓慢但分外清晰地把一个一个字送进她的耳朵里:"你爸爸是个退休的校长,你妈妈是个数学老师,你姐姐是个代课老师。结束。你给我记住了。"

"可我已经记住了啊。"她气若游丝地说。

我把她丢到走廊里,提醒她别忘了我会怎样以牙还牙。但是我知道,她才管不住自个儿的嘴呢。我给自己鼓了鼓劲儿,因为我将要度过一个灾难般的夜晚。但我所不知道的是,它将是怎样一个惨烈的灾难。

佩特拉在第二天找我喝酒,我给她大致讲了讲斯佩尔曼家近来的所有新闻,指望从她这儿获得些许同情。

"你应该趁着还没撞南墙时,把真相告诉牙医男。"佩特拉说。

"我在等待合适的时机。"

"那你得穿越回过去才行。"

"你真会说笑话。"

"为了某只雄性,你已经折腾得天翻地覆了!"

"谁让这一只我喜欢呢。"

"但是他究竟哪点吸引你?我是说,'爱上一个英俊医生'什么的,对你来说,可太老八板太不刺激了!!"

我不得不在回答之前想了想,"他有我所没有的一切。"

"危地马拉人?有个医学博士学位?好吧。"

"呃,不妨说是高学历,懂两种语言,而且还能晒得黑。"我回答说。

"那你们有什么共同点么?"

"说实在的,我们有一大堆共同点。"

"比如说?"

"《糊涂侦探》。他巨迷这剧,每一集都看了三遍以上。"

"我可不觉得一部足有三十五年历史的情景喜剧能够成为一段感情的基础。"

"咱俩的感情不就是靠它么。"

"那别的呢?"

"他有全套剧集的DVD,盗版盘,一集不差。"

"还有呢?"

"就像你也知道的那样,那可是整整一百三十八集啊!"

"我再问你一次:你们还有其他共同点么?"

"我们俩都喜欢在屋顶上喝酒。"

"地球人都喜欢!"佩特拉回答说,对我的回答压根儿不买账,"而且别忘了一个血淋淋的事实:他是个牙医,你知道那对你妈来说意味着什么。所以这仍然像是某种青春期叛逆行为,你懂我的意思。"

"不,我不懂。"我说。但实际上,我完全懂。

佩特拉不屑地耸了耸肩,脱掉夹克,准备摆球。我注意到她的二头肌上绑着一大块绷带。

"你怎么了?"

"没什么,我去弄掉了一个文身。"她若无其事地回答说。

我装腔作势地倒吸一口凉气,说道:"不会吧,难道是帕夫?"我已经开始哀悼了。

在一个雾蒙蒙的晚上,佩特拉在两个小时之内干了九杯威士忌,随后就去文了那个神龙帕夫。她事后声称她原本是想要个喷火的巨龙——越吓人越好——但是当她在早上醒来时,却只看到帕夫带着很招小朋友喜欢的亲切笑容,大头朝下地看着她。第二天她打回了那家文身店,因为宿醉未醒而说话颠三倒四,要求店家就她肩上那个莫名其妙但是却会伴她终生的文身图案给她一个解释。文身店老板还记得佩特拉,主要是因为她那天晚上先后三次跟他点炸薯条,但此外也因为,她自己把她想文的图案给了他。

文身店老板给佩特拉看了她给他的酒店餐巾纸,那上边画着帕夫,旁边还有佩特拉的首字母签名。佩特拉完全搞不清自己喝醉后都干了些什么,但也只好对前一晚的荒唐事自认倒霉,二话不说就扭头离开了文身店。就这样,帕夫留在了她的肩上,并且经常被她充满温情地提起,就像一位远方的表哥,或者死了十年八年的宠物一样。

"我会想念帕夫的。"我说。

"哎呀,一看到它我就想到我有史以来醉得最厉害的那一次,我才不会想念它呢。"

"我好多年前就问过你会不会把它弄掉,你明明说不会的。"

"姑娘们最喜欢改主意了,不是吗?"

"当然是,但你通常不会。"

佩特拉干脆利落地打了一杆,但没有一个球被击入袋。

我打了两个花球,又转过身看着她,问道:"你是在和谁搞对象吗?"

"不是。"她欲盖弥彰地回答说。

"你确定?"

"伊姿,我们是来打台球的吧?"

牙医之战，衬衫之战
（暨汽车追逐战第一回）

丹尼尔停好车，走向克雷街1799号时，我走出家门，朝他迎了上去。"不管今晚发生什么，你都不能跟我分手。"

"哪儿有那么可怕啊。"

"你发誓。"

丹尼尔亲了亲我，发誓说他决不在今晚跟我分手，不过他善意地补充道，缓刑期只有二十四个小时。他是在开玩笑，但我不是。

我们走进屋里，我爸妈从楼梯上下来迎接我们。我利用他们彼此自我介绍的那段短暂时间离开丹尼尔，去给他倒酒，因为我知道他会需要的。我倒了两杯特醇威士忌，这时我妈已经把丹尼尔让进了客厅。我突然想到，如果这次会面真的像我预想中那样变得一团糟，我必须要掌握我爸妈那些胡说八道来当做证据。于是我冲进办公室，抓起我的录音笔塞在兜里，然后回到客厅和他们会合。

但是我根本不需要录音记录，就可以回想起那天晚上发生的事情。对我来说，它们清晰得恍如昨日。

在丹尼尔正往沙发上坐时，我把酒递给了他。"你会需要这玩意儿的。"我说。

我妈完全无视我，打了鸡血一般打开了她的话匣子。"终于见到你了,我真高兴,丹尼尔。或者我叫你'医生'比较好?"

"不用,叫丹尼尔就好,斯佩尔曼夫人。"丹尼尔礼貌地回答说。

"哦拜托,请叫我莉维,大家都管我叫莉维。"

"我可没叫过。"我提醒她。

"别这么跟你妈说话,伊莎贝尔。"丹尼尔告诫我。

"多谢,丹尼尔,"我妈神清气爽地咧嘴笑道,"对了,丹尼尔,我问你,你是在加利福尼亚出生的吗?"

"不,我出生在危地马拉,我家是在我九岁时移民过来的。"

"那你父母现在住在哪里?"

"圣何塞。"

"那他们也姓卡斯蒂洛吗?"

瞧瞧,屁股还没坐热呢,就开始审上了。

"不用回答这个问题。"我插嘴道,口气就像个公派律师一样。但是丹尼尔没有理我,"对,他们也姓这个。"

"一个字母都不差?"我爸问。

"当然。"丹尼尔回答,他挑了挑眉毛,同时被挑起的还有他的疑惑。

"那可真不赖。"我爸没话找话地说道。

蕾走进屋子时,我几乎要对她感激涕零了,这说明我的心情是如何以坠崖一般的速度跌落下去。她径直走向丹尼尔,向他伸出了手。

"你好,我是蕾,伊姿的妹妹。我可以叫你卡斯蒂洛医生吗?"

"很高兴见到你,蕾,请叫我丹尼尔就好。"丹尼尔朝蕾笑着说。我能看出来,她这副乖巧学生妹的样子让他很是喜欢,至少现在还是如此。

就在这时,雷大爷拖着沉重的步子从楼上走下来,边走边喊道:"丫头,我看到你的小纸条了。"

我就知道早晚有这么一天,但我本希望它能多等哪怕一天再发生。

我大爷递给我爸一张折起来的炭灰色牛皮纸。

"艾尔,你来瞧瞧这个,"他说,然后转头看向蕾,继续说道,"你要是想把我当傻子耍,就会发现自己才是被耍的傻子呢。"

我死死盯着我爸打开那张纸,能看出来他实在是很想放声大笑,但是用了超乎人类的毅力才把这种冲动硬压下去。

蕾以极其出众的演技回敬了她大爷,"我根本不知道你在说什么。"

"你会为此付出代价,我说到做到。"我大爷用一种连我都被吓倒了的凶神恶煞的语气说道。

我妈决定彻底无视这一出插曲,虽然这看起来比她那些咄咄逼人的问题更不正常。

"对了,丹尼尔,你多大年纪了?"

"跟你没关系。"我对她说。

"没什么的,我三十七岁。"

我灰心丧气地叹了口气。

"正是好年纪啊,"我妈说,"那你也就是,呃我算算,一九七〇年生的?"

"妈!"我语带威胁地喊道。

"你生日是哪天,丹尼尔?"

"别回答这个问题。"

"二月十五号。"丹尼尔说,他兴许想要抛个硬币,来确定我和我妈中哪一个的精神更不正常。

"我告诉你别回答她的。"我继续灰心丧气地说。

"别紧张,伊莎贝尔。"

我妈飞快地用笔记下她盘问出来的结果,"一九七〇年二月十五号,哎呀我最讨厌忘记别人的生日了。"

与此同时,我爹正在房间另一边的那场争斗中充当好好先生。

"蕾,把衬衫还给你大爷吧。"他说,把那张牛皮纸递给我,让我亲眼看看上面的内容。

"你凭什么说是我拿走的。"蕾抗议道。

"因为那张勒索信,小傻瓜。"

我打开那张纸,丹尼尔也伸头从我肩膀上方偷瞄着。纸上面贴着一堆从报纸和杂志上剪下来的大大小小的字块,拼出了下面这段话:

你的衬衫在我手上
　想要再见到它的话
　就要答应我的要求

蕾依然梗着脖子,嘴硬地喊着"谁都有可能写这张纸条"。

"蕾,把那件破衬衫还给你大爷。"我说,用我所能做出的最严厉的眼神盯着她。

"你们要是不信的话,就提取指纹好了。"她信心满满地说,然后走向丹尼尔,完成她的个人陈述,"他们之所以立刻怀疑到我身上,是因为我不久以前还是毒瘾缠身。其实我已经戒掉六个月了,但是这根本没用,重建信任很不容易呐。"

我已经料到她会演这么一出,老实说,这其实是我最不担心的一件事。雷大爷也走了过来,真诚地向丹尼尔道歉。

"不好意思,打扰你们聊天啦。我叫雷,是伊姿的大爷。"

"一个雷,一个蕾?你们不会弄混了么?"

"她是以我的名字命名的。奥莉维亚怀着这丫头时,我得了癌症。当时看起来我是撑不过去了,所以他们决定用我的名字来给她命名,以此纪念我。"

"结果他并没有老老实实嗝屁。"蕾说,就好像她是在揭开一本侦探小说的惊天大结局一样。

"蕾,如果你现在从我眼前消失,我就给你五块钱。"我开了个价钱。

"十块钱,一手交钱一手交货。"

票子从我手上转到了她手上,而我意识到,我们最好在事情弄得一发不可收拾之前逃离这里。

"很高兴见到你,丹尼尔。你跟我想象的一点儿也不一样。"蕾一边离开房间一边说着。

雷大爷紧紧地跟在她屁股后面,"这事儿没完,丫头!"

我试图向丹尼尔解释,"他们俩正闹点小别扭。"

"他们俩正掐架呢。"我妈说,仍然天杀地咧嘴笑着。

"你是个牙医?"我爸问,试图掩饰语气中的锋芒。

"是的。"丹尼尔高兴地回答道。

"干这行当感觉如何?"我爸问。

"我很喜欢。我爸是个牙医,我爷爷也是,所以可以说这职业在我家是一辈传一辈的。"

"真不错啊。"我娘用完全言不由衷的语气说道。

"对了,您当了多久老师了?"丹尼尔问道。

"差不多二十年吧。"我娘蹦出这么一句。

"你已经为此付出了很多心血。"

"算不上。"

"我们该走了。"我说,感觉到房间里的温度已经逐渐降低了。

"其实我们并不喜欢这行当,"我爸继续扮演着他应当扮演的角色,"说老实话,我们不喜欢小孩儿。"他压低声音说道,就仿佛是在吐露什么黑暗的秘密一样。

"好了,我们走了。"我说着站起身来,摆明了立场,但是为时已晚。

"对你来说,不碰毒品是不是挺困难的?"我妈问道,脸上那友好的笑容已然荡然无存。

"你说什么?"丹尼尔反问道,他的笑容也不见了。

"跟大多数人比起来,你们这种人好像特别容易有毒品问题。"我妈继续说道。

我拉住丹尼尔的胳膊,想把他从座位上拉起来,但他已经自己站了起来,"我不敢说'我们这种人'中其他人怎样,反正我从来没沾过毒品。"

"她想说的其实不是那个意思。"我辩解道。

"得知丹尼尔不碰毒品,可真让我高兴。"我妈说。

"这太不可理喻了。"丹尼尔直截了当地冲我妈说。

"看看都几点了。"我只能说出这句话了。

"很高兴见到你,丹尼尔。"我爸说道,仍然带着一脸"啥事儿也没发生"的笑容。

"下次再来哦。"我妈补充道,但她的语气却仿佛是在说"见鬼去吧你"。

丹尼尔大步走出我家。我转身看向我爸妈,感觉被他们背叛了,"你们说过会办人事说人话的!"

"祝你今晚过得愉快,宝贝儿!"在我追着丹尼尔跑出去时,我爸在身后这样吼道。

"我跟你说过,他们都是怪人。"我说道,希望能骗取他的同情。我的意思是,我是被这老两口抚养大的,而丹尼尔所经受的只是十分钟的交谈。

"抱歉,我们的晚餐约会来日再补吧。"丹尼尔说。

我看着丹尼尔坐进汽车,启动了引擎。我本来想放他离开——既然连我都花了这么多年来接受有这样一群家人的这个事实,为何不能给他一个晚上来消化呢。但我随即改变了主意,跳进了我的别克车。

我在丹尼尔的宝马往北拐上范尼斯街时追上了他,并且跟在他车后又开出两个街区。这时候我的手机响了。

"伊莎贝尔,是你在后面跟着我吗?"

"丹尼尔,拜托你停停车。"我发现他反而加速了,"要刹车应该踩左边那个踏板,不是右边那个。"

"我知道怎么开车,伊莎贝尔。"

"让我给你解释吧,只要五分钟就行。呃,好吧,实际上需要十五分钟,或者二十分钟,但是肯定不会再多了。"

丹尼尔猛地向右打轮,拐上了百老汇街。

"别怪我没提醒你,丹尼尔,你想甩掉我是不可能的。"

"但是我的车速比你的快。"

"相信我,车速不是万能的。"

丹尼尔挂断电话,加速冲过了一个黄灯,而我则直接闯了红灯。我想给他打回去,告诉他我们现在所做的没有任何实际意义。丹尼尔是个遵纪守法的好市民,他会遵守社会法则和交通规则,但我哪个都不遵守。这也是为什么,他绝对不可能在一场汽车追逐战中甩掉我。

丹尼尔以每小时三十五英里的速度像没头苍蝇一样在整座城里乱撞,没有任何目标,也没有任何路线规律。而我则稳稳地和他保持着一段不远的距离,既可以让他看到我在,又不至于近得吓到他。我才不会跟丢了他——我心里只有这个想法。

丹尼尔从富兰克林街一路扎下去开到了海湾街上,在那里左拐,沿着路一直走到海湾街和菲尔默街的交叉口,在那里先是猛朝右拐,随后又一个左拐,上了海滨大道。他稍稍加快了车速,但仍跟随着车流的节奏,驶上了金门大桥。我能看到他从后视镜里找了找我是否还跟在后面,随即失望地摇了摇头,打开右转灯,在大桥的另一端慢慢减速,寻找能够靠边停车的空地。这场汽车追逐战终于要落下帷幕了。

丹尼尔在下桥后的第一个掉头车道把车停了下来,他走出汽车,等着我开过来停下。

"你是想弄死我么?"他一边朝我的车走过来,一边说道。

我完全无视了他对这场史上最慢速度汽车追逐战的过激反应。

"丹尼尔,你误会我了。"

"我有么?你跟一个拉美佬谈恋爱只是为了反抗你的父母。"

"我就知道你会理解错。"

"你听到她跟我说了什么吗?'你们这种人'。"

"没错,她指的是牙医。我妈打心眼里讨厌牙医。"

"一个人不喜欢去看牙医,这很正常。但是通常来讲,他并不会将牙医作为一个种群去憎恨。"

"丹尼尔,说来话长。但是我现在还有很多别的事情要告诉你,所以你别揪住这一件事不放。你要牢牢记住,你今晚所听到的很多话都并不是真的。"

"那真的是你父母么?"

"是的。"

"真是糟透了。"

"我并不是个老师,我父母也不是老师。"

"好吧,总算还有点好消息。"

"他们是私家侦探,我也是。这是我们的家族生意。我遇到你的那天,正在监视你的网球球伴,杰克·皮特斯。因为他老婆觉得他是个同性恋,而你是他的情人。"

"这也太不着调了吧。"

"是啊,我知道。当我看到你打第二场球时,我就起了疑心,所以我在酒吧里等着你,其实我应该当时就把实情告诉你,但是我觉得那听起来太诡异了,而且我也不能泄露任何客户资料。"

"你告诉我你是个老师。"

"没错。"

"为什么要这么说?"

"因为那听起来比较正常。我只是想装一小阵,看看其他人是怎么生活的,差不多就是这样。然而在后来,我好像永远都找不到合适的机会向你坦白,虽然我本应该在带你去见我家人之前就把这些告诉你。"

丹尼尔凝视着我,带着一种被我辜负并且为此深深受到伤害的表情。这种表情我只从我父母脸上屈指可数地见过几次。真是有趣,当完全不同的人脸上露出相同的表情时,往往连长相都看起来有些相似了。

"我现在要回家了,"他说,"我不想被跟踪,我想安安静静地坐进我的车,踏踏实实地开走。我可以这样做么?"

"当然。"我轻轻地说,并且让他离开了。但当我看着他坐进车里,并且开车从我身边离开时,我已经下定决心,不管付出什么代价,都一定要把他抢回来。

不过在那之前,我必须要先血债血偿。

◆

我辗转反侧地度过了一个不眠之夜,起身下床,走下楼梯,进了我父母的厨房,给自己倒了一杯咖啡。然后我穿过门厅走进斯佩尔曼事务所的办公室,宣布了这个消息。

"老子不干了。"

"不干什么了,亲爱的?"我妈问。

"不跟你们这儿干了。"

"你不能说不干就不干。"我爸说。

"我当然行。"

"不,你不行。不信你问你妈。"

"你爸说得对,"我妈说,"没那么简单的事。"

"我只要不来上班就行了。"

"那我们就不付你工钱了。"

"不付就不付。"

"那行吧。"

"那行吧,"我妈说,"不过你总归要再找一份工作,但是鉴于你唯一的工作经历就是在这里,你会面临找不到人写求职推荐信的问题。"

"你想说什么?"我问。

"就是,你想说什么?"我爸也附和道。

"你再接最后一个活儿,然后就可以离开。我会给你写推荐信,以及其他所有你找工作时需要的东西。"

"最后一个活儿,仅此而已么?"

"没错,然后你就自由了。"我妈说。

自由,这个字眼儿仿佛周身环绕着耀眼的光环。在足足为家族生意奉献了十六年之后,我终于有机会看看外面的世界到底是更精彩,还是更无奈。

就好像,他们已经为这一天策划了很久似的……

第三部分
谈判与和平

最后的工作

我父母花了整整二十四个小时来讨论我最后一个任务的种种细节，我猜他们通宵都在翻那些悬而未决的案子，绞尽脑汁地确定哪一个才是最不可能完成的任务。哪个案子能够把我尽可能长地控制在他们的魔爪之中？我自以为做好了最坏的打算，但事实证明，不管怎样准备，都不足以应对即将到来的事情，不论是接下来的那个清晨，还是之后的整整几个星期。

我在早上九点去办公室见了他们。我妈给了我一个厚厚的档案夹，因为年代久远，纸张已经变成了黄色，上面还遍布着咖啡印渍。她对我简要说明了案子的大概情况。

"一九九五年七月十八日，安德鲁·斯诺和亲生哥哥马丁·斯诺一起在塔霍湖野营时神秘失踪。他们在加州的米尔谷长大成人，父亲名叫约瑟夫，母亲名叫阿比盖尔。在安德鲁失踪后的一个月内，警察在那一地区进行了地毯式搜索，但是一无所获，他之前的所作所为中也没有任何一点可以解释他为何会失踪，他仿佛是突然从人间蒸发了。我们在十二年前就接下了这个案子，为此开展了为期一年的调查，直到客户付给我们的钱被花得一分不剩。在第二年，我们又断断续续地为他们提供了一段无偿调查，但最终在一九九七年，所有的线索都断了，我们也没有人力继续调查，所以就放弃了这个案子。"

"你们让我查一个十二年前的失踪人口案?"我问。

"我们是想让你检查一遍,我们有没有忘记打开某个抽屉。"我爸一脸无辜地说。

"得了吧,咱们都心知肚明,这些抽屉是永远打不完的。"

"你这是什么意思呀?"我妈问道。

"你给我的这个案子永远也不会有真相大白的一天。"

"你是不想接下它么?"她问道。

我确实不想接,但我终究没有说。我想,只要我能翻出哪怕一条新线索,就算是完成了任务,大可堂而皇之地离开这里了。我并不相信我能解决这个案子,我一丁点儿也不信我能找到安德鲁·斯诺——当然我爸他们也找不到——但是我相信我可以一劳永逸地将这个卷宗从此束之高阁。

"我花两个月时间在这个案子上,"我说,"在那之后,我就不管了。"

"四个月。"我妈抛出了她的条件。你们可能已经猜到了,我以前就和她讨价还价过,在这一点上,她比蕾更难缠。我不得不略作让步。

"三个月,"我说,"一口价,不行拉倒。"

当蕾知道了我即将甩手不干的消息时,她觉得非得把她掌握的情况告诉我的酒保米罗不可。于是某天早上,哲学家酒吧刚一开门,蕾就走了进来。米罗看着她,不禁摇了摇头。

"今天你别给我找麻烦了,蕾。"

我妹妹在那排空荡荡的高脚吧凳的中央坐下,点了一杯加冰的特醇威士忌,还特意嘱咐米罗不要兑水。米罗提醒蕾,她这岁数能喝到的只有姜汁汽水,然后拿个加了冰的威士忌杯子,给她倒了一杯汽水。蕾往吧台上扔了几张钞票,米罗又推还给她。

米罗拿起电话,问道:"是你自己打给你姐姐呢,还是我来打?"

"我这个礼拜过得很烦,米罗。我就不能在这儿坐一会儿吗?

我绝对不骚扰任何人。"

蕾喝了一口汽水,然后装得好像刚灌了一大杯烈酒似的,撇嘴挤眼,倒抽了一口气。

米罗又摇了摇头,"那我打了。"

果然不出所料,我赶到时,蕾又正絮叨个没完。

"光是对付我那倒霉催的雷大爷就够让人头疼的了,结果现在连伊姿都决定甩手不干了。我真是倒了血霉了,米罗,倒了血霉了!就剩我自个儿了,这可让我怎么办才好啊!我可不能凭着自己一个人在斯佩尔曼事务所挑大梁啊!谁去买订书机和文件夹啊,我们用文件夹用得可费了。谁来写案件报告啊!我才不想干那破事呢,太烦人了。哦对了,谁来在监视时开车跟踪啊!谁来?我估摸着等我到了岁数拿了驾照,他们总归会让我开的。但我要说的是,那一堆无聊透顶的烂摊子谁来打扫啊!你别误会,实在逼不得已了我倒是也能干,但是……"

"伊姿,时候可差不多了。"米罗说,用他的微笑掩饰着声音中的不耐烦。

"这是我的酒吧,蕾,以后不许你来了。"我说。

"这儿可是个自由国家,你说不许就不许啊?"

"还没自由到那个份儿上。你来这儿,会给米罗带来很多麻烦。"

"我喝的都是姜汁汽水。"

"这不是关键问题。"

"你怎么能这样对我呢!"

"我怎么了?"

"撒手不管了。"

"绝大多数人不会盯梢别人。绝大多数人不会去调查他们的朋友曾干过什么。绝大多数人不会对他们遇见的每个人都疑神疑鬼。绝大多数人都和我们不一样。"

"你到底怎么了?"

"我只是把这件事看透了。就这样。"

"哎哎,我希望我不会有像你这么一天。"她正说着,我一把薅住她的后脖领子,把她拖出了酒吧。在开车回家的路上,蕾始终一言不发,打破了她之前十三分钟不开口的纪录。

失踪人口

通常我们很少接失踪案。相比之下,警察要人有人,要设备有设备,要执法权有执法权,他们能够真正动用一切力量,采取一切手段去寻找失踪者。但是警方的调查毕竟时间有限,在他们停止调查之后,有些失踪者家属就会转投私家侦探来继续寻找亲人。因为只要搜救没有停止,人就还有生还的希望。

虽然发现尸体是件令人悲痛欲绝的事情,但是在那之后,死者的亲朋好友总有一天能够从这份悲伤中走出来。而且,随着司法鉴证科学的日益发展,这年头尸体仿佛真的能自己指认凶手一样——不管要他命的是人,是自然,还是因为失手而发生的意外。然而,如果活不见人死不见尸,就会留下数不胜数的可能性。但在缺乏具有内在联系的线索的情况下,再多的可能性最终也只能一无所获。按道理来说,一个人是不可能凭空消失的,但是从牛奶盒上永远都会印着寻人启事和照片这点来看,凭空消失的人还真不少。

那天晚上,我给安德鲁的妈妈阿比盖尔·斯诺打了电话,跟她约好了在第二天见面。我很清楚,哪怕只是一个电话联系,都会带给她不切实际的希望。但是我劝自己说,我别无选择。

在和我爸妈最后摊牌之后,我脑子里只剩下两件事:第一,我要把丹尼尔追回来;第二,我要破了斯诺这个案子。

在第一回合汽车追逐战之后,我给了丹尼尔一个星期的喘息时间,才又去敲他家窗户。当时差不多是晚上十点,在敲响窗户的那一刻我突然意识到,我还没想好要跟他说什么来为自己开脱。不过,我还是毅然决然地继续敲了下去。

丹尼尔打开窗户,说道:"不。"

"在你们危地马拉,'不'可能确实是打招呼时用的。不过在这地界儿上,我们会说'你好'或者'很高兴又见到你了'或者干脆'来了您呐'。"

"你觉得在这种场合说俏皮话是个好主意?"

"当然不是了,但是我之前已经说过'对不起'了,还不是一样没用。"

"伊莎贝尔,我家有门。"

"你何止有门,你有三道门呢。"

"你这是什么意思?"

"三道门,一扇窗。你自己算算哪个方便。"

"我懒得管你是怎么算的,以后请你从大门进来。"

"也就是说咱们还能有以后喽?"

"我就是随口一说。"

"我能进去么? 就待一分钟,哪怕从门进我也认了。"

"我不想见你,伊莎贝尔。"

"可是我有好多好多话要跟你解释呢。"

"我刚才说什么来着,伊莎贝尔?"

"'我不想见你,伊莎贝尔。'你看,你说的话我都听着呢。"

"这句话是什么意思?"

"你刚说的这句么?"

"是的。"

"意思就是你不想见我。"

"没错。"

"我能问问是为什么吗?"

"你真的要跟我谈论这个问题?!"

"你想让我怎么回答这咄咄逼人的反问句呢?"

"我很生气,伊莎贝尔。"

"我能理解。我只是想知道你对哪件事最生气,这样我就可以改正了。"

"你对我说的所有事情都是谎话。"

"呃,也不是所有啦。"

"晚安,伊莎贝尔。"他一边说着,一边关上了窗户。

勒　　索

　　第二天早上，我妹寒假的第一天，也就是她终于从长达三个月的禁闭期解放出来的第一天（虽说是禁闭期，她却照样能够监视和敲诈别人），她在早上六点半就准时爬了起来。此时距雷大爷收到勒索信已经过了足足两个礼拜，也就是说，我妹为了发动攻势已经酝酿了足足两个礼拜。

　　她睁开眼睛，刷了牙，洗了脸，套上牛仔裤，先穿了一件白色长袖T恤，又在外面套了一件红色短袖的，不多不少地梳了五下头发，拿起电话，用一块抹布挡住话筒，拨通了电话。

　　雷大爷是个臭名昭著的夜猫子，晚上打死不睡，早上打死不起，所以我们都直接管他叫"夜猫子"了。在电话响到第四声时，他终于拿起了话筒。

　　"喂？"

　　"仔细听清楚我的话，"一个比平时低沉得多，咕咕哝哝的声音在话筒中响了起来，"只要你稍有违背，你的衬衫就彻底完蛋了。明白不？"

　　一听到"衬衫"两个字，雷大爷立刻醒过盹儿来。他的宝贝衬衫已经从他怀抱中遗失了两个礼拜，而全家都见证了它的离开有多大的影响：雷大爷磕伤了脚指头，这是因为没穿幸运衬衫；雷大爷吃了停车罚单，打翻了一杯水，长了两磅肉，最近那场牌局被警察冲进来搅黄了,这全是因为他的幸运衬衫被劫持了。

"我非告诉你爸不可。"雷大爷威胁说。

"那你就再也见不到你的衬衫了,你希望这样么?"

雷被逼到死胡同里了,而且他自己也很清楚这一点,"你的要求是什么?"他一百个不乐意地低声说道。

"坐公交车去蒙哥马利街和市场街交叉口的那家富国银行,取一百块钱。"

"这是赤裸裸的敲诈勒索,你明白的。"

"我给你四十五分钟。"

四十五分钟之后

按照那个声音的指令,雷走进了蒙哥马利街和市场街交叉口的那家富国银行,取了不多不少正好一百块。他刚走出银行,一个大概十四岁的小哥踩着滑板靠近了这个老大爷。

"雷大爷?"小哥问道。

雷绕了个圈子,想找到他的侄女,但放眼望去都看不到她的身影。于是他转回身子,表情凶狠地看着滑板小哥。"干吗?"

小哥递给雷一个一次性手机,"有人给你打电话。"

雷接过了电话,小哥便踩着滑板一溜烟走了。

"喂?"

"八点一刻,准时到渔人码头的蜡像馆门口的公共电话亭里等着。"

"我什么时候能拿到我的衬衫?"

"你有二十五分钟。把这电话扔了。"

雷大爷把电话扔进垃圾桶,打心眼儿里以为自己被人盯着。他拦了一辆出租车,在预定时间之前就到了蜡像馆门口。他在电话亭外面等啊等啊,直到看到一个年轻姑娘朝他走来,翻着自己的手包,好像是在找钢镚来打电话。他连忙走进电话亭,拿起电话,一边假装打电话,一边刻意按住硬币投放口。如果有人和他共处在这电话亭里的话,就能听到他嘴里蹦出的是一连串五花八门的脏话,完全不能串出一个完整的意思。电话终于响了起来。

"说话。"雷用他最硬汉的腔调说道。

"买张票,去看看蜡像展吧。"那个似乎稍微不那么装神弄鬼了的声音说道。

"一张票要十三块钱呢!"我大爷说,以他的性格,除非一个蜡像馆不但免票而且有可以喝到爽的免费酒水,否则他才不会踏进半步呢。

"我想你应该能享受老年人优惠了吧,那就是十块零五毛。"

"如果我不去你能怎么样?"

"我就立马把你的衬衫扔海里去。"

"我到底怎么惹着你了?"

"你还要我列个单子给你吗?"

"我这就进去。"

斯 诺 案

第一章

就在雷大爷闭上嘴走进蜡像馆的时候，我站在马林县的桃金娘街，敲响了约瑟夫·斯诺和阿比盖尔·斯诺两口子的家门。斯诺太太一打开门，我刹那间被从屋里洪水一般势不可挡喷薄而出的香气淹了个半死。不久之后我就分辨出那是干花的味道，但是在那一刻，还有其他很多股势力同时对我的感官发起进攻，让我没能在第一时间认出这气味来。

阿比盖尔·斯诺，六十出头，穿着一件过时的花里胡哨的裙子，仿佛是从五十年代情景喜剧明星的衣柜里翻出来的。她的头发也是一样，简直像是在足足半罐发胶的作用下，经历了多少年的风吹雨打，仍然毫无变形地耸立着。她的身高大概有一米六八，但她那与其说是丰满，倒不如说是壮实的圆滚身材让她显得高了不少，还带了一种诡异的压迫感。虽然她的打扮（在我看来）实在不怎么好看，但是她却全身上下一尘不染。当我走进他们的房子，我才发现这简直就是解读斯诺太太的关键词——毫无品位，却毫无瑕疵。

我踏过长条塑料地垫，走进他们的客厅，那里也是放眼望去一片雪白，只不过摆着樱桃木的家具，和作为收藏品的精致碟子。我必须得补充一句，我这辈子也没见过这么多盘垫餐巾。我扫视着四面的墙壁,想要寻找她儿子们的照片,但是只有壁炉上方挂着一张8×10寸的照片。里面的男孩子们还不到十岁,看起来同样完美无瑕——系着领结,皮肤白皙光洁,笑容僵硬,从中完全看不出他们会成长为什么样的男人。我有种感觉,斯诺太太想把他们也冻结在旧时光中,就像她家里的其他所有东西一样。

这位女主人用严厉的目光把我上上下下打量了一番后,才请我坐在她那罩着塑料布的白沙发上。我最近已经不再穿那些看起来让自己像个老师的衣服了,也就是说,我又恢复了穿牛仔裤,蹬皮靴的老风格。因为那天才十摄氏度,我又套了一件从军品商店淘来的、已经磨得毛了边的羊毛厚呢短大衣。我觉得我穿得已经够人模狗样了,但从这位女主人的表情来看,她显然不这么认为。

"哎呀,哎呀,"斯诺太太说道,"这年头姑娘们都打扮得跟小子似的了。"

"没错,特酷吧?"我回答说,心里已然认定自己不喜欢斯诺夫人,一丁点儿都不。

"你想来点茶和曲奇么?"斯诺太太问道,看起来她并不想陷入一场关于男装利弊的争论中。

由于我近来不再去我爸妈的厨房(是为了躲他们),所以我现在很饿,于是我答应了。我装模作样地坐在那因为铺了塑料布所以沙沙作响的沙发上,因为在这个被玩命打扫过,干净得吓人的房间里,铺在地上的那些塑料地垫极大地限制了我的行动范围。如果我的靴子直接踩在没有被地垫盖住的地毯上,又被斯诺太太逮个正着,恐怕她会当即把我扫地出门,那我就什么情况都问不到了。因此我尽量保持着彬彬有礼的态度,然而就在几分钟之后,我就把礼节什么的都抛到脑后了。

女主人托着一个闪闪发亮的银托盘回来了,托盘上放着一把茶壶、两个茶杯、奶和糖,以及一碟香草味的夹心曲奇。她问我喜欢喝什么口味的茶,我告诉她加奶加糖(但说老实话,我更喜欢我的茶变成咖啡),于是她仔细精准地帮我调了一杯。

"来点曲奇?"斯诺太太问道,举起一把银夹子递给我。

曲奇在盘子里像倒下的多米诺骨牌一样排成一个扇形,而我伸手从正中间拿了一块。我知道这会惹怒这儿的女主人,但我就是忍不住。每当遇到一个控制欲极强的人时,我就会下意识地进行反抗。这是我的天性。

斯诺太太举着那把夹子,说道:"应该用夹子取,亲爱的。"

我道了声歉,把我的曲奇掰成两半,舔掉了中间的奶油,然后把剩下的饼干泡进了茶里。斯诺太太嫌恶地皱了皱眉。在开始向她询问情况时,我提醒自己,斯诺太太所说的情况一定会受到她病态的控制欲的干扰,因此不可尽信。

"您可能会搞不懂我为什么会来您这里。"我说。

"我确实有这个想法。我记得我最后一次跟你妈妈打交道也是十年前的事了。"

"我们偶尔会旧案重提。有的时候,新眼光会发现新线索。"

斯诺太太重新码好了盘子中的曲奇,补上了正中间被我拿走的一块,"斯佩尔曼女士,不用为我或我的家人做这些。我的儿子不在了,我已经接受了这一点。"

"有些时候,人们需要答案。"

"我已经有了自己想要的答案,安德鲁是到一个更好的地方去了。"

我实在不能不同意她说的话,因为无论什么地方,都会比她家要好。我又从扇形的中心拿了一块曲奇,这一次只是为了测试斯诺太太能忍耐到什么时候。

"亲爱的,你应该从边上开始拿曲奇。还有,要用夹子。"

"抱歉,"我礼貌地回答,"我一定是在礼仪学校里教怎么吃饼干的那天缺课了。"

"我觉得你缺的不止那么一课。"她说。奇怪的是,这句话虽然听起来如此尖刻,但她的语气却是如此自然,就好像对陌生人说这种话是天经地义一样。虽然我完全可以在这关于现代生活优越性的讨论中又毒又损地反击斯诺太太,但我还有正经活要干呢。

"我知道你一定为此很难过,斯诺太太,我甚至不能想象你是怎么挺过来的,"我使出了我最悲天悯人的声音,说道,"但是若能允许我问您几个问题的话,我将感激不尽。"

"既然你都开了这么远的路到这儿了,问几个问题倒也无妨。"

"谢谢。可以冒昧地问一句,斯诺先生在哪里么?"

"他去打高尔夫了。"

"我也想和他谈谈。"

"你为什么要跟他谈?"她问道,声音中流露出抗拒和戒备的味道。

"不同的人会有不同的观点,"我说,"有时候,一个人会记得另一个人完全没有印象的事情。"

"我向你保证,我和我丈夫的观点完全一样。"

"这可真方便。"我说,满心想从这里冲出去。这女人身上有种令人不寒而栗的感觉。我不能说出这到底是为什么,但是我却也无法不去怀疑她。

"问题就这些么,斯佩尔曼女士?"她一边扫掉我茶杯旁的曲奇屑,一边问道。

"马丁最近在做什么?"

"马丁?"

"对,你另一个儿子。"

"马丁在为一个环保组织做律师。"她转了转眼睛,说。

"你一定很以他为荣。"我说,故意把刀子捅得更深些。

"我们为了供他上学花了那么多钱,结果他倒跑到非营利组织去上班了。早知道我们那几十万块到头来会用来保护树木的话,我当年就让他自己去申请助学贷款了。"

"您能告诉我他的地址和电话么?"

"你还想跟他谈?"

"如果您没有意见的话。"

"这我管不了,"她回答说,"马丁是个大人了。"

斯诺太太的假笑看起来有那么点动摇,她大概很快就会结束这次谈话,所以我必须要套出最后一点信息。我拿起夹子,从扇形中间又拿了一块曲奇。

"哎呀,"我叫了一声,又把它插了回去,"我给忘了。"然后我从边上夹了一块。扇形被我弄得乱七八糟,于是我把夹子递给斯诺太太。

"您可能得重新码码了。"

"你小时候肯定很能折腾。"斯诺太太冷冷地说。

"你都想不到我当年有多闹。"我回答说。也不知是因为空腹吃曲奇,再加上满鼻子里都是那呛人的干花味儿,还是因为那让人不安的女主人,我渐渐觉得恶心想吐。我知道是时候结束这次谈话了。

"你的儿子们经常一起去野营么?"我问。

"并不常去,偶尔会。"

"他们通常是俩人去,还是和朋友一起去呢?"

"一般都是和格雷格一起去。"她回答说。

"格雷格·拉尔森。我记得在档案里看到过他的名字。不过档案里没说在安德鲁失踪那次野营中,他也和你的儿子们在一起啊。"

"那个周末他并没有跟他们一起去。"

"但是除了这次之外,他几乎每次都会参加?"

"我记得是,但是我也没有数过。"

"您知道拉尔森先生的联系方式么?"

"我没有他的电话号码,不过他在马林县警局工作。"

213

"他是个县警?"

"是的,"斯诺太太边说边站起身来,"您还有什么要问的吗?我今天还有很多家务要做呢。"

我满屋子看了看,认定如果斯诺太太在这房子里还能找到什么脏乱之处的话,那一定是她臆想出来的。不过我迫切地需要呼吸点新鲜空气,所以我跟着女主人朝门口走去。

勒索——后续报道

我开车通过金门大桥回到旧金山时,雷大爷正在蜡像馆的中心地带,坐在"最后的晚餐"展区边的长凳上。他从来就不信教,所以对这组色彩斑斓、超凡脱俗的蜡像毫无兴趣。他入定一般深深做了一下腹式呼吸,看了看报纸的体育版,对他自己说,他一定要拿回他的衬衫,这场耗时长久的噩梦也该到头了。另一个身份不明的年轻小哥走到雷大爷跟前,递给他一张纸。

海湾街与海德街交叉口的公共电话亭。十分钟。

雷大爷气喘如牛地狂奔了三个街区,才在电话响起的时候赶到了电话亭。

"我有手机,你明明知道!"他上气不接下气地朝话筒喊道。

"我就喜欢不走寻常路。打辆车——"

"老子饿了!我连早饭都没吃,我都低血糖了我!"雷大爷说,他确实已经是强弩之末了。

"你想吃点儿啥?"那声音说道。

"我觉得面包碗蛤蜊浓汤很不错。"

"去喝你的蛤蜊浓汤吧。不过要在一点整到苏特罗大泳池。"这声音听起来越来越像某个十四岁小丫头了。

"一点半行么？我可不想得盲肠炎。"

那声音在回答之前略微犹豫了一下。一个人在对峙中不能放弃太多的立场，否则就会失去力量而且威严扫地。而这个停顿的长度刚好表明了态度：如果再提什么要求的话，等待你的将是铁板一块。

"一点一刻，不要迟到。"

雷大爷吃完了他的面包碗蛤蜊浓汤，并且很奇怪自己之前为啥没多干那么几次——他指的是吃蛤蜊浓汤，而不是被一个十几岁小姑娘耍得团团转，从一个电话亭跑到另一个。没过多久，几个闹哄哄的游客从他身边走过，一家子人吵个没完，闪光灯咔嚓咔嚓闪瞎人眼，呜哩哇啦的外放音乐，还有人抽风似的跳着霹雳舞。于是他终于想起来他为什么一直对这个专门坑游客的地方敬而远之，虽然这顿饭的美味在他吃过的所有东西里都能挤得进前五名。

雷大爷钻进一辆出租车，提前十五分钟到了苏特罗大泳池——也就是说，在那声音最初要求的时间就赶到了。他坐在一个长椅上，欣赏着景色，享受这片刻的宁静。他甚至想要就此放手。这件有二十年悠久历史、百分百纯棉制造的衬衫真的有他所深信不疑的能力，可以为他带来好运么？这岂不是和小孩子为了安全感才抱着不放的小绒毯没有任何区别？现在不正是时候承认，就算没有了它，他也依然活着，而且看起来还有好一阵可活么？此时此刻，他突然想到了苏菲·李，想到她叫他把这衬衫扔掉的情景，想到了那一次她说，自己无法和一个对一块布有如此深的依恋的男人在一起。她给他下了最后通牒——要么扔掉衬衫，要么她走。他为她付出了一切，而且可以为了她做出任何牺牲，但惟独不能放弃那件衬衫。他当时没有扔掉它，他做不到，他只是把它打包收了起来，整整两年没有看它一眼。两年过去了，苏菲和癌症都离他而去，雷在那时发誓他再也不要和这件衬衫分开。就算不合逻辑又有什么关系呢，反正雷就是爱着这件衬衫。

一个年轻的女游客走向雷大爷,递给他一个信封。

雷决定利用这个机会来锻炼一下身体,便优哉游哉地一路闲庭信步走了过去。他迟到了。蕾在大桥人行道的入口处跨在自行车上,心急火燎地骑车兜着圈子。她必须得在四点钟回家,否则就会面临再次被禁足在家,并且提早宵禁时间的危险。

雷大爷慢慢悠悠但又气势沉雄地朝她走了过去。当了那么多年警察,他对于谈判早已是司空见惯。他同样明白太快地放弃立场会使自己失去本来拥有的优势。他静静等着他侄女先开口。

"钱带来了么?"

"带了。我的衬衫呢?"

"也带了。"

"一手交钱一手交货,丫头。麻利儿的,今天可把我累惨了。"

蕾和雷大爷交换了手里的东西。雷抖开衬衫,立刻把它套在自己的帽衫外面。他抻平衬衫上的褶子,翻好领子,满足地长叹一声,刹那间如释重负。

蕾数了数信封里的钱,"才六十三块?我不是说要一百的么?"

"两趟公交车,蜡像馆门票,打车钱,蛤蜊浓汤,全算在里面了。"

"我就不跟你斤斤计较了。"我妹大人有大量地说道,心里清楚想要跟雷大爷大打出手抢回衬衫无疑是蚍蜉撼大树。

"那我们两清了?"他问道。

"两清了。"

雷大爷转身往桥下走去。但蕾觉得还没完,她必须要问出那个在她脑中盘桓了几个月的问题。

"为什么?"她脱口问道,"你为什么要回来?"

雷大爷转过身来,仔细地考虑着该如何回答。他觉得并没必要对她坦诚地说出实话,但他终究还是说了。

"因为我很寂寞。"

雷大爷和蕾小姐竟然就这样轻而易举地一笑泯恩仇了，这可真让我摸不着头脑。我妹妹从来不知道什么是寂寞，但是她能理解这种感觉是多么强大。她为自己曾经的残忍后悔不已，并且就在那一刻终止了这场战争。后来雷大爷对我说，与蕾为敌要比与她为友容易得多，而我不得不承认，这是他有生以来说过的最一针见血的话。

就在那天下午，我回到家，又一次重看了斯诺案的卷宗。我在档案中的一个信封中找到一张马丁和安德鲁的合影，并且好好研究了一番。和斯诺太太家里挂的相片不同，这张相片大概是在安德鲁失踪前不久，也就是他十七岁左右照的。兄弟二人的发色和长相都颇有几分相似，他们都是棕发棕眼，但马丁的方下巴带给他的那种英气勃发的劲头让他看起来比弟弟大了不止一岁。安德鲁比马丁瘦，线条也更为柔和。我想象着安德鲁在十二年之后会长成什么样子，至于马丁嘛，我总归会亲眼见到的。

我妈走进了事务所办公室，停下脚步抽了抽鼻子，说道："伊莎贝尔，你开始喷香水了？"

"没。"我斩钉截铁地说，知道是干花的味道沾在衣服上被我带回来了。

"那这是什么味儿？"我妈问道，沉浸在装傻充愣的乐趣中。

"别装傻了，妈。"

"哦，我懂了。"我妈说得就好像她脑袋里突然有个灯泡亮起来，让她豁然开朗，"阿比盖尔·斯诺还是那么喜欢死花的味道，是不是？"

"现在我知道你为什么要让我接这个案子了。"

"因为安德鲁·斯诺已经失踪十二年了？"

"不，因为斯诺太太是全天下最招人讨厌的女人。"

"你要见过全天下所有女人，才能下这个结论哦。"

"斯诺先生是个怎样的人?"我换了个话题。

"他没在家么?"

"没在,他去打高尔夫了。"

"哦,我倒真没想到他会打高尔夫。伊莎贝尔,你是在绝食抗议么?"

"没,你问这个干吗?"

"因为你好像跟厨房老死不相往来了。"

"我房间里有厨房。"

"你那厨房里边有吃的么?"她一招便破了我的命门。

"我知道怎么买吃的,妈。"

"我当然知道你知道,但我也知道,你通常并不真去买。我的意思是,你要是饿了,我们的厨房里有吃的,它还像以往一样敞开胸膛欢迎你,虽然你以我们这一家子,以及我们的谋生手段为耻。"

"多谢,妈。"我说着,拿起斯诺案的卷宗走上楼去。

不得不说,我妈是对的。我确实在对厨房避之唯恐不及,因为我怕我对独立的渴求会在那里遭到进一步的打击。就像个傻乎乎的半大小子一样,我为了表达自己的态度而忍受着辘辘饥肠。

那天晚上,蕾敲响了我的房门,给我带来了一堆吃的。这实在是件有趣的事:她的洞察力足以让她知道我在忍饥挨饿,但却不足以让她明白,我想吃的并不是那些从麦圈纸盒里倒出来的甜腻腻的东西。但是她帮我摆好桌子,给我倒了满满一大碗果脆圈,往里加了四分之一杯牛奶,在我腿上铺上餐巾,又递给我一把勺子——这副小样实在是太可人疼了,所以我一咬牙一闭眼还是吃了起来。蕾拉过一把椅子坐在我对面,直接从盒子里抓果脆圈吃。我用眼神提醒她,她打破了"不许吃甜食"的规矩,而她则用眼神回敬说,"今天是星期六"。

我能看出蕾心里面有事。因为在大把大把狼吞虎咽地吃着果脆圈的间隙里,她先是把我那一大摞信件按照信封大小排列了一遍,又重新按照颜色排列了一遍。我并没有急着问她,因为我并不急于知道她有什么心事。不过她终于开口了,我妹妹一点都不喜欢用欲说还休来给自己加重心理负担。

"老妈说咱们俩只有一点不一样的地方。"

"是吗,"我说,"是不是指咱们差了十四岁?"

"不是。"

"那一定是我比你高十五公分喽。"

"也不是。"

"头发颜色?"

"还不是。"

"你看,我已经举出三点了,所以很明显咱们之间根本就不止一个不一样的地方。"

"你想听听她指的是什么吗?"

"不怎么想。"

"我不会厌恶我自己。这就是咱们的区别。"

我拿起果脆圈盒子,把它扔到了楼道里,然后我揪起了蕾,毫不夸张地说,也把她扔到了楼道里。

"别着急,再过两年你就会了。"我回答说。

蕾站起身子,说道:"除了这行,你还会干啥。"

我一言不发地踢上了门。之所以一言不发,是因为我无话可说。她是对的:在这个行当之外,我什么也不会干。而她说的其他事情,很有可能也同样是对的。

蕾的话在我脑中盘旋不去,让我辗转难眠。我试图想象我的未来,一个没有斯佩尔曼事务所参与其中的未来,但我完全想不出来。我已经二十八岁了,而我这前半辈子都和我父母住在同一屋檐下,并且为他们卖命。除此之外,我没有任何计划,没有任何谋生技能。我需要从这里逃跑,却找不到一个出口。老天不但关上了所有的门,甚至没有给我留一扇窗。于是我不再想我自己的事,开始转头去想安德鲁·斯诺。我披上睡袍,下楼去办公室,准备再看一遍卷宗。

凌晨两点半,我依然没有睡。这时候我爸端着一盘奶酪和饼干走进了办公室,把它放在我办公桌上,就摆在我眼皮底下。

"蕾跟我说你吃了果脆圈。你从来都不吃果脆圈,所以我猜你是真饿急了。"

"多谢。"我顾不上多说,厚颜无耻地把吃的塞到嘴里。

我爸假装也在工作,但是他来这儿不是为了工作的。他想要进行一次尴尬窘迫却感人肺腑的父女谈心。然而,虽然他和蕾可以轻松地进行这种谈话,但对于死猪不怕开水烫的我来说,这招却完全没有效果。

"如果你想要跟我聊点什么,我随时恭候。"

"我知道。"我礼貌地婉拒道,不想伤害这位刚给我一盘子奶酪饼干的男人。

"你知道,我愿意为你做任何事情。"我爸用最掏心窝子的语气说道。

"你能为我去抢个银行么?"我问。

一声长叹。"不能。"

"那就算不上任何事情。"

我爸走到我办公桌前,拍了拍我的头,说道:"我也爱你。"然后他转身离开,留下我一个人在办公室里为了安德鲁·斯诺的事情冥思苦想。我妈之所以选择这个案子,是因为她知道我完全无法容忍"一个人毫无原因地凭空消失了"这个解释。在这个生我养我的家庭中,所有事情都需要解释。如果有人把一个空牛奶盒扔在了冰箱里,其他人就会围绕它展开调查,直到真相大白。是雷大爷把空牛奶盒扔在冰箱里的,因为他一直都这么做。但是并非所有真相都像"雷大爷喝完牛奶不丢掉空盒"这么简单。而且有的时候,你已经习以为常的事情会突然改变。

礼拜一早上我准备出门时,无意中听到我大爷和我妹在说话,气氛似乎很是友好。

"你看到我是怎么做的了么,丫头?"

"我又不瞎。"

"放牛奶,放盐,然后把鸡蛋打散。"

"洋葱都煳了。"

"那正好,就得煳一点才好吃。"

"火警警报器都要叫起来了。"

"我自有分寸。"

我跟着谈话声和不粘锅煎蛋的香味走进了厨房。一双不谙世事的眼睛所看到的,可能是雷大爷正在教蕾做他最喜欢吃的煎蛋卷。但我的眼睛是久经磨练的,而它们一直以为就算再过一百万年也不可能看到眼前这一幕。因此我问了一个看似答案明摆着的问题。

"你们这是干吗呢?"

"我在教丫头怎么煎鸡蛋。"

"他给我五块钱,让我长长见识。"蕾说。她上一次吃鸡蛋时,才会说不超过一百个单词。

"该加奶酪了,丫头。快点快点。"雷大爷说完之后,往锅里扔了一大堆奶酪,然后又扔了一大堆。

"真好,这下你倒不会得糖尿病,不过改成胆固醇过高了。"

"你也来点?"雷大爷说。

"好嘞。"我答应道,马上有一盘奶酪煎蛋端到了我面前。

我正咽下最后一口的时候,我妈走进了厨房。

"伊莎贝尔吃东西啦?"她自顾自地大声喊道。

"你的观察能力可真强啊。"我说。

"我这是高兴,仅此而已。你今天有什么安排?"

221

"开车去塔霍湖,和当年负责斯诺案的警官聊聊。"

"他还当警察呢?"

"再过三年就退休。现在当头儿了。"

"你不能跟他在电话里谈么?"

"能是能,不过我想把他那的资料复印一份拿回来。"

"咱们国家有种叫做邮政局的玩意,用不用我给你解释一下他们是怎么工作的?"

"不,我还是开车去塔霍湖吧。我不喜欢跟人通过电话谈,因为不能看到他们说话时两手在干什么。"

"肯定有只手在拿着电话呢。"

"我担心的是另外一只手。"

"咦,你哪儿来的这份幽默感?"我妈问道,她的困惑并不是装出来的。

"妈,你既然把这案子交给我,就放手让我去做好了。回头见。"

斯 诺 案

第 二 章

  我在早上吃饭之前已经给阿比盖尔·斯诺打了电话,问她是否还留着安德鲁高中时期的学年纪念册。她说她把它们收在储藏室里。我好说歹说,甚至向她保证这将是我最后一次跟她联系,这才让她答应把它们找出来给我。对于要赶往塔霍湖的我来说,米尔谷并不顺路。但是我还是觉得最好尽快把学年纪念册拿到手里,以防她突然变卦。

  斯诺太太开门时,穿着一件和上次那件花色不同,但在其他任何方面都别无二致的花裙子。她把学年纪念册递给我,甚至都没有邀请我进去坐坐。

  "斯诺先生在家么?"我问道。

  "很抱歉,他不在。"

  "又去打高尔夫了?"

  "嗯,确实如此。"

  "听起来你是个高尔夫寡妇啊。"

  "你说什么?"斯诺太太用受到冒犯的愤怒语气说道。

  "高尔夫寡妇,指的就是丈夫爱打高尔夫,妻子被迫守活寡。因为高尔夫打起来很费时间,所以看起来就像是丈夫已经,呃——"

"我懂。"斯诺太太面无表情地打断了我的话。

"多谢您给我的学年纪念册。"我嘴上这么说,心里却仍然想着斯诺先生和他对高尔夫的爱好。

我出门前没有看天气预报,结果不得不在路边停车,买了链条绑在车轮上,才开完最后二十英里路。原本应该三小时就能到的路程,我却在遮天蔽日的暴雪和纵横呼啸的狂风中开了足足五个半小时。然而我妈却看了天气预报,并且在我胆战心惊开车的时候连续给我打了三个电话,确保我没有连人带车翻出路面,成了车下之鬼。这三个电话的内容听起来完全没有区别:

"喂。"

"你现在车速多少?"

"每小时三十五英里。"

"太快了。"

"一路上的车都是这速度。"

"伊莎贝尔,如果你死在我前头,我后半辈子都会伤心欲绝的。"

"妈,我放慢车速就是。"

我在开车时给丹尼尔打了电话,展开我的"假装啥也没发生"战术来谋求握手言和。我在他的答录机里留下一条留言,大致如下:

"嘿,丹尼尔,我是伊莎贝尔。我打算去你那儿一趟,今晚也行,明天也行,或者下礼拜头几天也行,看你什么时候方便。哦,对了,这次轮到我下厨。我有集《糊涂侦探》想重看一遍。就是博士往精明的酒里放了点东西,其实就是梅尔尼克铀矿的地图。但是要想用那个地图,就必须得让精明站四十八小时不动,然后地图才会在他胸口像出红疹子一样显出形来。倒霉的是那正是精明和九十九结婚的前一天，精明想要把婚礼延期的时候没一个人相信他的话，全都认为他婚前恐惧。然后精明就被混沌特工给抓了。他们想四十八小时后先看地图，再制造精明自杀的假象。那集很经典。给我回电话。"

我在梅尔斯队长去吃午饭的路上拦住了他。他去取了斯诺案的档案，邀请我共进午餐。我们在一家典型的纯爷们儿饭馆里吃了顿饭，那家饭馆的墙上铺着木头镶板，角落里有个熊熊烧着的大炉子，很多死去的动物在它们最后的安息之所居高临下地凝视着你。作为午饭时间，饭店里的光线显得有点昏暗。由于暧昧的烛光和米尔斯帮我拉开椅子等等各种事情，我莫名地觉得这像是一场约会。当然了，梅尔斯队长对我完全没兴趣。然而我还是得说，我仍然莫名地觉得像是约会。

梅尔斯队长并不能为我提供很多新信息。我们花了一些时间讨论斯诺一家的情况，一致认为那位当妈的有点古怪，还有点控制狂。不过梅尔斯不单单觉得当妈的可疑，他觉得整个斯诺家都很奇怪。据他说，阿比盖尔在安德鲁刚失踪的那几天看起来根本不以为意，还一口咬定他随时都可能会出现，就仿佛她认定安德鲁是离家出走了一样，至少梅尔斯队长是这样猜测的。而关于安德鲁的哥哥，他提到马丁加入了搜索行动，但是并没有全心全意地投入。梅尔斯还说，马丁看起来并不为弟弟的失踪而自责，虽然在通常情况下，遇到这种事后，同行的人感到内疚是非常正常的。不过，梅尔斯还是认为，"没有理由怀疑是他蓄意谋杀了弟弟。"

"您能告诉我一些关于露营地的事情么？"我问，希望队长不要发现我的调查完全是漫无目的的。

"是个搭帐篷的好地方，在合适的季节里，确实是的。"

"也是个容易迷路的地方？"我问。

"如果你指的是，我认为安德鲁迷失方向，找不到回去的路，遭野兽袭击身亡的可能性有多大，我不得不说这种几率很大。那个

225

地带幅员辽阔,有很多很深的水流和锋利的岩石,而且植被也相当茂盛,足以在一具尸体腐烂成泥之前把它掩盖住。有些人在迷路后会一直走下去,认为他们能找到来时的路。然而恰恰相反,他们只能让自己在歧路上越走越深。他可能花了一整晚走出去很远。基于我们对这个孩子的了解,我们觉得这是最有说服力的解释。"

"但他也有可能是离家出走了。"我提出这个想法。

"一切都有可能。"他回答说。

"你觉得重新调查是浪费时间么?"

"想听实话么?我认为是的。"队长和蔼地说。

"那也许你应该给我妈妈打电话,把这一点告诉她。"

梅尔斯队长说,他在当年调查这案子的时候就已经跟我妈打过几次交道,所以再跟她打个电话也无妨。梅尔斯午餐吃的是羊肉排配蒜香土豆,还喝了一杯威士忌。虽然他的做派十分老气——比如说,他习惯于叫我"小姑娘"——但梅尔斯看起来完全不像个小地方的乡村警察。塔霍湖所在的雷诺市虽然地方不大,却有不少大城市的毛病,足以让这个憨厚的老好人变成一个干练的警探。我相信他对斯诺案的调查已经很不错,但我不确定他是否做到了完美无缺的程度。

在开车回家的路上,伴随着我妈的夺命连环电话(总共四次,都是为了建议我找个汽车旅馆住下来,等到暴风雪停了再回),我为档案里的两个细节困扰不已。露营地的一个证人声称他在安德鲁被认定失踪的第二天见到兄弟二人。而马丁则声称,在那个早晨,他正独自一人在营地寻找弟弟。梅尔斯对两人证词中的这一差异解释说,是证人记错了日期。他可能是在安德鲁失踪的前一天或者再前一天看到兄弟俩在一起的。这个错误当然大可以这样解释,但问题是,证人是一位历史学教授,干这一行的人通常对细节会把握得非常准确。还有一点是,在马丁第一次去警察局报案,填写失踪人员报告时做的一份笔录。其中有一句话,完全可以被忽略，或者被归于出事后的震惊慌乱，也可能是手写时的笔误，这句话说"我们整个早晨都在寻找安德鲁"。看起来有可能是有人帮助马丁一起寻找他弟弟，但是当被警方问到这一点，让他解释清楚时，马丁说那个早上他一直是一个人在寻找安德鲁。

自从我开始进行调查那天开始，我已经给马丁·斯诺的电话留了三通留言。但是他一次也没有回我。

醉翁之意不在牙第二回

我妈犯了个错误，她告诉我妹我之所以不肯再干这一行，是因为"那牙医"（他们始终这么叫他）跟我分手了。就连蕾都知道这并不是真的，我做出这个决定的原因，要比被男人甩了复杂得多。但是和稀泥是蕾的天性，因此她决定尽她所能帮我们俩说和。她迅速用一个假名在丹尼尔的牙医诊所预约了牙科检查。

桑切斯太太递给他一份薄薄的病历，"今天最后一个病人，三号诊室。如果你不介意的话，我打算现在回家了。"

"玛丽·安·卡迈克尔？"丹尼尔狐疑地问道。

"是个新病人，没有医疗保险，说好用现金付账。她不许我碰她的牙，坚持说'给我找个正牌牙医来'。"

"你回去吧，祝你晚上过得愉快，桑切斯太太。"

丹尼尔走进诊室，发现我妹正在抽屉里和柜子里乱翻。他不需要再做一次自我介绍了。

"蕾，你在这儿干什么？"

"我的牙有些不对劲。"我妹回答道，同时飞快地转过身，使出全身的劲儿抵在打开的抽屉上。

"这位小姐，乱翻乱看是不礼貌的。"

"你说得对，我不这么干了。"

"坐下吧。"

蕾坐在椅子上，落落大方地两手交握。

"你到底为什么来这儿？"

"我牙疼。"

"每颗都疼？"

"一两颗吧。"

"张嘴。"

丹尼尔戴上一双乳胶手套，开始检查蕾的牙齿。

"偶咬灰常壮要——"

"请别说话。"

"灰常壮要。啊啊啊啊啊啊啊啊啊啊。"

丹尼尔把牙垢清除器和镜子从她嘴里撤了出来。

"我有非常重要的事要告诉你。"她说。

"和你的牙有关么？"

"比我的牙重要多了。"

"蕾，我和你姐姐的关系不关你的事。"

"四年前，我妈调查过一个牙科医生把病人麻翻后对病人动手动脚的案子。她预约了一个根管治疗，被实施了麻醉，在她失去知觉的时候，那个牙医对她干了很下流的事。我爸妈对我绝口不提这件事，所以我在差不多一年前溜进了档案室，撬开锁，看了这个案子的卷宗。他们到现在都以为我对此一无所知，所以如果你能对这件事保密的话，我将不胜感激。"

"没问题。"

"不管怎么说，我觉得她本来可能对之前发生的事还没有那么生气，但是当他们把案子交给地方检察官时，他却以证据不足为由拒绝立案。在这之后，我们还调查过两起和牙医有关的案子：一个口腔外科医生在抽了可卡因之后给人做根管治疗，另一个牙医则给根本没有虫牙的病人补牙。"

"发生这种事情确实很不幸，真是行业败类。"

"所以,也许你能理解我妈为什么要对你说那些。"

"是的,蕾,我能理解。但是你姐姐对我说瞎话——很多瞎话。关于这个部分,我不能理解。"

"她对她所喜欢的每一个人都会说瞎话。她向来都对我说瞎话。她还跟我说,吃果脆圈会导致糖尿病呢。"

"高糖分摄入与糖尿病确实有一定联系。"

"那也不是说,我吃了一盒果脆圈,然后才过了一小时,我就得去打胰岛素针吧。"

"你一次能吃一整盒果脆圈?"

"平时不,就周六才这样。"

"你根本不应该吃果脆圈。"

"我来这儿可不是为了跟你讨论我的饮食习惯。"

"你说得对,你是来讨论你的牙的。"

"其实也不是啦。"

"你上次洗牙是什么时候?"

"由牙医洗么?"

"对。"

"记不清了,是我们上次去芝加哥时洗的,差不多两年前吧。"

"我想我能看出这个答案。但这也太扯了吧,干吗去芝加哥洗?"

"因为费尔医生搬到那里去啦。"

"费尔医生又是什么人?"

"是我妈的牙医,她从小就在他那里看牙。"

"你需要洗牙了。"

"而你需要和我姐姐重修旧好。"

"这不可能。"

"她真的喜欢你。我很清楚这一点,因为跟她分手的男人多了去了,她一直都若无其事。但是现在她很伤心,这对她来说可不是什么好心情。我倒是常见她发飙,但是见她伤心就不是那么常有的事了。你也喜欢她,我知道你喜欢,否则你早八百年就把我从诊室里踢出去了。"

"让我们先来专心弄你的牙好么?"

"我想跟你谈判。"

蕾忍受了长达一小时的洗牙和X光,以此换来了丹尼尔答应给我打电话的承诺。他两天后给我打了电话,对话内容大致如下:

丹尼尔:劳驾,我找杰奎琳·莫斯-格里高利。
我:丹尼尔?
丹尼尔:不要再不停地在我的诊所用假名预约了。
我:好吧,我不这样了。
丹尼尔:跟我在俱乐部碰头。中午。明天。
我:网球俱乐部?
丹尼尔:难不成是比弗利山的修士俱乐部?没错,就是网球俱乐部。中午见,别迟到。

最后一场网球赛

我估摸着丹尼尔是想跟我打网球，所以我就带上了拍子。其实我早就料到，一边打网球一边聊天这种事是很难办到的。不久我就发现，这是他的一步棋，他就是故意不想跟我说话。

丹尼尔沉默地走上场地，抛给我一个球，让我来发球。我发了球，随即不得不尽力跳开来躲避那呼啸而至的回球。而轮到丹尼尔发球时，我只能手忙脚乱左支右绌地去接球，却从来没有接到过。光是这一局比赛里，我就拉伤了三处肌肉。在第一局比赛剩下的时间里，我始终是在重复两个动作——在那特大号黄色子弹的进攻下仓皇逃窜，或者拼了老命徒劳地追着那完全追不回的子弹满场乱跑。

丹尼尔今儿个完全没用他那见风使舵的神技。第二局和第一局完全没区别而第三局又是第二局的翻版。我借着丹尼尔犯规的机会得了两分，而且在整整两盘比赛中只有三次将球打了回去。熬到赛点时，我已经放弃打球，纯粹是躲闪着黄色炮弹。但体力的流失也让我的反应变得迟钝，于是我的身体与黄色的枪林弹雨有了一次次亲密接触。

丹尼尔没有意识到，球场周围已经聚过来一帮人。说老实话，我倒是挺享受这场披着现代富人俱乐部外衣的中世纪惩戒。每一枚在我身上留下红色印记的黄色子弹都说明他在乎我，而这甚至让我更爱他了。我猜他可能原以为我会被激怒,并且开始反击,但我却觉得,一旦他把怨气都发泄出来,我们就能重新开始了。

丹尼尔停下来歇口气,才发现周围的一众谴责目光。他知道他被围观者当成变态了,也知道没办法向他们解释说,我身上的每一块青紫都是咎由自取。我并不是被虐狂,但有些时候,你会想惩罚自个儿,却不知道该怎么下手。有时候你感觉到自己好像做了什么错事,但由于你已经太习惯做错事了,所以压根儿不能肯定自己所做的到底算不算错。丹尼尔看起来像是我想要去深入了解的人,但我觉得他大概并不想深入了解我这种人,所以我才跟他说了那一堆瞎话。我和其他人只有一点不同:虽然丹尼尔并不想了解我,但我绝不会让这成为妨碍我去了解他的理由。

"还有必要再打一局么?"他问。

"你说了算。"我笑着回答。

丹尼尔拿起他的包,走出球场。我紧跟在他身后。天空灰蒙蒙的,看起来正憋着一场雨要下。

"哎呀,真好玩。"我用一种特不正常的热切语气说道。

"你真能忍,我得承认这一点。"

"很抱歉,我真的非常抱歉,我也不知道我为什么要做那种事。"

"我猜那应该跟你的家庭环境有关系。"

"可不,您说得忒对了!"

"你和我在一起究竟是图什么?"

"图你那套DVD啊。"

"说真的,伊莎贝尔。你到底想从我这儿得到什么?"

"你的灵魂,这还用说么。"

"我要走了。什么时候你能凑出一句发自内心的话来,我会重新考虑。但在那之前,还是不要再见了。"

斯 诺 案

第三章

  我在车里换上便服——这对我来说早已是轻车熟路——然后开车去了马林县,因为下午我要去见几个安德鲁·斯诺的老熟人,他们是我从曾在安德鲁的学年纪念册上留言的寥寥几个人中挑出来的。

  事情过去了十二年,我去见的那些人里,已经没有谁能回忆起太多关于那个失踪男孩的细节。由于不可靠的记忆掺杂其间,所有的描述也都已变得含混不清。曾和安德鲁同班三年,并且偶尔在一起学习的奥黛丽·盖尔,将斯诺家的次子形容为有礼貌,谦虚,而又有些敏感的人。而整个高中阶段都和他一起上英语课的苏珊·海耶斯则说,他很好相处,性格敏感,但抽大麻抽得很凶。至于莎伦·克里默,她就住在斯诺家隔壁,而且曾经与马丁交往过,她口中的安德鲁心思细密而又多愁善感。我问她知不知道他为何多愁善感,她说他好像是对自己不满,似乎无法适应自己的身份。我去拜访的每一个人都曾不止一次见过安德鲁抽大麻,但谁也不能跟我说清,他是否沾过更厉害的毒品。我也问了他是否曾被人欺负,但得到的答案是一水儿斩钉截铁的否定。

  没有人会愿意欺负安德鲁,除非是成心想跟马丁叫板。马丁是学校里最赫赫有名的男生，不但是班长，而且还参加了田径队、辩论队和足球队。我问了一下马丁最铁的哥们儿是谁，于是再一次听到了格雷格·拉尔森的名字。

但是之前我给拉尔森打过三次电话，全都被他无视了，这一次得另辟蹊径才行。于是我打电话到警察局，报了个假名找拉尔森警长，这才总算逮到了他。他一接电话，我就坦白交代了我的诡计，并且要求和他见个面。他不情不愿地答应了，到了第二天，我终于在警察局见到了他。

拉尔森警长在警察局大厅迎接我，重重地跟我握了握手。他身高一米八多，又瘦又高，棱角突出的骨架几乎要撑破他薄薄的皮肤。警察制服并没有让他显得更有魅力，只是让他显得更加严肃。拉尔森把我带到主廊尽头的一个小隔间里。他把脚翘在桌子上，从口袋里掏出一根牙签来。我开门见山，直奔主题。

"你是怎么认识斯诺兄弟的？"我问。

拉尔森有种让人如坐针毡的沉静气势，他的动作、语言和表情都像放慢镜头一样，但我觉得，如果我拿个秒表来测速的话，就会发现其实没有任何异常。尽管如此，他的冷若冰霜还是从一开始就引起了我的怀疑。

"我们是邻居。"拉尔森漫不经心地回答道。

"你经常去斯诺家吗？"

"不。"

"也对，斯诺家可不是好玩的地方。"

"嗯。"

"那你妈妈对斯诺哥儿俩有意见吗？"

"没。"

"安德鲁是同性恋吗？"

"什么？"警长问道，表情仍然波澜不惊。

"好多人都说他很敏感，有时候这是同性恋者的性格特征。"

"说不好。"

"也许他在被什么事困扰，也许他并不是失踪了，而是自杀了。"

"也许。"

"安德鲁嗑药吗？"

"也许偶尔抽支大麻。"

"还有比大麻劲儿更大的吗？"

"也许。"

"安德鲁是从哪儿搞到这些药的？"

"谁知道。"

"如果你想起来了，就告诉我。"

"成。"

"你不想知道安德鲁到底出了什么事吗？"我问道，越来越被拉尔森漠不关心的态度和一个字一个字往外蹦的回答弄烦了。

"想。"

"你经常和斯诺兄弟一起去露营吗？"

"经常。"

"但安德鲁失踪的那次你却没去？"

"嗯。"

"你在干什么？"

"什么时候？"

"安德鲁失踪的那个周末。"

"去看我叔。"

"在哪儿？"

"城里。"

"后来你又见过马丁吗？"我问。我心里清楚，如果我挑明了让他提供不在场证明，这谈话就得到此为止了。

"偶尔。"

235

"他不回我电话。"

"也许他觉得你是在浪费自己的时间,或者是他的。"

"你也是这么想的么,警长?"

"对,我也是这么想的。"

"好吧,我会考虑你们的意见,"我一边站起身来准备走人,一边随口说了一句,"还有件事,警长。"

他挑了挑眉毛,示意我有话就说。

"约瑟夫·斯诺打高尔夫球么?"

"头回听说。"

略睡了几个小时之后,我在第二天一大清早回到了办公室。我妈已经在办公桌前埋头苦干,为一个重要大客户处理无聊透顶的背景调查。我才刚打开电脑,屋里的安静就被我妈打破了。

"斯诺那案子查得怎么样了?"她随口问道。

"该怎么样就怎么样。"

"你这是什么意思?"

"我不可能找到他的,妈。"

"我也没指望你能找着。"

案件卷宗里收入了斯诺家每一位成员的社保号码。我决定给约瑟夫·斯诺做一个信用调查,短短几秒钟之后,调查结果就出现在显示屏上,我把它打印出来。

"妈,你觉得安德鲁有没有可能是离家出走了?"

"你怎么会问这个?"

"因为如果斯诺太太是我妈,我铁定跑路了。"

"我倒觉得如果斯诺太太是你妈,跑路的会是她。"我妈说。

我从打印机上拿起调查报告,刹那之间,那些困扰我良久的问题中,至少有一个得到了解答。

"约瑟夫和阿比盖尔不住在一起。"我说。

"那他住在哪儿？"我妈问。

"我查到他在帕西菲卡的一个地址。"

"怪了，"我妈说，"她不是跟你说，他去打高尔夫了么？"

在我离开家，去不请自来地拜访约瑟夫·斯诺之前，我查了马林县民事法庭的离婚案档案，从中没有发现任何与斯诺家有关的记录。但这并不说明问题。这个国家并没有全国性的离婚登记处，人们可能会在任何地方离婚，所以只能一个地方一个地方地查。

如果斯诺先生和他家其他成员一样，也把事情藏着掖着不肯说的话，我就再去查查湾区其他地方的档案。

汽车在一号高速公路上飞驰，海面透过浓雾时隐时现。我在滨海大道的一座平房门口停下车来。这房子离大海只有几步之遥，和几乎所有加州海滨小镇的房子一样，带有一种闲散气质。空气中的盐分使油漆剥落得更快，木头也更容易弯曲，这种疏于打理的感觉，恰好与阿比盖尔·斯诺那种吹毛求疵的完美主义形成了鲜明对比。

一位四十多岁的迷人女子打开了门，她穿着一条有些起皱的亚麻长裤，在浅蓝色的男式牛津纺衬衫外面套了一件灰色毛线开衫。她皮肤晒成古铜色，虽然脸上已遍布皱纹，但仍能看出，她年轻时曾是何等惊人的美丽。

"您有什么事吗？"她问道，带着一种把来人当做是推销员或传教士的戒备神情。

我向她询问这是否是约瑟夫·斯诺的家，她说是。我又问约瑟夫·斯诺是不是她丈夫，她说不是。然后她也问了我几个问题。我简单地向她解释说，我在重新调查这个案子，于是这个名叫詹妮弗·班克斯的女人领着我绕过房子，来到车库里的木工房，在那里我见到了约瑟夫·斯诺，他六十多岁，身材结实，却有张饱经风霜的脸，正在给刚刚做好的书架上漆。木工房的地面上满是锯末，东一个西一个地扔着各种工具,靠墙斜放着不少木板。在我稍作寒暄,并且简单说明来意之后,詹妮弗离开了,让我们两个人单谈。

约瑟夫手里把玩着一颗钉子,但他回答问题时,却带着我自开始调查这个案子开始,所遇到的最为直率坦诚的态度。

"你和阿比盖尔还是夫妻吗?"

"是的。"

"为什么?"

"我倒想离婚,但是她拒不签字。"

"她甚至不愿承认你已经不住在那儿了,她说你去打高尔夫了。"

"我讨厌高尔夫。"

"斯诺先生,你知道你儿子出了什么事吗?"

"不,我想我这辈子都无法知道。"

我与约瑟夫·斯诺的谈话中没有任何疑点,他所说的一切都与案件卷宗中所记录的完全吻合。我想要回阿比盖尔家去问问她在隐瞒什么,但天色已晚,我得先把他们家以及我自己家的破事放一放,让自己歇口气再说。

回家之前,我先跟米罗的酒吧打了几盘台球,耗了几小时。我没心情被盘问个底儿掉,所以绕到屋后面,准备从消防梯爬上去。结果我妈已经拿一把大锁把消防梯给锁住了,我猜她是为了断蕾的后路,但倒霉的我却被殃及池鱼,失去了我最爱的进屋方式。

我回到车里,打算忍几个小时,等我爸妈肯定睡了之后再回去。当然了,走正门从来都是个备选方案,但走正门就意味着得跟人寒暄,比如"回来啦"或者"你又死哪儿去了",正门从来就不是我的朋友。

事实证明,我的车后座比我想象的要舒服得多。我一觉睡到天亮才醒过来,因为蕾在敲我的窗户,要我送她去学校。我答应了她,因为我累得脑子都转不过弯来了。借着短短的蹭车时间,蕾问了我好多不着边际的问题，并将她的真实意图浑水摸鱼地掺杂其间。

"你那案子怎么样了？"

"还成。"

"跟我说说？"

"不。"

"那你最近去见牙医了么？"

"没。"

"你确定？"

"嗯。"

"给我十块钱怎么样？"

"不。"

"你最后一次见他是什么时候？"

"谁？"

"牙医。"

"你给雷大爷写勒索信的那天晚上。"

"打那时候起再没见过？"

"嗯。"

"你干吗不肯给我十块钱？"

"因为你比我有钱。"

"他给你打电话了吗？"

"谁？"

"牙医啊。"

"没。"

"你确定？"

"蕾，你问这些干什么？"

"你今早吃早餐了没？"她问道，徒劳地试图消除我的怀疑。

"我在车里睡了一宿，你觉得呢？"

"你车里都不放吃的吗?"

"对。"

"你应该预备点能量棒以防万一。"

我把车停在蕾的学校门口,在她打开车门之前一把薅住她的袖子。

"你干什么了?"我问。

"没有呀。"

"你去见他了?"

"我要晚啦。"

"说实话。"

"是实话呀,我真要晚了。而且校长就站在外面瞪着你呐。你记不记得,你上次送我上学的时候,也对我凶了吧唧的。所以你要么放我走,要么等着儿童服务机构找上门来吧。"

我松开手,与校长眼神相对,冲他笑了笑,拍拍蕾的脑袋,同时低声威胁要杀了她。她厚颜无耻地问我能不能来接她放学,我拒绝了。

我开车直奔丹尼尔的诊所,再一次进行屡败屡战的无畏挑战——为了挽回他,也为了找到我妹的把柄。我到那儿的时候,他正在接诊,桑切斯太太建议我作个预约,并且一副要小聪明装可爱的样子问我这一次要用什么名字。我彬彬有礼地微笑着,告诉她我自己的名字,并且说我可以等。

一个小时以后,桑切斯太太问我能不能移驾到某个空治疗椅上接茬儿睡,别赖在接待室的沙发上。我给了她个面子,挪个地方又睡了俩小时,满足了迫切的补觉需求。而丹尼尔在意识到我是打定主意不肯走之后,走进诊室叫醒了我。

"张嘴。"他说着,戴上一副橡胶手套。

"我不是来看牙的。"

"你上次去看牙是什么时候?"

"在芝加哥。"

他看起来一点也不惊讶,说道:"我猜那是挺久以前了。"

"也没那么久啦。"

"你们全家都对牙科医学缺乏尊重。"

"她来找过你了?"

"谁?"

"我妹。"

"医生需要保护患者隐私信息,这对牙医同样适用。"

"但对未成年人不适用。"

"你是她的监护人么?"

"你要么跟我说,要么跟我妈说。自己挑吧。"

"她有三颗蛀牙。"

"都死到临头了,蛀牙还算个屁。"

丹尼尔跟我说,如果不是因为蕾,他根本不会再给我打电话。他坚持要求我放过她,甚至说她虽然有点古怪,却是个迷人的小姑娘。他要我保证,不管她做了什么,我都决不体罚她。

丹尼尔给我洗牙的同时,我尽力从牙缝儿里挤出几个词来跟他说话。但留给我的时间实在是太短暂——只有在"漱口"和丹尼尔把手指重新塞回我嘴里之间的那么会儿工夫。

"漱口。"

我就漱个口,吐掉,然后赶紧说:"你有可能原谅我么?"

而他就继续给我洗牙,同时回答说:"也并不是没有这可能。你不用牙线吧?"

我就给他一个含含糊糊听不清楚的回答。

"漱口。"

我就漱个口,吐掉,然后继续说:"那你能给我个原谅我的时间表么?"

然后又是洗牙,吐掉,足足二十分钟,却没等到他的回答。丹尼尔解下我的牙科围兜,说:"完了。"

"你是说我们完了?"我问,急切地需要答案。

丹尼尔拉近椅子,把手放在我膝盖上。

"我早就知道你在撒谎,我知道你不可能是老师,我甚至知道你那些衣服都不对劲。你总是用力把裙子往下拉,盯着自己的腿看,就好像从来没见过它们似的。"

"是有一阵子没见过了。"

"鉴于我有个医学博士学位,而且长得还算不错,不少女人都挺喜欢我。"

"那你真是受苦了。"

"伊莎贝尔。"他用"这是第一次警告"的语气说道。

"我是一时没忍住,我发誓。"

"我能感觉到你喜欢我,并不是因为我是牙医而喜欢,而是尽管我是牙医却还是喜欢。你似乎是因为别的原因喜欢我。"

"是因为你跟那个并非同性恋的男人打的那局网球,是因为你糟糕的厨艺,是因为你知道'混沌组织'是个什么玩意儿。"

"我的厨艺并不是那么糟。"

"当然,谁在乎呢。"

"我也很想你。但如果你再骗我,我们就真完了。"

然后他吻了我,我觉得我永远地得到他了。在我脑子里,他彻彻底底从我的前男友名单中消失了。

斯 诺 案

第四章

在我头一次给马丁·斯诺打电话的两周后,他还是没给我回电话。事到如今,必须得让他知道我是动真格的了。于是我在第二天直接去了他的办公室。

"我是来自C-A-T-N-A-P(瞎编出来的单位)的温迪·米勒,我要见马丁·斯诺。"

"您预约了吗?"他的秘书问道。

"没,不过我有急事。"

"您能告诉我是哪方面的事吗?"

"我还是单独跟他谈比较好。他在吗?"

"在,但是……"

晚喽。我闯进马丁的办公室,关上房门。他的秘书急忙在对讲机里说道:"访客是温迪·米勒,来自CTA……"

"CATNAP,"我纠正说,"谢啦,"我冲着对讲机嚷嚷道,"打这儿起就交给我吧。"

"你是谁?"马丁问道,仍然保持着一定的礼貌,"什么是CA……"

"甭管那个了,"我说,"我是伊莎贝尔·斯佩尔曼。你知道的吧,就是被你拒不回电话的那个女的。"

"你来干什么?"他问。

我无可回避地注意到,撕开那层惊恐的表情,马丁的脸仍然和我卷宗里照片上那个男人一般无二。通常来说,高中毕业后的头十年对男人的外表来说会是毁容级别的大灾难,但马丁倒反而比当时更帅了些。唯一一个明显的差别是,在我报出名号时,他脸上镇定自若的神情似乎消失了。

"我有几个问题,只有你能回答。"

"警察已经全面调查过这个案子,随后你家又接手调查了一年。你觉得你在十二年之后能查出什么他们没查到的?"

"也许确实查不到,但是我必须得承认,我开始调查后的处处碰壁,倒让我产生了怀疑。"

"怀疑什么?"

"为什么你不回我电话?"

"因为我觉得如果我装看不见的话,你就不会再打过来了。"

"那不能够。"

"我不想再重新回忆一遍了,斯佩尔曼女士。十二年前那次已经够让人痛苦了。"

"你只要回答我几个问题,我立马儿就走。"

"我只要叫保安,你一样得立马儿就走。"

"也许吧,不过我会继续给你打电话,"我回答说,"没完没了地打。"

"三个问题,就这样。"

"格雷格·拉尔森为什么没在那个周末跟你们一起去露营?"

"他去城里看他叔叔了。"

"格雷格经常去看他叔叔吗?"

"你怎么对格里格这么感兴趣?你是想要他的不在场证明吗?"

"也不是啦,你能回答问题吗?"

"不,他不怎么常去看他叔叔。我记得他好像是想去看一场演唱会。已经两个问题了,你还剩最后一个。"

"几周之前我去见你母亲时,她跟我说他们大概投了十万块在你的学业上。"

"你要问的问题是什么,斯佩尔曼女士?我很忙的。"

"问题是,如果他们给你的钱都用来付大学学费了,你为什么还要向教育部申请十五万美元的助学贷款呢?我算了一下,这数目对不上号。"

我能看出来,马丁正搜肠刮肚地寻找一个合理的解释,当着我的面编瞎话。我站起身来离开了,帮他省却了这个麻烦。

"别费劲啦,马丁。我对揭穿你骗取大学贷款的事没有兴趣,但是这里面有些事不对劲。如果你觉得我会听之任之的话,那可就大错特错了。"

斯诺案中的各种疑点让我彻夜难寐。这案子里冒出了那么多的问题,而相形之下,答案却又是那么的少。我越是想,就越是难以入睡。第二天早晨,我跟跟跄跄从床上爬起来,决定铤而走险地去我父母的厨房里晃一圈,因为我急需咖啡来救命。咖啡壶是满的,而厨房里却空无一人——这可真是人间天堂。我倒了满满一大杯,差不多有半壶那么多,然后坐下来,希望这种安宁可以持续下去。可就在这时,大卫走进厨房,穿着一身上班的行头,在餐桌边坐下来。

"你来这儿干吗?"

"早啊,伊莎贝尔,你今儿早上怎么样?"

"你觉得我怎么样?"

"单从外表来看:不怎么样。"

"我谢谢您。你干吗到这儿来?"

245

"我要和蕾一起去她学校。职业日,我要去做个演讲。"

"她干吗不让咱爸或咱妈去?"

"大概是因为不希望她的同学里有谁对这一行产生兴趣吧,她说了,她不想给未来的事业制造任何竞争对手。"

"她可真有远见。"

"我也觉得。"

"她逮着你的把柄了,是不是?"

"你怎么会这么想?"

"你每周工作八十小时,你有一个神秘女友,你没有任何明确理由,却一直供着她的花销。你会有闲工夫,对着一堆九年级小屁孩讲上半天儿法律知识?尤其是你已然知道他们中会有一大帮子长大后当律师跟你抢饭碗?"

"你早就什么都明白了,是吧?"

"几个月以前,老妈发现了你的某些秘密。现在蕾也发现了一些,我觉得她们发现的是同一件事。而我还觉得,你使尽浑身解数封住她们的嘴,只是为了不让我知道这件事。"

"蕾!麻利儿地给我下来!"大卫神经兮兮地喊道,我知道我直捣黄龙了。

"**再等一分钟!**"蕾扯着嗓子喊回来。

"就她跟你说话的语气,根本不像是你在大发善心帮她个忙。你干吗不把你的小秘密告诉我呢,那样的话,你就不用被她牵着鼻子走了。"

"我会的,只要你告诉我你下一份工作会干什么,我就告诉你。"

"再见。"我甩下一句,上楼去了。

上了没几级楼梯,我被睡袍绊了一下,洒了一些咖啡。我坐在楼梯上,脱下袜子,开始擦地上的咖啡。我无意中坐在了"罩门"上。第二层台阶的第四级是整座房子里偷听厨房动静的最佳位置,简直就跟身临其境似的。但凡往上或往下走几级,都会啥也听不到,但偏偏是第四级上能听得清清楚楚。真是无巧不成书,我偏偏就坐在这一级上,偏偏就在这时听见我妈问,"刚才是伊莎贝尔吗?"

"应该是吧,最近我都认不出来她了。"我哥说道。

"她吃什么东西了吗?"

"光喝咖啡了。我能提个建议吗?"

"不管我说什么你都会提的,是吧?"

"让她放弃这个案子,让她辞职。越是放她走,她越会要回来。你现在这么做,反而是在把她彻底推走。我真是惊讶啊,都这么多年了,你们都这么了解她,却没有想到这一点。"

"孩子,我知道自己在干什么。"

"真的吗?"

"只要她在这个案子上耗的时间够长,她就会忘记了当初为什么要离开。"

"为什么不能放她离开,然后再让她出于自愿地回来呢?"

"因为我必须得盯紧了她,大卫。"

"为什么。"

"过去的伊莎贝尔又要回来了,我不能再来这么一回,绝不能。"

"这不是过去的伊莎贝尔,妈,这完全是个新变种。"

我妈对他的话置若罔闻,说道:"你还记得她过去什么样子吗?我就是记得太清楚了,我从来没见过谁能那么毁自个儿。那简直太吓人了。每次她夜不归宿,每次我发现她人事不知地醉倒在汽车中、门廊上,或者浴缸里,我都以为她真的死了。我已经放任她太多次了,我绝不会再这么做。"

"你就从来没想过,也许这行当并不适合她吗?"大卫问道。

"没有这份工作,她就会是下一个雷大爷。"

247

斯 诺 案

第 五 章

那天早上,在连看了三个小时斯诺案卷宗之后,咖啡终于救了我一命。

我给拉尔森警长打了电话,约他再见一面。我能听出来,第一次会面还没过多久我就联系他,这让他有些郁闷。但他还是同意了。更准确地说,他告诉我他那天晚上会在哪儿喝酒,并且说如果我只有一两个问题的话,他没准会回答一下。

那天下午,我坐在斯佩尔曼办公室里,为我在斯诺案调查中约见过的每一个人进行全州范围的犯罪记录调查(结果啥也没查着),我爸妈走进办公室,递给我一个信封。

"这是什么?"

"分手费。"我爸说。

"你被开了。"我妈说。

"为什么?"

"马丁·斯诺打电话来了,他要求你退出这个案子的调查,说你让他妈妈非常难过。"

"你真的觉得他是出于关心他妈妈的感受吗?"

"如果你想要另谋高就,就尽管去吧。这些钱够你花一阵子了。"我妈说。

　　我把桌上的信封推了回去，让他们把钱收好。我告诉他们，我的活儿还没干完。他们却说，案子结了。于是我告诉他们，什么时候我说它结了，才真算结了。说完这句话，我就起身离开了。

　　我到达麦考尔酒馆的时间比拉尔森警长稍微早了一点儿。能从家里逃出来，跑到个有酒喝的地方，这真是太好了。我喝了杯啤酒，融入了这儿的气氛中。这基本可以算是个地下酒吧，装修得还算雅致，酒客们却跟这个词儿全不沾边。不过，对于一个女人来说，在这儿独自坐坐，喝杯酒，想想一个男人结束生命的方式，倒还是安全的。

　　拉尔森警长下班后的行头包括一条褪了色的蓝色牛仔裤，一件皱巴巴的长袖T恤，还有一件羊毛帽衫。没有了警服那干脆利落的线条来把他的脸衬托得更加棱角冷硬，拉尔森看起来倒像是个会让我多看几眼的男人。事实上，要不是他嘴里叼根牙签，而且我又吹毛求疵地怀疑着他，他完全是我喜欢的类型。我觉得他摆脱制服约束之后的淡定冷静很是迷人，还有他认出我时几乎连眉毛也没抬一下的表情，缓缓朝吧台走过来，微微点点头并坐下来的样子，都把我迷得够呛。

　　酒保就好像跟拉尔森有心灵感应似的，他刚坐下，一扎啤酒已经摆在了他面前。

　　我掏出五块钱放在吧台上，但拉尔森把钱推回给我，"我从来不让女人掏钱请我喝酒。"

　　我觉得他这骑士派头的宣言挺可乐，不过还是随他去了。
　　"你常来这儿？"我说，试图找个自然的开场白进入话题。
　　"伊莎贝尔。"
　　"警长。"
　　"你可以叫我格雷格。"他全无友善之意地说道。

"格雷格。"

"伊莎贝尔,你做这一切到底是为什么?"

"说来话长。我们能先不提这个么?"

"我想人人都有权保留几个秘密。"

"我真希望我妈也能像你这么想。"

"那你想从我这儿知道什么?"拉尔森问道,他的戒备之意稍微放松了一些。

"我想让你告诉我,安德鲁·斯诺到底出了什么事。"

"我不知道。"

"我就知道你会这么说。好吧,我相信你大概确实不知道他到底怎么了,但你知道的一定比你告诉我的要多。"

拉尔森似笑非笑地看了我一眼,却没有回答。拉尔森并没有像马丁·斯诺那样欲盖弥彰地让我发现破绽。我知道他是不可能被击溃的,这男人天生一张不动声色的扑克脸。但我也会尽力试上一试。

"关于当年安德鲁可能遭遇的状况,我有几种猜测,想跟你探讨一番。可以么?"

"有什么不可以的?"拉尔森回答说。

"第一种猜测,"我翻着我的笔记,说道,"安德鲁嗑了点迷幻药,溜达出露营地,迷了路,沦为大自然的牺牲品。"

"大自然?"

"你懂的,比如晒死了,淹死了,被熊咬死了。"

"我认为动物不能算成是'大自然'。"

"我用的是比较宽泛的概念。关键在于,"我说,"造成他死亡的是环境因素,而不是犯罪行为。你认为如何?"

"我觉得这猜测挺好。"

"多谢,不过根本就不好。这里面有好几个问题。首先,关于安德鲁的大部分记录里都提到他抽大麻,但是从没有提到他嗑迷幻药或麻醉剂。但是,你要是在露营地里抽了大麻,就根本不会想要深更半夜出去暴走十英里,你想要干的只有再多抽点儿,然后盯着营火愣神儿。"

"你听起来很有经验嘛。"拉尔森说。

"我才没有经验呢。如果你能告诉我他是从哪儿搞到大麻的,对我会很有帮助。因为那样我也许就能查出,他是不是还嗑过更猛的玩意儿。"

"我怎么会知道?"

"你可以四处打听一下嘛。"我冲他阳光灿烂地一乐,"做好准备听我的第二种猜测了么?"

"当然。"

"安德鲁和马丁在宿营地打起来了,马丁杀了他弟弟,可能是无心,也可能是故意。然后他慌了,把尸体藏了起来。"

"哈。"拉尔森只是这样哼了一声。我死死盯着他的脸,试图找到一些情绪波动的蛛丝马迹,但是却一无所获。

"第三个猜测。"我说

"洗耳恭听。"

"他把家里地毯弄脏了,于是斯诺太太宰了自己的儿子。露营旅行什么的都只不过是幌子而已,其实她把尸体藏在自己家里了。"

拉尔森什么也没说,只是瞪着我,似乎想看出我到底是不是认真的。

"所以她才要堆那么多干花嘛。"我说。

这时候,拉尔森干了一件我以为他根本就干不了的事情:他笑了起来。

就在他的防守松懈下来的这一刹那,我抓住这转瞬即逝的机会问了他下一个问题:"汉克姓什么?"

"谁?"他问,笑容一点点消失,扑克脸又杀了回来。

251

"汉克叔叔,安德鲁失踪那天,你正和这个人在一起。他姓什么？我想跟他聊聊。"

我倒也不敢一口咬定,不过我似乎是给拉尔森万年不变的波澜不惊制造了个小故障,就好像是本来无比顺畅的录音突然打了个磕巴,如果你没有竖起耳朵,也许根本不会听出来。

"你为什么想和他聊？"

"他是你的不在场证明,不是么？要么你把他的名字告诉我,要么我自己去查出来。这就看你了。"

"法伯,"他说着掏出一支笔,"这是他的地址。你最好找个人陪你一起去,汉克叔叔的名声可不大好。没别的问题了吧,伊莎贝尔？"

"还有一个问题:你和马丁还是朋友么？"

"没有反目成仇。"

"你最近一次见到他是什么时候？"

"六个多月之前的事了。"

"多谢你抽时间见我,警长。"我喝完杯中酒,离开了酒吧。

第二天晚上,丹尼尔又声称要给我做饭。鉴于我们的关系已经完全拨云见日,我觉得在这件事上也应该向他捅破那层窗户纸。

"你做饭简直糟透了,丹尼尔。"

"我知道,"他回答说,"可没有功劳也有苦劳嘛。"

"这不会是你牙医诊所的宣传语吧。"

"你真逗。"

"我们今晚干点儿不一样的如何？"我建议道。

"我还以为你已经等不及要看剧了呢,就是精明拼死拼活想当上双面间谍的那集。"

"回头再说吧,"我说,"我还以为你可能乐意陪我去跟踪一次呢。"

"咱们要去盯梢?"丹尼尔问道,他声音中的兴奋听起来正像每一个初次上阵的菜鸟,这帮人永远也不会想到,等待他们的是何等深不见底的穷极无聊。

一个小时之后,我和丹尼尔到达索萨利托,把他的车停在离马丁·斯诺家不远的地方,坐在车里。

"我饿了。"丹尼尔说。

我早料到他会想要吃点零嘴儿,于是递给他一袋子什锦巧克力豆。丹尼尔把袋子翻了个底儿掉。

"这里边只有榛子口味的了。"他说,失望之情溢于言表。

"我真得跟雷大爷好好聊聊了。"

我盯着马丁家的大门口,车里沉寂了很久。

"我烦了。"丹尼尔开口说道。

"这才一个小时。"

"但完全无所事事啊。"

"我的经验是,绝大部分时间都会无所事事。"

丹尼尔叹口气,又陷入了沉默。

"我要撒尿。"他说。

"知足吧,至少你是个男人。"我回答说。

"什么意思?"

"广阔天地,逮哪儿尿哪儿。"

"你让我随地方便?"

"干我们这行的哥们儿大多是往瓶子里尿,不过你大概不会在你刚保养过的宝马里放一瓶子尿吧。"

"尿瓶子里?真恶心。"丹尼尔一边说着一边下了车。

就在丹尼尔找地儿解决生理需求的时候,我看到拉尔森警长把他的黑色吉普停在了马丁家的车位上。拉尔森敲敲正门,马丁很快出现,把他迎了进去。

丹尼尔坐进车里,"我不在的时候有什么事没有?"

"一个人去了另一个人的家里。"

"这可太值得怀疑了。"丹尼尔挖苦道。

这确实值得怀疑,我只是不知道原因而已。

年终将至,我暂时停下了对斯诺案的调查,主要是因为不想在圣诞和新年假期里还去打扰别人。但当一棵棵形容枯槁的杉树被从屋里请到人行道上时,我就又一次展开了调查。我违了父母的旨意,给马丁·斯诺打了电话,要求再和他面谈一次。然而,给我回电话的并不是马丁。

回电话的是阿比盖尔,那是在新年后的第四天。我之所以还记得这个日子,是因为就在同一个晚上,我先是接到了油水区"爱丁堡城堡"酒吧的酒保打来的电话。雷大爷在酒桌上睡着了,他们只把他叫醒了一小会儿,雷大爷在这当儿把揣在兜里的卡片交给了他们。

需要有人把我领走时,请打电话给伊莎贝尔·斯佩尔曼,或斯佩尔曼侦探事务所,1-415-287-3772。

我开车把雷拉回家,在我爸的帮助下把他拖进屋,这时我的手机响了,屏幕上显示为"未知号码"。我打开我房间的门锁时,手机又反复响了好几遍。一进到房间里,我就接了电话。

"喂。"

"斯佩尔曼女士,我是阿比盖尔·斯诺。"跟我们上次见面时相比,她的嗓音在几周之内粗哑了很多,我几乎都没听出来是她。

"你找我有什么事么,斯诺太太?"

"你不要再调查我儿子的案子了。"

"我一直都很注意尊重您的隐私。"我说。

"你给我听好。我儿子是个律师,如果我发现你还在对安德鲁的失踪进行调查,我们就会以骚扰罪指控你和你家。我说得够清楚了吧？"

"是的，"我回答说，"斯诺太太，我向你保证，这案子就此结束。"她挂断了电话。

就在挂上电话的那一刻，我真的以为斯诺案就此结束了，以为我可以马上从斯佩尔曼侦探事务所功成身退。然而，我几乎没什么时间去考虑这意味着什么，因为接下来发生的事情改变了一切。它不但没有把我从这个案子上拉开，反而又把我推了回去。

几个月之后，当我有时间去回顾之前所发生的种种，我试图找出到底是哪一个时刻改变了这之后的所有一切，就好像这亡羊补牢的反思能让我们免于重蹈覆辙。这件事也许过去很久了，但是对我来说，这是我人生进程中最确定无疑的一个转折点。

转　折　点

就在斯诺太太给我打电话的几天之后,我离开家(走的是正门)时,我妈问我是不是要去见牙医。鉴于我和牙医重修旧好这件事并没有让她抓住任何把柄,我明确地将我的怀疑锁定在了某个人身上。

我在蕾的卧室里等着她放学回家。我并没有到处乱翻,而是重重倒在床上,拿起她那本已经被翻得破破烂烂的《麦田里的守望者》。我真想知道这本小说还会在多少年里充当青少年卧室读物的主力军,也同样想知道蕾的青春叛逆期怎么还没有到来。随即,我的眼睛落在她桌边的一个相机包上。我拉开那个炭灰色帆布包的拉链,端详着躺在里面的那台崭新崭新的数码相机。

片刻之后,蕾走进了她的房间。

"你怎么进来的?"她问。

"又不是只有你会溜门撬锁。"我一边拉上相机包的拉锁一边说道。

"你还有何贵干?"

"就有几个问题。"

"说来听听。"

"你是在跟踪我吗,蕾?"

"早就不玩那套了。"

"妈妈知道你去见过牙医吗?"

"别告诉她,她会不高兴的。"

"她知道我又跟他和好了吗?"

"一周之前我听到她跟老爸说,她确定你们分了。"

"大卫的新女朋友是谁?"我迅速问道,希望能出其不意地套出实话。

"你这招儿蒙不了我。"蕾一边甩掉鞋一边说道。

"这相机和配件一共花了你多少钱?"

"我得看看收据,算算钱。"

"说个大概数。"

"五百块上下吧。"

"上下多少?"

"一百块。"

"你是黑手党养大的吗?"

"我不知道哎,你是吗?"

"你这是勒索,蕾。勒索是不好的,你怎么就不明白啊?"

"恭喜你结案了。"

"谁说结案了?"

"老妈说的,那个失踪男孩的妈妈打电话来,让你打住。"

"她打了吗?"

"你明明知道她打了。"

"你怎么知道的?"

"我长耳朵了。"

我薅起她的领子,拧了个三百六十度,把她猛推到墙上。

"如果你是在骗我,而且被我发现了,我非让你生不如死不可!"

"你已经让我生不如死了!"她吼道。

"你怎么会知道他妈妈打给我了!你在监视我?你在我门外偷听来着?你到底干了什么?!"

"我偷听到老爸对老妈说,那家伙的妈妈给你打了电话,把这件事了结了。"
"老爸说的?"
"对。"
"什么时候?"
"昨天。"
"时间呢?"
"不记得。"
"使劲想。"
"晚上。"
"你确定?"
"我并不能宣誓作证——"
我把揪着她领子的手攥得更紧了一点,"你是不是非常确定?"
"是的。现在我希望你离开。"
不用她下逐客令,我已经走出房间了。

我回到自己的房间,开始寻找窃听器。我活了二十八年,从来没有想到,我爸妈会使出如此下作的手段。即使是在我还是过去那个伊丽莎白时,他们也并没有违反最基本的隐私法。在加利福尼亚,如果没有至少一位当事人的同意,对他人进行监控录音是违法的。我开始后悔没有和当时我妈介绍的那些律师交往,否则现在就能找到个人帮我起诉她了。几乎毫无疑问,我们会看到充满诗意的大标题:斯佩尔曼大战斯佩尔曼。

似乎已被我爸妈得知内容的那通原始通话是我用手机接听的,他们并没有掌握窃听手机的技术。然而,我倒是想起来,最近有一次我用座机和佩特拉聊天时提到了斯诺太太,而给座机通话录音是小菜一碟。虽然窃听电话是非法的,但这毕竟不是嗑点儿小药什么的,所以我并不在行。不过要把一个房间一寸一寸地翻个底朝天,你只要有耐心就行,压根不需要什么专业技术。而我一想到我将要找到可以用来指控我爹妈的东西,就立刻超有耐心。我顺着电话线找到插口,发现这条电话线沿着墙通向屋外。我从窗户翻出去,沿着消防梯爬下去,看到它延伸到房屋底部之后就不见了。单一的电话窃听装置可以被安放在电话线的任何位置,而如果和声控录音设备合用,则是监控某条特定电话线路的上佳途径。基于蕾向我交代的信息,我估摸着是我爸窃听了我的电话交谈,从而得知了那件事。然而再反过头来想想,似乎也可能是他只偷听到了其中一方的话。我的。

在电话线上没有找到录音装置,于是我回到我的房间里开始寻找窃听器。在一间七十平米大、堆满家具和七年来积攒下来的各种破烂物件的房间里,找到一个小得几乎可以放进鼻孔的小玩意可不是什么容易事。

我需要帮助。我需要一个中立派的帮助。我本想打电话给丹尼尔,但是我想象不出,"你能来我房间帮我找窃听器么"这句话在哪个世界里能算得上正常,而我正费尽吃奶的劲儿在他面前表现得正常。我给佩特拉打了电话,但她不在家。唯一在家的人是雷大爷,他老是跟家里窝着,除非是去喝酒或者打牌。我问雷大爷愿不愿意帮我找个监听装置,雷大爷则问我有没有啤酒。我有。我所生活的世界里居然会出现这种完美的互助互利和谐共存景象,简直是太阳从西边出来了。

由于雷大爷跟我爹妈同住,我常常忘了他其实非常善于保持距离感。除非他被扯进战局成为作战力量,否则他总是事不关己高高挂起。一边嚼着薯片一边来一句"我只是跟这儿看比赛的",就已经是全部。当两股势力面临十余年未曾解决的积怨时,个人之间的些许矛盾便变得不值一提。雷大爷只知道他要找到一个窃听器,却全然不知这个玩意儿是他弟弟安的。

我既无目的也无系统地乱翻了一通,把屋子弄了个乱七八糟。而雷大爷一直坐在我床上，喝完了三听啤酒。然后他走到我床头的一个插座跟前，拔下了一盏灯的插头，又拔掉了一个闹钟，从插座上把一个三头接线板拔下来，递给了我。

"多谢啤酒啦。"他一边说着，一边走出了房间。

* * *

我的本能告诉我应该大发雷霆，联系律师——也许我该联系美国公民自由联盟——但我的理智告诉我要冷静行事，对我的反应斟酌再三。而事实证明，我的本能和理智都不怎么靠得住。我把接线板放到了档案室，他们早晚会发现的，但这多少能为我争取一些时间。我需要离开这栋房子，让头脑清醒清醒。我需要到斯佩尔曼的势力范围之外找个地方。于是我开车去了佩特拉家。

我在门口遇到了佩特拉，她穿着一件黑色缎子的露肩晚装，披着蕾丝披肩，头发中规中矩地挽起来，除了耳环之外的一些乱七八糟的穿环都被取下来了。

她被我的突然出现吓了一跳，"你来这儿干吗？"

"我在我房间里发现一窃听器！你这是去听歌剧了吗？"

"不，就参加个宴会。"

"跟谁？"

"哦，最近遇上的一个人。"

"他是干吗的？"

"是……医生。"

"真的？"

"呃，我没有跟美国医学学会核实过，不过我觉得他说的是实话。"

"他叫什么？"

"你怎么这么多问题？"

"通常你新认识什么人都会跟我说的。"

"唐·斯顿波格。"

"啥?"

"他的名字啊。"

"你说是就是吧。"

"你有什么事吗?"

"没,我挺好。好好跟你那律师玩儿吧。"

"医生。"佩特拉纠正道。

"医生啦,律师啦,不都是一回事么。"

"等你进了急诊室就不是一回事了。"

这番对话完全不着边际,尤其是与真相根本不挨边。我看了看她的胳膊,发现上面又空了一块。如果我没记错的话,那儿本来是一块文身,文着一座墓碑,上面写着"安息吧,吉米·亨德里克斯"①。

"你怎么把吉米给抹啦?"

"人是会变的。"

"是吗? 我还真不知道。"

我离开佩特拉的公寓,开车去了一个能够得到答案的地方。我都不用上前敲门,更不用开口提问,我只要等在大卫家的门口,看他是不是穿着一件无尾礼服离开家就行了。到那时我就能板上钉钉地确认一件事:我老哥不光是在和我最好的朋友约会,他付给一个十四岁小丫头的封口费,以及迎合他那五十四岁老妈的种种怪念头,都只是为了把我蒙在鼓里。

一股自矜自怜的心情油然而生,我强烈地感觉到我需要证明他们因为我或者为了对付我而采取的手段是错误的——至少是不必要的。果然不出所料,大卫穿着正装走出家门。我在他发现我之前开车离开了。回头再跟这对狗男女算账。

---

① 译者注:吉米·亨德里克斯(Jimi Hendrix, 1942—1970),美国著名摇滚歌手、吉他手,摇滚史上的"吉他之神"。

醉翁之意不在牙第三回

经过协商,我和我爹妈说好暂时休止这场两败俱伤的惨烈战事。然而,停战者中却不包括蕾。在说服了我妈之后,我向我妹宣布了这个消息。

"你有三颗蛀牙,丹尼尔将在明天四点整给你看病。别迟到。"

"真的有这个必要吗?"她问。

"快去预约,否则你会悔不当初。"

那天晚上,我走进客厅,发现蕾和雷大爷正在一起看电视。在屏幕上,劳伦斯·奥利弗一边在水槽里洗着手,一边问被绑在椅子上的达斯汀·霍夫曼:"这安全吗?"

我走到沙发后面,盯着屏幕。

"这安全吗?"奥利弗铺开一套牙医工具,又问了一遍。

我转向雷大爷,有种被坑了的感觉,"你觉得这有帮助吗?在她要去看牙的前一晚给她看《霹雳钻》[1]?"

我妹冲我"嘘"了一声,转过头聚精会神地看着电视。雷大爷则是一脸无辜。

"怎么啦?"他说,"这片子多棒啊。"

"这安全吗?"我走出客厅时,奥利弗还在问着。

第二天下午,蕾如坐针毡地在第二诊室里等着丹尼尔。她能听到他和正要下班回家的桑切斯太太说再见,直到最后一秒,她才想起把录音笔打开。他毕竟是个牙医,对不对?几个月以后,我将

---

[1] 译者注:《霹雳钻》(*Marathon Man*, 1976),美国影片。其中一个经典片段是劳伦斯·奥利弗扮演的老纳粹分子塞尔一边不停地说"这安全吗?"一边用牙医工具拷问达斯汀·霍夫曼扮演的男主角勒维。

发现以下这份文字记录,上边还附有蕾的文字解说:

[丹尼尔走进诊室]

蕾:卡斯蒂洛医生?

丹尼尔:我说过啦,请叫我丹尼尔。

蕾:你确定我有三颗蛀牙吗?

丹尼尔:确定,说实话,我可以确定一定以及肯定。

[丹尼尔在洗手]

蕾:我能看看X光片吗?

[丹尼尔盯着蕾看,时间长得让人发毛]

丹尼尔:蕾,你不信任我吗?

蕾:当然信,我只是想看看X光片。

[丹尼尔拿起几张X光片放在灯箱上,打开灯。他指了指蕾牙齿上的几个地方]

丹尼尔:下排右侧第二前磨牙上有个洞,第一臼齿上有个洞,第三个则在上排左侧侧切牙上。

[丹尼尔拿出一个注射器]

蕾:你不需要护士给你打打下手什么的吗?

丹尼尔:她已经下班了,只有我们两个。张大嘴。

[蕾没有张大嘴]

蕾:我怎么能知道那到底是不是我的X光片?

丹尼尔:你这是在拖延时间,宝贝儿。当个乖孩子,张大嘴。

蕾:你还没回答我的问题呢。

[丹尼尔凑了过来]

丹尼尔:你是害怕我吗,蕾?

蕾:我是怕作不必要的牙科治疗。

丹尼尔:一点点疼不会伤到人的,我个人甚至认为它能让人变得坚强。

蕾：伊莎贝尔说这一点都不疼。

丹尼尔：你姐姐说什么你就信什么吗？

蕾：不，才不是呢。

［丹尼尔在准备麻醉药］

丹尼尔：这安全吗？

［说到最后一句话时，丹尼尔突然带上了点德国口音。然后他颇有深意地眨了眨眼。蕾从椅子上弹起来，嗖地蹿出了诊所，把她的纸围嘴扯下来扔在了大门外。］

满怀着对前晚那部电影的敬畏之心，蕾从凡尼斯大道与市场街交叉口的无轨电车站一口气跑了两英里，冲回了克雷街1799号。她双手颤抖着打开房门，丝毫没有减速地闯进斯佩尔曼办公室，站在我爹妈面前，上气不接下气。我爹妈抬起头来看着她。

她好不容易才把气捋顺，开口说话，"丹尼尔·卡斯蒂洛是个大坏蛋。"

我爸妈花了一个小时，听她用五花八门的同义词来描述她的遭遇。他诡异，阴险，怪诞，吓人，让人毛骨悚然。"他还冲我挤咕眼，"她强调说，"邪魅险恶地挤咕眼。"然而，爸妈早已习惯了蕾隔三差五便会满嘴跑火车，因此不置可否地听完了她的咆哮。事实上，第一次见面搞到丹尼尔的资料之后，艾伯特和奥莉维亚进行了一番掘地三尺堪称典范的背景调查。他们仍然不喜欢他，但是却不得不承认，从档案上来看，他和他们一样清白。

我家二老得出一个合情合理的结论：蕾一方面是害怕打针，另一方面则是被我家多年来妖魔化牙医的种种故事吓破了胆。这也许是蕾这辈子第一次不被爸妈相信，所以，她决定孤军奋战，把我从牙医手里拯救出来。

正如我所料，在牙科治疗泡汤后不久，蕾又开始跟踪我。虽然在跟踪的前两天里，她所能看到的只是我坐在电脑前，查着斯诺一家每个人的犯罪记录。

我妈看到了我桌上堆着的文件,于是再一次劝我别再白费力气。

"伊莎贝尔,你的工作已经结束了,"她说,"现在你想上哪儿工作就去哪儿吧,当个服务员啊,秘书啊,酒保啊,我不管你了。"

"我们有过君子协定,妈,而我正在履行它。"

"宝贝儿,马丁·斯诺是个律师。你不明白这意味着什么吗?"

"你想让我跟他约会?"我反问道,眼睛仍然盯着电脑屏幕。

"不,这意味着如果你继续骚扰他家,他会起诉你的。"

"我要是你的话,就不操这份心。"我漫不经心地说。

"你怎么能这么说呢?光是请辩护律师的钱就够让咱们家垮台的。"

"妈,你听我说。他在隐瞒什么事情。如果你有不可告人的秘密,就不会让自己暴露于公众关注之下,而是会尽力保持低调。他只是虚张声势地吓唬人而已。"

我怀疑我爸妈已经知道我发现了窃听器。谁也没有提到这件事,而我仍然在心里算计着如何报复。在接下来的几天里,蕾的牙齿退居次要,我对这件事只保留了像老电影一样斑驳不清的印象。

我本该蒙头大睡来驱散怒意,我本该想想自己到底在干什么,我本该给自己和别人都留有机会去喘息,去放慢脚步,以至于停下来。但是我却一猛子扎下去无法收住。我爸妈以为他们给了我一个无法解决的案子,但在三个星期之后,我想我也许可以解决它。

"你想不想跟我一块儿去买点毒品?"在第二天下午,我打电话给丹尼尔,跟他说道。

"当然。"他的口气就好像我只是问他要不要在咖啡里放牛奶一样。

"我明天晚上七点来接你。"

毒品交易

我无法相信我将会干出什么事,虽说我已经在干着了。刚过晚上七点,我把车停在丹尼尔的房子外面,按了按喇嘛。他走出门,穿着一件做工精良的西服外套,里面是粉红色的衬衫,敞着领口。

"打扮得挺俊啊。"丹尼尔把手提包放在地上,坐进车里来时,我说道。

"多谢,这是我去买毒品时的专用行头。"丹尼尔冷淡地说。

"钱带来了吗?"我问。

"嗯,我带了毒品钱。"他说。

"说'钱'就行了,不用非得说'毒品钱'。"

"嗯,我带了钱。"

一阵沉默。

"咳咳——"我对丹尼尔清了清嗓子,提醒他该说下句台词了。

"要润喉糖么?"

"咳咳——"我又清了一次嗓子。我只教他说了一句台词而已,这能有多难啊?我大声咳嗽,还恶狠狠地瞪了他一眼。

"如果你是想要点可卡因,我能帮你搞到手。"他说道,语气就像是对着电子提词机一个字一个字念出来似的。

"我们要去见马丁·斯诺的毒贩子,杰罗姆·富兰克林。如果不跟他买一点儿货,他是不会跟咱们说话的。你只要保持冷静,不会有任何岔子。"

"这又不是我第一次买毒品。"

"笑气可不算毒品啊。"

"我懂什么是毒品,伊莎贝尔。"

"你何不安安静静地跟着我呢。"我说。

"好主意,我就坐在那儿凶神恶煞镇场子。"

丹尼尔情绪恶劣,于是我就任他穿着花哨衣服气鼓鼓地坐在一边。虽然是周末,桥上的车却比平时堵得还厉害。我和丹尼尔把不会伤和气的闲话都说尽了,于是剩下的一路上谁都不再开口。我们的目的地在西奥克兰的一片还没修好的仓库里边,当我们终于到了那里时,丹尼尔说:"我好像以前来过这儿。"我用眼神剜了他一下子,警告他别临场加戏。

我们敲了敲倒数第三扇门,"杰罗姆·富兰克林"走了出来。他穿着匹兹堡钢人队的球衣,还戴着他们队的帽子,口袋一样肥肥大大的牛仔裤挂在胯上。他戴着一大堆金闪闪的链子戒指,正和他的一嘴金牙相映成趣。我很想对那口牙发表一番评论,比如"拜托,这也忒多了点儿吧?"但是我不知他听了会有什么反应。

"你是条子吗?"杰罗姆一边让我们进去,一边问我。

"不是,我已经告诉过你了。"我扫视着四周说。

"那他是条子吗?"杰罗姆问,冷冷地打量丹尼尔。

"不,我是牙医。"丹尼尔骄傲地说。

杰罗姆从牛仔裤前档里拔出一把枪,顶在丹尼尔的肋骨上,"我讨厌牙医。"

"我要是摊上你那么一口牙,也会讨厌牙医的。"丹尼尔回嘴说。

杰罗姆把他一把推到沙发上,让他闭嘴。我也紧随其后地重复了一遍。

另外一个叫克里斯的黑人小年轻走进屋里,穿着西裤,没衬衫,光板儿穿了件马甲还整整齐齐扣着扣子,头上扎着块儿黑色头巾。

"怎么样啊,哥们儿?"

"凑合。"

"这娘们儿是谁?"他问,我猜他指的是我。

"她过去跟斯诺混的。"

"斯诺?我还记得那家伙呢,死了是吧?"

"找不着了,也没准死了。"

"她想要什么?"

"来这儿的人还能想要什么?"

我没有周全地设计好将话题引向安德鲁·斯诺的策略。耍耍贫嘴,买买毒品,就已经花掉我很多时间。我该事先写个剧本的,真是大意了。我试图用东张西望来放松绷紧的神经。这个仓库的引人注意之处在于少了很多东西:很明显,有些画被从墙上摘下来了,原本挂画的地方还留着画框的痕迹;屋里杂乱地摆着一些破旧的折叠椅,却没有什么固定的家具。随处可见的烟灰缸里,满满地堆着几个星期没有倒过的烟头,这与光洁如新的厨房水槽形成鲜明的对比。不过我瞄了一眼之后,很快把它抛在脑后了。

我的注意力又回到杰罗姆身上,他把一个挎包扔在老式的蓝色饭桌上,从里面掏出几个装满白色粉末的小包,"要验验货吗?"

杰罗姆从兜里掏出一小瓶,轻轻颠着瓶子把一些粉末倒在一块镜子上,用剃须刀片刮成一条完美的直线,然后递给我一根吸管。

我僵了一下,确认是不是所有人都在盯着我,然后拿起吸管,向那条线凑了过去。

说时迟那时快,一个再耳熟不过的声音炸响起来,"不要啊,伊姿!"

我抬起头,看到蕾站在浴室门口。她一定是从后面的某扇打开的窗户里爬进来的。

所有人都愣了,屋里处于一种诡异的死一般的安静中,就好像谁都想不出下一步该干什么。蕾看到了柜子上的枪,我能看出她心里在打着小算盘,觉得自己能抢先拿到它,然后她朝它撒丫子跑了过去。

我的大脑似乎有那么一会儿死机了,等我明白过来,她已经把枪拿在手里,指着杰罗姆。这可不是原本该有的情节。

"离我姐姐远一点儿!"蕾吼道。

杰罗姆看着我,等着我发表意见。

"把刀扔了!"她继续嚷嚷,枪口对着杰罗姆。被枪指着的这位已然忘了自己手里还拿着闪闪发亮的刀片。

杰罗姆把刀片扔在了桌上。

"成了,伊姿,咱们走,赶快,"她说道,然后转向丹尼尔,"你留下。"

我的震惊很快被震怒取而代之,"你犯什么病呢!"我问。

"我是来救你的,咱们走。"

我朝杰罗姆笑了。这本不是他的名字,他的真名叫莱纳德·威廉姆斯(还记得吗? 我高中时那位"毒贩子")。我把手指比在喉咙上一抹脖子,喊道"切!"然后转身看着蕾。

"枪里没有子弹,丹尼尔不是大坏蛋,这也不是可卡因,而是糖粉①。来见见莱纳德和他的朋友克里斯托弗,他们是演员——戏剧表演学院的在读研究生。我和莱纳德是高中同学,他当年欠我一个人情,十年之后我终于让他还上了。不幸的是,我不得不玩种族歧视这种老一套的把戏,因为你实在看过太多电影了。"

蕾仍然瞠目结舌说不出话来,在我记忆之中,这还是第一回。

---

① 发酵粉看起来更像真的,不过吸起来忒呛人了。

"我不知道你们唱的是哪一出,不过我必须得弄杯茶喝了,"克里斯托弗用他原本的英国口音说道,"还有谁要?"

丹尼尔举起手,说:"格雷伯爵茶。"

莱纳德说,"给我加点甘菊,多谢。"

克里斯托弗转向我妹妹,说:"你呢,小美女?"

蕾瞪着他,仿佛他说的是门外语似的。

"如果有热巧克力,给她来一杯,"我说,"我什么都不喝。"

克里斯托弗离开房间,把水烧上了。莱纳德一边收拾桌上的假可卡因,一边转头对我说:"跟我说实话,我们演得怎么样?"

"绝了!"我说。

"我真不敢相信那哥们儿是英国人,他那口音忒地道了!"丹尼尔兴高采烈地说道。

"听见没有,克里斯托弗?"莱纳德喊道。

克里斯托弗的回答远远地从厨房传过来:"你真可人疼!"

"坐下吧,蕾,"我拉了一把椅子给她,"我来告诉你这一切是怎么回事。"

蕾缓缓坐了下去,但她仍然端着枪,警惕地打量着房间里每一个面目可疑的男人。

"我需要你重新开始跟踪我。我需要你记录我的行动。我需要你见证一些事情,并且把这些都录下来。我知道如果你去丹尼尔的诊所,并且相信他是个坏人的话,哪怕没有任何人让你跟踪我,你也会这么做的。都是演戏的,蕾,怪模怪样的行为举止也好,冲你挤咕眼也好,对你说《霹雳钻》的台词也好,都是演戏。"

"不过我说你有三颗蛀牙的时候,可不是在演戏。"丹尼尔插嘴道。

蕾在椅子上猛地转过身,把枪对准丹尼尔,咆哮道:"**老子没有蛀牙!**"

我把枪从蕾手里拿下来,继续说道:"我觉得吧,如果你猜测我要有所动作,你就会跟着我。不过你不会开车,我只能孤注一掷地赌你会躲在我车里。我本来打算把这一套一遍又一遍地演下去,直到你落进圈套,没想到才第一次你就自己咬钩了。让我猜猜,你把背包留在车里了,而你的数码相机就在背包里,对不对?"

蕾的眼神躲躲闪闪,这说明我一语中的了。

"我所设想的是你会跟踪我,会从窗户里看到我的一举一动。如果你足够细心的话,能看到窗户玻璃都被擦得倍儿干净,我们的车停在北边的角落,你能从那儿把屋里看得清清楚楚。我还设想你会把我的举动记录下来,并且报告给爸爸妈妈。但我万万没有想到,你会在明明以为这屋子是毒窝的情况下还冲进来,更拿把枪指着所有人。你脑子烧坏了吗?"

"这是反问句,是吧?"蕾回答说。

"蕾,你刚刚做的那些事,简直疯到家了。"

"你还好意思说我的行为疯到家了?"蕾难以置信地重复了一遍,"我告诉爸爸妈妈去。"

"没错,你确实要去告诉爸妈,而且你要告诉他们的,是我想让他们知道的一切。"

蕾盯着桌子,嘴里念叨着,"真不敢相信,我刚才竟然还想救你的命。"

"茶来了。"克里斯托弗拖着长声走进来,手上端着个托盘,里面放着各式各样的饮料,还有松饼。

丹尼尔被克里斯托弗的古董瓷茶具迷住了,评价说他觉得十分雅致。终于卸下了"大坏蛋"的外衣,他似乎如释重负。光是说服他参演就费了我几个小时,之所以会花这么久来和他谈判,不光是因为这场冒牌的毒品交易,还与这出带有恐吓、白粉和空枪等等危险因素的戏不无关系。我用了整整三个小时来游说,对他说这是报复我父母的唯一方法,才终于让他不情不愿地答应下来。

莱纳德和克里斯托弗的表演功底要远远好于他们布置场景的

本事。虽然搬走了昂贵的桃花心木皮沙发、古董咖啡桌,以及毫无瑕疵的精致地毯,这库房仍然处处可以看出经专业设计师妙手打理过的痕迹——它是由克里斯托弗那位慷慨而又富有的母亲亲自设计的。如果蕾的疑心够强,如果她想要找伪装的蛛丝马迹,她可能就会注意到,这里的DVD几乎收罗了所有二十世纪四十年代的怪诞喜剧和写实电影。她也可能会注意到,西德尼·波蒂埃的经典之作《神勇黑金刚》的典藏版海报,装裱在品位不俗的画框里,遮遮掩掩地露出一角。但是蕾不知道该找什么。她固然不是娇生惯养没见过世面的孩子,但她对毒品世界一无所知。她看见白色粉末,还有打扮得像饶舌歌手一样的黑人,就愣头愣脑地想当然了。

"我要回家。"蕾说。

但我的计划还没有完成,我需要蕾带着我的证据回家。

"把你的热巧喝完,我们开始拍摄。"

回家路上,蕾一直在研究拍好的片子,而丹尼尔则变得焦躁不安起来,仿佛他刚刚意识到他干了什么事情。

向蕾强调了他真的不是大坏蛋,以及她真的有一堆蛀牙之后,丹尼尔对我说:"这是我干过的最幼稚的事情。"

"你把你幼年的事情计算在内了吗?"我反驳道,有点不耐烦,"既然你都答应了参与一个冒牌的毒品交易,就别找后账数落人行不。"

蕾突然开口道:"我还是不明白你干吗假装去买毒品。"

"老爸老妈窃听了我的房间,这彻底越过了我的底线。如果他们想要侵犯我的隐私,我总该让他们找到点能值回票价的成果。你给我听好,蕾,你最好老老实实按我交代的做,我手里的把柄足够你被禁足一年的。懂了吗?"

回城路上,蕾一直一言不发,超出了她的原纪录六分钟之多。

伊莎贝尔吸可卡因：影片

第二天晚上，蕾把她的拍摄处女作播放给我父母看。她分发了爆米花，并且邀请雷大爷来客厅和他们一起观赏影片。我妹把自己刻的DVD推入放映机，煞有介事地端着架子站在观众们面前。她开始介绍这部影片：一切从她偷听到的一通可疑的电话开始，通话双方是我和丹尼尔，而内容则是一起去买毒品。她解释说，她躲在我汽车后备箱的毯子下面，等我们进了"毒窝"，她就找到了个可以从窗户看到屋内的好角度，开始录影。

蕾按下播放键，坐在咖啡桌前的地板上。她抢过雷大爷手里的爆米花，让他别再哼哧哼哧吃个没完。

我妈硬邦邦地坐着，屏住呼吸，看着蕾拍摄的默片在二十英寸的屏幕上播放。她看到我凑近画框，用剃须刀片把一堆白色粉末刮成一条线，拿起一支吸管，然后……

"那是伊姿在吸可卡因。"蕾说，就好像是在给满满一屋子盲人解说似的。

我妈下意识的反应是，不能让她的小女儿看到这种犯罪场面。

"蕾，我不希望你看这段。"我妈说。

"可这是我录的啊。"我妹回答道。

这场冒牌的毒品交易纯粹是对我爸妈监听我房间的报复行为，不幸的是，我却没能事先预测到他们的反应。就在蕾播放影片的那个晚上之后,我爸妈立刻对我开始了二十四小时不间断的监控,这一旷日持久的行为,直到我变成他们最不愿想起的事情之后,才告一段落。

讯 问

第五回合

　　斯通刻意作出的冷淡表情被显而易见的嘲讽取而代之。他一边记着笔录,一边撇了撇下巴。
　　"我知道你在想什么。"我说。
　　斯通抿了一口咖啡,避开了我的目光。
　　"我不这么认为。"
　　被他说中了。我可以洞悉几乎所有人的心理,但惟独对他束手无策。这让我大感挫败。我需要对局面有所掌控。
　　"你结婚了吗,警督?"
　　"没。"
　　"离了?"
　　"我不是接受调查的对象。"
　　"你妻子为什么把你甩了?"
　　"这套把戏比你都老了,伊莎贝尔。"
　　"那么她没有离开你?"
　　"伊莎贝尔,够了。"斯通说。这个请求的真挚语气让我吃了一惊,所以我照做了。我不再继续,却问了一个从讯问开始,就在我头脑里萦绕不去的问题。

"他们都跟你说过我什么事?"

"这在眼下重要吗?"

"嗯,很重要。"

斯通一边翻着笔录,一边说道:"我知道你曾经在收垃圾的夜里用车去撞翻垃圾桶。我知道你嗑药。我知道你酗酒。我知道你留不住男朋友。我知道邻里监督会为了对付你而召开过无数会议。我知道还有一系列破坏公物的案子到现在都无法确认肇事者,但却都发生在你上学的那些年里。我还有必要继续吗?"

"就没有好话吗?"

"我听说你现在已经好多了。"他说,尽力让他的语气不那么居高临下。

"你认为这次的事也是我的错吗?"

"怎么会?我甚至都不知道发生了什么呢。"

斯 诺 案

第 六 章

说老实话,杰罗姆·富兰克林这个名字并不是我异想天开造出来的。还记得奥黛丽·盖尔吗?就是在安德鲁的学年纪念册上留言的三个人中的一位,她告诉我说,这个人为马林高中的大多数学生提供毒品。真实的杰罗姆·富兰克林把他的犯罪生涯终止在高中,他现在是一位财务顾问,住在加州的圣地亚哥。我给杰罗姆打了电话,告诉他我联系他的原因,并进一步解释说我并没有兴趣揭露他年少时的轻率之举(这是他的原话)之后,他便变得合作起来。然而,他对安德鲁·斯诺的生活了解得并不比别人多:安德鲁喜欢抽大麻,这是他唯一可以告诉我的。

由于在斯诺一家和拉尔夫警长之外找不到别的线索,我把精力重新集中在这一群可疑者身上。我该去见见汉克·法伯了,也就是拉尔森的叔叔,以及他在安德鲁失踪那晚唯一的不在场证明。我给汉克(而不是亨利)打了电话,跟他约好在第二天见面。

我妈死死咬在我车后面跟踪了半个城,直到我无视交规猛地一个掉头才把她甩掉,我知道她是不会学我违法乱纪的。

上午十点四十五分,我在油水区的一栋老楼里,敲了敲4C房间的门。给我开门的这一位看起来和普通人家的老爷爷并没有什么太大的区别，无非是醉得稍微厉害点，看起来稍微不像好人一点。你在赛马场和脱衣舞俱乐部经常可以看到他这种人，坐在那儿一根接一根地抽着雪茄。不过在我看来，香烟——还有其他一些东西——对汉克来说，大概无异于毒药。

"哎呀，哎呀，哎呀，看看这是谁来了。"汉克打开门，上上下下地打量着我。这位邋里邋遢的主人引我走到一张看样子已经用了三十多年的格子沙发前坐下，我隔着衣服都差点被它磨破皮。他在我对面坐下，点了根烟，满怀期待地冲着我笑，就好像关于一个失踪少年的问询，对他来说就像是美国小姐选美大赛的提问环节似的。

"法伯先生……"

"叫我汉克。"法伯先生挤了挤眼睛。

"你还记得一九九五年七月十八日那个周末吗？"

"我的天，这日子可久了点儿。"

"确实如此，你记得这个周末吗？"

"能给点儿提示不？"汉克问。

"好的，就是安德鲁·斯诺失踪的那个周末。"

"这样啊，"汉克说，"我记得我记得，那可真是悲剧啊。"

"你还能回忆起，在那个周末你干了什么吗？"

"我记得是我侄子格雷格来看我了，他那时候好像是十七岁吧。"

"你还记得他那次来看你，有什么不正常的吗？"

"没有，格雷格去看演唱会了。"

"你还记得是什么演唱会吗？"

"不记得，现在小年轻儿们喜欢听的我可跟不上啦。"

"你还记得格雷格什么时候回来的吗？"

"大概七点吧。"

"他是怎么去演唱会的？"

"好像是开车去的。"

"谁的车？你的还是他的？"

"当时是我的，不过后来他从我这儿把它买走了。"

"什么时候？"我问。

"差不多就是那时候吧。"

"在安德鲁·斯诺失踪的那个周末，他买了你的车。"

"不是那个周末啦，几个星期之后吧，不过那车是他在开，至少我记得是。"

"是什么车型？"

"丰田凯美瑞。"

"你还记得颜色和出厂年份吗？"

"白的，一九八八年出厂。"

我跟一个劲儿吞云吐雾的汉克告了别，直接开车去了阿比盖尔·斯诺的家里。当她看到我站在她门口时，显得分外失望。

"斯佩尔曼女士，今天你又有何贵干？"

"我知道你最不想看到的人就是我，但是——"

"你怎么会这么想呢，亲爱的。"斯诺太太用她那让人如坐针毡的客气口吻说道。

"嗯，因为你给我打电话，强硬地要求我停止调查你儿子的案子。所以我以为——"

"斯佩尔曼女士，我从来没给你打过电话。"

"你没打过？"

"没有。你能确定是我吗？也许是其他客户呢。"

这番谈话的急转直下让我一时间无法理解她的话。如果阿比盖尔·斯诺没有给我打电话，那通电话是谁打的呢？或者也许她确实打了，现在只是在抵赖，因为……唉，我真的想象不出这女人脑子里打的是什么算盘。

"我能进去一下吗？"我问道。

斯诺太太低头看了看我的靴子,我猜她是在盘算我会把多少泥带进她屋里。

"我会脱鞋的。"我退让道。

"把外套也脱在外面吧,亲爱的,有点脏。"斯诺太太回答说。

我脱掉靴子,把外套搭在院子里的秋千上。斯诺太太终于放我进去了——虽然我猜她仍然是满心不乐意。

"我能用一下你的电话吗?"我一边关掉手机的铃声,一边问道。

"请便。"她说着指了指电话的位置。

我用她的座机给我的手机打了电话。当我收到来自阿比盖尔·斯诺的第一通电话时,手机上显示的来电信息是"未知号码"。而这一次,屏幕上出现了一个415打头的电话号码。最简单的解释,是我妈妈给我打了那个电话,想把我轰出这个案子。

出于不放过任何可能性的想法,我问道:"您有手机吗?"

"当然没有。"她回答说,随手拿起一块抹布把电话上上下下擦了个遍。

我只要再问她几个问题,就可以溜之大吉了,那股子干花味儿已经弄得我脑仁儿疼了。

"我有个问题,听起来可能有点怪,"我说,"你还记得格雷格·拉尔森当年开的是什么车吗?"

"记得,是一辆红色卡玛洛,七十年代后期的款型。"

"你确定吗?不是凯美瑞吗?"

"嗯,当然确定。"斯诺太太不耐烦地回答说。

"它肯定是辆红的,不是白的?"

"亲爱的,我还分得出红色和白色。"

"当然当然,我绝无异议,"我一边说一边迅速朝门走去,"也就是说,你不记得格雷格曾经有辆白色凯美瑞。"

"对。"她斩钉截铁地回答。

"根据我父母的卷宗记载,马丁和安德鲁共用一辆一九八五年产的达特桑两厢车,是蓝色的。是这样吗?"

"是。"

"他们没有其他车了,对吧?"

"对。"

"谢谢您,斯诺太太。您可帮了大忙了。"

从斯诺家出来后,我在周围敲了其他几家的门。一共有四个人正巧在家,其中两个在十二年前已经住在这里。他们两位都记得格雷格·拉尔森和他的红色卡玛洛,但谁也不记得曾经见过一辆白色凯美瑞。

我回到家,看到我妈的车正停在车位上。我过去把她的车前灯给砸碎了,这样的话,她再盯梢我时,就更容易被我发现。按照我的一贯风格,我本该设计一个更为精巧复杂的行动,作为对我妈冒名给我打电话的反击。但我家内部的冲突已经从原本的偶尔碰撞变得和交通大堵塞一样剪不断理还乱了,所以我选择了一个更为直截了当的回应。我冲进了办公室,把她的所作所为一股脑地对我爹告了一状。

"宝贝儿,你妈妈不会干这种事的。"我的小报告还没打完,我爸就说了这么一句。

"也许你不像你想象的那么了解她。"

"我们都结婚三十三年了。"

"你这是什么意思?"

"伊莎贝尔,你妈妈没有给你打那个电话。不过我再重申一遍:你不用再管这个案子了。我们不想摊上官司。"

我本来能继续死缠烂打一番,但却被雷大爷搅了局。他猛地推开门,大喊道:"艾尔,你得帮我一把。我再也受不了了!"

281

一 次 休 战
（以及更多场战争）

　　由于被一堆秘密监控、房间窃听以及日常生活中的窥视刺探等等烂事缠身，我都忘了说说蕾和雷大爷所培育出的那种和平。在蕾看来，既然他们已经是朋友了，她就有责任单枪匹马地担负起将雷大爷从种种恶习中拯救出来的重任。这就导致不断有贺卡从他门缝里偷偷塞进来，卡上的图片是恶心的病变肝脏，而里面则潦潦草草写着："想你。爱你的蕾。"

　　晚饭之后，她会随口提到一些喝酒的害处，有时还会抛出些饮食建议（我经常提醒她说，对她这种嗜糖如命者来说这真是太虚情假意了）。她带着近乎虔诚的态度钻研嗑药和酗酒，甚至还求教于一位草药师，并且从他那儿搞来了点儿长生不老的仙丹，偷偷地下在雷大爷的饭里，有时候连他的啤酒里都会来上一点。她试图参加匿名戒赌互助会的聚会，结果被雷大爷从大门扔了出来。备受挫折的她只好转投嗜酒者家庭互助会，并且会定期在活动中像说书一般大讲雷大爷是如何坠入荒淫放荡的无底深渊。她每讲一遍，就会进行一番天马行空的艺术加工，以至于最后那看起来完全都不像是雷大爷的事了。

　　大多数时间里，我爸妈都忽视了蕾新添的魔怔，因为有了它，她不再成天往大街上跑了。她忙着研究和报告肝功能的种种问题,所以没空再去随便找个不认识的人跟踪一路。在我们家里,这种事被认为是有了进步。不过他们仍然清醒地认识到,蕾的竭诚努力压根不能扭转雷大爷的积习。在很多年之前,我们已经试图拯救过他了。就好比一个瓷娃娃,一旦被摔坏一次,不管用多少胶水去修补,也无法让它再恢复往日的光彩。

雷大爷扑通一声坐在一把转椅上,把头往办公桌上一倒。我妹紧随其后地走进屋来,扛着一本巨大巨厚的医学书,名字是《肝脏功能与功能障碍》。

"等等呀,"蕾说,"你还没看肝硬化十年之后,肝脏是什么样呢。"

雷大爷转头看向我爸,用眼神向他求助。

"乖闺女,把那本书给我看看。"我爸说。

蕾把那本医科教材递给了我爸。

"是你让我多花点时间泡图书馆的。"她说。

"我是说过,可不是么。在厨房等我,我们需要谈谈。"

蕾转转眼珠,夸张地叹了口气,步履沉重地走出房间。我爸转向雷大爷。

"我会尽我所能。"他一边说,一边跟在小女儿身后走了出去。

我靠在我的办公桌上,谋划着我的下一步行动。雷大爷抬起头来,扭头看着我,说道:"我只不过想安安静静地喝点啤酒吃点花生,这要求很过分吗?"

在我房间里发现窃听装置之后,我就决定这次一定要搬出我父母家。但是被假冒毒品交易和斯诺案两面夹击,我实在没时间去找新住处。不过后来我想起有个地方可以容身,于是开始收拾行李。几个小时之后,蕾敲了敲我的门,问能不能陪我待会儿。我把她放进来,而她开始偷偷地拆我行李。也就是说,直到我逮住她,揪起她来一把扔出去,然后认真地锁好门闩。

后来我收行李收烦了,决定去把新住处的钥匙拿到手。我才

283

刚出门,我妈就穿着浴袍和拖鞋从楼梯上走了下来。

"你要去哪儿啊,宝贝儿?"她问。

"不去哪儿。"我巧妙地回答道。

"我爱你。"她用一种尴尬的、干巴巴的语气说道。这种腔调就好像她觉得我可能忘了这一点似的。实际上,我从来没有怀疑过我父母对我的爱,一秒钟都没有。但是在我家里,爱长着一副尖牙利齿,而有的时候,你会厌倦了在斑斑的齿痕上再裹上糖衣。

我妈耐心地坐在她车里,等着我的下一步行动。我并没有费心去把她甩掉,我这次去的地方没什么好遮遮掩掩的。

我把车停在大卫的车位上,任由我妈将车停在路中间,坐在车里。

我敲了敲大卫的门,他走了出来。

"伊莎贝尔,你来这儿干什么?"

"你好,过得好吗。"我纠正他的寒暄用语。

"你好。抱歉。有事吗?"

"你跟我说实话,大卫。你是打了肉毒美容针吗?"

"没。"

"佩特拉在这儿?"

"你为什么这么问?"

"因为你看起来很紧张。"

"她在里面。你是来找她的?"

"我其实是来找她要她公寓的钥匙。她现在住在这儿了,是不是?"

"也不是。"

"这事儿多久了?"

"大概三个月吧。"

"怎么开始的?"

"我在健身房遇见她的。"

"她居然去健身房?"我完全难以置信地问。

"嗯,很多人都去。"

"好吧,你是在健身房遇见她的,然后呢?"

"伊莎贝尔,你能跟我正常聊天,而不是像这样审我吗?"

"当然,但你得先把给蕾的封口费停了。"

"算你狠。"

"然后怎么着了?"

"我跟他说他需要理发了,"佩特拉一边说一边走到玄关里,"两天之后,他就找我给他理发。"

"大卫,"我说,"你喜欢在房顶上喝酒吗?"

"不怎么喜欢。"我哥回答。

"听见没有。"我冲佩特拉说。

"你还有什么想知道的么?"佩特拉问我。

"你什么时候开始去健身房了?"

大卫把我推到一边,走到门廊上,"停在那边儿的是老妈吗?"

"哦,是啊,我现在被二十四小时监控了。"

"为什么?"

"因为我吸了可卡因。"

"什么?!"

"假可卡因,大卫,"我说完便看向佩特拉,"我能跟你公寓里待一阵么?"

她把她家钥匙递给我,对我说她的公寓里除了一张床和一箱瓶装水外空空如也,我回答说我需要的正是这两样。她又说,她的房租还有一周就要到期了,所以我要在那之前搬出去。

"大卫,我跑路的时候,帮我拖住老妈。"

"到底出了什么事,伊莎贝尔?"我一只脚迈出门的时候,大卫问道。

"我都不知该从哪儿说起了。"

285

我敲了敲我妈的车窗,"请你告诉我实话,妈,你有没有冒充阿比盖尔·斯诺给我打电话?"

"没有。"她说,关切之情溢于言表。

在那一刻,我知道她确实没有打过这个电话。但我也知道,不弄清到底是谁打的,我就无法善罢甘休。

我没有直接去佩特拉公寓,而是决定先去趟丹尼尔家,看看他有没有从假冒毒品交易中回过神来。

我按了他的门铃,因为他跟我摊牌说,再也别想从窗户翻进来。

"我正好在这附近。"我走进丹尼尔家的时候说道。

"干什么?"丹尼尔问道。

"就随便开车乱逛。"

"你在我家附近开车乱逛?"

"我满城开车乱逛,为了甩掉我妈。"

"甩掉你妈?我不明白。"

"她在后面跟着我。"

"你妈妈在你后面跟着你,你是这个意思吗?"

"是的。你介意我把灯关了吗?"

我没等他回答,就把灯都关了,走到窗户那边。透过一片黑暗,我能看到我妈坐在她车里,就着阅读灯看书。丹尼尔凑到我身边来,想要眼见为实。

"她跟了你多久了?"

"才差不多一个小时。不过她动不动就得上厕所,所以坚持不了很久。你有咖啡吗?也许我们可以让时间过快一点。"

"这可不正常,伊莎贝尔。"

"还用你告诉我么。"

我仍然目不转睛地盯着我妈,而丹尼尔则给自己倒了杯饮料,坐在了沙发上。

"伊莎贝尔,你觉得我们的关系会何去何从?"

我这一天已经累得要命了,没心情讨论丹尼尔想谈的这个话题。我必须得在话题被他扯得更远之前离开他的住处。我又一次朝窗外看去,不过这次只是装装样子。

"我妈眯瞪着了,我得赶快跑。"

我亲了亲丹尼尔的额头,撒腿跑出了他的房子。当然喽,我妈根本没睡着。我走到她的车跟前,敲了敲窗子。

"回家吧,妈,"我说,"我今晚不会干什么有意思的事儿。"

"我希望你跟丹尼尔不是这么说的。"

她并没有回家。她一直跟着我到了佩特拉的公寓,然后给杰克·汉德打了个电话。这位小哥儿在派对中疯了一晚上,正醉醺醺地要往家走。我妈建议他醒醒酒,捎带着以一小时十五块的价钱挣点零花钱。由于杰克仍然对我妈抱有司马昭之心,他同意了。他打了辆出租车,从派对那儿赶过来,我妈把自己的车钥匙给了他,嘱咐他说,得等到天亮之后他能通过酒精测试的时候才许开车。而我妈自己则打车回家去了。

在佩特拉的公寓里,我又给马丁·斯诺打了个电话。和以往一样,电话被转到了语音信箱。我恳请他给我回个电话,并且彬彬有礼地提醒他说,想要尽快摆脱我的话,这恐怕是唯一的出路。我并没有提到那通不知是谁打来的电话,也没提到格雷格·拉尔森的那辆不为人知的车,以及其他任何关于案子的事情。不过这是我有意为之的把戏。

我妈那一小时十五块纯粹是糟践钱。杰克·汉德从亮着灯的窗户往佩特拉公寓里看,只能看到我坐在床上,没完没了翻来覆去地看案件卷宗。凌晨三点的时候,我从窗户看向外面,发现杰克已经在汽车前座上睡死过去了。我真希望我有什么地方要去,或者有什么线索去追查,因为此时此刻想要把他甩掉简直是小菜一碟。然而我却只是上床睡觉了。杰克在熙熙攘攘的车流中安然睡到太阳晒屁股,我离开的时候他还人事不知呢。

其实我本来可以远走高飞的,但我却老老实实地回了家,继续收拾行李。我在路上的时候,杰克给我妈打了电话。我走进家门时正好听到她在说最后一句。

"算了吧,杰克,她都回来了。你不知道有种能提神的东西叫咖啡么？再见。"

我走上楼,进了我的房间,发现我先前收拾好的所有箱子都被拆开了,大部分东西都被收在了错误的位置。我爸妈那种向来手段隐蔽的老狐狸,是不会用这种赤裸裸的方法来拖住我后腿的,这事儿是蕾干的。那种外行的撬锁方法,地板上的曲奇渣儿,还有用万能胶把很多东西粘起来的方式,全都指向唯一的嫌疑人。

我花了大半天重新收拾被蕾拆散了的行李,并且把被她牢牢粘住的东西分开。到了下午,我收拾得总算和昨天晚上差不多了。我满心都是报仇雪恨的欲望,于是开车去了蕾的学校,在校门口等着她。她先看到我的车,随后便看到我爸的车就停在我后面。于是她假装不知道哪辆车才是特意来等着她的。

我摇下窗户,让她别装蒜了。蕾坐进车里,我把她带回家,让她到我的房间去,然后逼着她花了整个晚上帮我把行李收拾完。对于她数次蓄谋破坏的行径,我只是随便恐吓几句,轻飘飘地拍几巴掌。有她在旁边,对我收拾行李的进度没有任何帮助,不过至少雷大爷总能安生一晚上。我提醒她说,破门而入还往人家东西上涂胶水的行为必将受到惩罚。当我终于告诉她可以走了的时候,蕾说:"你会回来的,我知道你会的。"这话听起来与其说像预言,倒不如说更像威胁。

失踪周末第二十五号

五天之后,我最后一次在佩特拉的公寓里醒过来。我走出门,去了附近的一家咖啡店,用外语要了一大杯咖啡。我正要掏钱包时,我爹突然从暗处闪了出来,甩了几张票子在柜台上。

"我请。"他说。

我抓起咖啡,大步走出店门,对我爹的神出鬼没仍然心有余悸。我爸紧紧跟在我后面,跟我保持着步调一致。

"你今天准备干什么?"他问道。

"你不会真觉得我会回答你吧?"

"我是说,你有空么?你雷大爷又人间蒸发了,我想让你帮我个忙。"

我没有告诉他我全无安排——不管是那一天,还是其后的任何一天。我也没有告诉他,我很高兴用又一个失踪周末来分散我的注意力。

"当然,咱们家里见。"我这样说道。

雷大爷才刚失踪了十四个小时,蕾就开始组织搜救团队了。在他没有回家的第一夜过去后,她给我们所知道的所有雷大爷的熟人打了电话,对他们说我家里死了人,所以如果有谁能和她大爷取得联系,就尽快把他送回来。雷大爷仍然不知所踪,我爹妈却接到了好些吊唁电话。在他失踪的第二天,蕾下课后搭公车去了他第一场牌局的地方,经过一系列询问以及"百威追踪大法",她发现他是在另一个非法牌局度过了第二夜,地点是在南湾的一家六号连锁旅店。

和以往每一次一样,我爸在他哥音信全无四十八小时后开始了追踪,这与警察对待失踪人口的规则全无区别。我妹拒绝像家里的其他人那样,平静地接受雷大爷的突然消失和定期放荡。在任何事上和蕾争执都时常让我觉得得不偿失,而在雷大爷这件事上,我就直接让她大获全胜了。

在我协助寻找我大爷的这段时间里,家庭战争暂时停火了。我去接我妹下学,然后我们以五十英里为半径,对这一带的破烂小旅馆进行了掘地三尺的搜查。赌博牌局本身就是违法的,而且还常常伴随着违禁药品、嫖娼以及乌烟瘴气危害健康的雪茄烟雾。雷和他的朋友们发现,最愿意对此睁一只眼闭一只眼的,是那些私人开的廉价小旅馆。这帮人会把钱凑到一块,结账时多付二百美元的"清理费",所以此后不管什么时候再去,都会享受宾至如归的待遇。

我在这场搜查中的作用是给蕾当司机。她在学校利用学习时间,在网上地图中查找且标注出廉价旅馆,并且设计了一条途经湾区的十二家旅馆、总共耗时三小时的线路。一般来说,雷大爷的牌搭子们习惯去1号或280号高速公路沿途的汽车旅馆,通常是在马林县和圣马特奥之间。我会把车停在停车场,蕾则跳下去,去前台那儿,给他们看一张雷大爷的照片——以及一张二十块的票子——问他们有没有在最近几天见过这个男人。

我们沿着这条线路跑的前五家汽车旅馆没有发现任何线索,但是第六家旅馆的前台招待说雷刚刚退房走人。他身边还有一个女人,但是前台也说不上来他们接下来会去哪里。那天下午余下的时间里,我们又去了六家汽车旅馆,却一无所获。当天晚上,蕾并没有做数学作业,而是重新给雷的所有赌友打了电话,问他们有没有妓女参与到最后那场牌局里。毫无疑问,一个十四岁小丫头向一堆六十好几的老头儿质问有关非法嫖娼的事,不可能得到什么直截了当的回答。

"小姑娘,你大爷是个成年人。他干了什么,干了谁,都不关我的事。"这是一个标准答案。

既然电话询问碰了一鼻子灰,蕾又开始为第二天的行动标注出更多汽车旅馆。她试图说服我爹妈允许她翘掉第二天的课来继续这场"人肉搜索",不过谢天谢地,他们拒绝了。在第二十五号失踪周末之前,已经有了二十四次,这件事对其他人的影响力已经逐次削弱了。

在用了整整三个下午,搜索了雷大爷可能活动范围内的八成汽车旅馆之后,我妹和我终于发现他和一个叫做玛勒的红发女一起住在南旧金山戴斯酒店的3B房间。雷大爷管我借走了我身上仅有的五十块钱,交给他的新朋友,并且坚持让我们开十五英里的路,把她送回她位于雷德伍德的家里。

雷大爷陪玛勒走到她家门口,互相说了再见。当我们踏上归途时,我妹转过身去看着雷大爷,问他在进行性生活时是否采取了安全措施。雷大爷让她少管闲事,于是蕾递给他一堆康复中心的小册子,让他在路上当闲书看。这并不是蕾第一次向雷大爷提起康复中心的话题,也不是最后一次。

敌人可能会因为共同的目的结成同盟,而当这目的不再存在,他们又往往会再次反目成仇。为了寻找雷大爷,我那乱打一锅粥的家里好不容易平静下来,然而随着雷大爷的归来,这短暂的平静也立刻走到了尽头。

雷大爷帮我把最后几个箱子扛到车上,问我准备在哪儿栖身。我告诉他,在寻找住处的这段时间里,我可能会先在汽车旅馆凑合几天。他跟我说，汽车旅馆不是人待的地方——作为一个常年以汽车旅馆为家的人，他这个评价还真是出人意料——然后递给我一串房门钥匙，属于他的一个住在里士满区的老朋友。这位朋友要出门"开会"（雷大爷用手指做了个双引号），两周之内都不在家。于是我在那天下午搬进了退役中尉伯尼·彼得森的两居室。从屋里的装饰来看，谁都能得出结论，伯尼在人生中有两大爱好——高尔夫和女人——不过女人只能在其中屈居次席，并且呈现出百花齐放彩旗飘飘的状态。

有一位为了事业不着家的主人和一位定期过来打扫的小时工，伯尼的住处现出冷冷清清的整洁面貌。他的装修完全缺乏品位，然而却造价不菲，似乎他买各种摆设单纯是为了显摆，却对舒适或美观全不在意。其结果就是装修风格凌乱得仿佛被乱刃分尸。到处都可以看到被擦得锃亮的业余高尔夫大赛奖杯，或者装在昂贵镜框里、身材丰满的已故小明星的照片。雷大爷带我大概转了转，也就是说，把伯尼放酒和零食的地方指给我看。好不容易摆脱了小侄女那双目光如炬的眼睛，他并没有浪费这个难得的机会，立刻打了一罐花生，又开了一听啤酒，一屁股坐在沙发上。

"你那个案子是怎么回事，居然弄得你要加班加点？"

"很多事情对不上号。"

"你现在有什么发现了？"

"阿比盖尔·斯诺，失踪者的母亲。她声称她丈夫是去打高尔夫，而他实际上是在二十五英里之外和另一个女人同居，而且已经有十年之久。她收拾起屋子来的劲头活像有强迫症，还用干花来掩饰清洗剂的味道。"

"听起来真是个妙人。"

"她的儿子马丁·斯诺，至少从自己爸妈手里骗了十万块钱，而且他还明确对我说，不想让我寻找他的弟弟。这难道不让人怀疑么？"

"嗯,"雷大爷同意道,"按说应该希望你找人才对。还有什么?"

"兄弟俩的朋友格雷格·拉尔森。一般来说,每次安德鲁和马丁哥儿俩去野营的时候,他都会跟他们一起去。但偏偏在这个周末,他去进城看演唱会了。而且他在安德鲁失踪后不久从他叔叔手里买了一辆车,然而却没有任何一个人记得这辆车。"

"也许他是帮别人买的车,也许他把它放在车库里修理改装一番,然后转手卖了。"

"是辆丰田凯美瑞,雷大爷。这种车买来了也没什么可修可改的。还有一件事。我接到一个女人的电话,她说自己是阿比盖尔·斯诺,并让我别再调查这个案子。然而阿比盖尔从来没给我打过电话。"

"会不会是你妈干的?"雷大爷问。

"应该不是。我问过,她否认了。"

雷大爷抿了一口啤酒,深思熟虑一番,"你下一步准备怎么办?"他问。

"我想我得再去找一趟汉克·法伯。"我回答说。

我从沙发上站起身来,拿起我的外套和车钥匙。雷大爷也站了起来,拿起他的外套和车钥匙。

"咱们去哪儿?"他问。

"我又没说要带你去哪儿。"

"你当然会带我去。"他咧开嘴,露出一个毫不妥协的笑容。

"他们付你多少钱?"

"双倍加班费。"

"叛徒。"

"抱歉啦,孩子。我缺钱花。"

僵局只保持了一小会儿。我权衡了一下摆在我面前的选择,觉得下楼梯的这段路是唯一可能在我和雷大爷之间拉开距离的机

293

会。一旦战场转移到公路上,我就没有任何可能甩掉他了。

于是我拔腿就跑,我以为这会直接导致我大爷进行他多年以来第一次有氧激烈运动。然而他没有。他不慌不忙地关门,上锁,然后迈着四方步走下楼梯。

我蹿下两层楼梯,冲出大门。当我跑到我车前时,雷还没从楼梯上下来。我如释重负地松了口气,但当我低下头,却看到车的钥匙孔上按着一块嚼过很久的口香糖。在我忙着把这黏糊糊的玩意儿从锁和钥匙上弄下来的工夫,雷大爷慢慢悠悠走到他的车跟前儿,打开车门,发动引擎,调好收音机,而我甚至还没坐进车里。

"太恶心了,雷大爷。"我冲他喊道。

他摇下车窗,抱歉地耸了耸肩膀,说道:"谁让你跑得快呢,孩子。"

斯 诺 案

第 七 章

  我既不想出车祸,也不想挑战雷大爷神鬼莫敌的车技,所以我往汉克·法伯的住处开的那一路上,老老实实地把速度保持在限速之内,也没有创造性地钻转向灯的空子。我在法伯所住的楼前面停下车,等着雷大爷在不远处的空位把车停好,然后走过去敲了敲他的车窗。

  "我得诈那家伙一下,看他是不是在撒谎。你能帮把手么?"

  "乐意之至。"我大爷说道,于是我们走进了那座油水区廉价住宅楼。

  从房与房之间的空间来看,这座建筑应该是由同样大小的小单间组成的。走廊里的地毯在长达二十年的时间里忍辱负重地承载着皮屑和咖啡渍。我特希望汉克能开扇窗透透气,但他似乎更喜欢用自己制造的香烟烟雾和体臭把自己焖熟。

  我和雷大爷到达汉克·法伯家时,是下午三点。根据厨房台面上的空瓶以及法伯那种懒洋洋的语调,我大爷推断他已经喝了三瓶啤酒。汉克像一位好客的主人一样,给我们拿来了饮料,我大爷感激地接受了。他们简单地聊了几句星期日那场49人队的比赛,展望了一番棒球的未来。雷大爷问汉克有没有零嘴,于是汉克扯开一袋薯片,还端出一盘子夹心曲奇来。

我又问了汉克一遍,他还记不记得安德鲁·斯诺失踪的那天晚上,发生了什么事情。还不到一分钟的工夫,汉克就把他上次见面时对我说的那番话又重复了一遍,几乎是一字不差:他侄子格雷格来看他;格雷格去看了一个吵吵闹闹的摇滚乐队的演唱会;他大概在晚上十一点回到家里。

雷大爷喝完第二瓶啤酒后,我们起身告辞了。站在闷热的电梯里往一楼走的那短短一会儿工夫里,雷大爷说:"他开喝得真早。"

"什么?你是说喝啤酒么?"我问。

"对。他开喝得真早。"雷大爷重复了一遍,陷入了沉思中。

"你在想什么?"我问。

"我在想,如果他老是喝这么多,他在十一点之前可能已经睡着了。"

"那是好多年前了,雷大爷,他那时候没准儿没那么爱喝。"

"他这样好久了。"我大爷说,而我决定相信他。

"你觉得是有人教他这么说的吗?"我问。

"这只是我的猜测,"我大爷说,"他不可能还记得那个周末,还记得他侄子回家的准确时间。都过了十二年了,绝对不可能。"

我拖着雷大爷的车开回了我爸妈家。车位是空的,所以我知道我爸妈没在家里。我决定在办公室里做些调查,并且诧异地发现家里的锁竟然没有被换掉。雷大爷跟着我走进办公室,在我用我们的数据库对汉克·法伯进行犯罪、民事和破产记录检索时,他站在我身后看着。我能用余光看到他在一张四方便签上草草地写着什么。

"你在干吗?"我问。

"我得把这个写进报告。"

"什么报告?"

"监视报告。"

"监视我的?"

"没有报告我就拿不到钱啊。"

如果我仍然有工作,或者哪怕新工作有了眉目,我都会出同样多的价钱收买他,让他就此罢手。但是挡在雷和钱之间正像挡在雷和啤酒之间一样,那是再高的山也挡不住他的。

果然不出所料,汉克·法伯并非清白之身。虽然没有暴力犯罪的案底,但是自打十五年前开始,他就有了一连串因公共场合撒酒疯被捕以及醉酒驾驶的记录。他的驾照被吊销了,这一点也不让人吃惊,但令人玩味的是吊销时间——那恰恰是在安德鲁·斯诺失踪的两个月之前。

我主动把检索报告给我大爷看了,反正就算我不给,他也无论如何都会看到的。

"你打算怎么办?"他问。

"要我说,如果他真的依照处罚不再开车,那么格雷格就可以在任何时间把那辆车据为己有,只要晚几周再把钱给他就行了。他一天到晚都喝得五迷三道的,想糊弄他还不容易。"

"他不知该怎么调整好自己,这是他的问题。"我大爷说。

"可不么,这真是他的问题。"我夹枪带棒地回答道。

我打电话给马林县警局,给拉尔夫警长留了言。雷大爷把这件事也记在他的告密本里。我站起身来准备离开,雷大爷则如影随形地跟在我屁股后面。

"我实在是受不了了,雷大爷。"

"对不住啦大侄女,我也是收人钱财与人消灾嘛。"

"不管去哪儿身后都跟个尾巴,你知道这是什么滋味儿吗?"

"我还真知道。我得癌前几年,有一次查抄毒品时丢了点海洛因,被内部调查部彻头彻尾查了个够,我就连撒泡尿都有便衣跟着。我跟你说宝贝儿,那滋味儿可真够受的。"

我爸妈走进办公室时,我和雷大爷正像两个同病相怜的小丑一样面面相觑。雷摊手道:"我今儿个的任务完成了。"然后一溜烟儿跑到厨房,给他自己做了份儿五香熏牛肉三明治。

我瞅着我爹我妈,掂量着要不要走为上计。我腿脚倒是比他们利落得多,但他们要是也像雷大爷那样给我车锁上粘个口香糖什么的,我就彻底抓瞎了。我一边儿打着小算盘,一边儿一寸一寸往门口挪,希望能用漫不经心的外表蒙过敌人,趁机溜之大吉。

我妈一个飞腿把门踹上,"我们得谈谈。"她用她专门用来恐吓人的语气说道。

就在此时此刻,我发现窗子是开着的。斯佩尔曼办公室位于一层,窗子离地面只有五英尺高,窗根儿底下那条水泥小道正好通往车位,而我的车就停在那儿,锁眼应该没有被堵住。我可以一脚踢开纱窗翻出去,而我爹妈,作为体面的大人,才不会跳窗户呢。所以他们只能穿过三道门,奔下一溜儿台阶,才能到大门儿外逮我。我突然间信心倍增。我能跑掉。我不用跟他们废话。我能如鱼得水自由自在地过一天。

"你们想跟我谈什么?"我问,慢慢地朝窗户蹭过去。

"你要是不想干了,就彻底别干了。"我妈说。

"什么意思?"

"别再查斯诺案。"

"可咱们是有君子协定的啊——这是我最后一个案子,还记得不?"

"别忘了你已经被开了。"我爸说。

"他威胁要告咱们。"我妈接茬儿说。

"跟你说了,不用搭理马丁·斯诺,他那是诈咱们呢。"我说。

"我们担不起这个风险,伊莎贝尔,"我妈说,"你必须现在就收手。我是认真的。现在就收手。"

如果这就是个普通的无头悬案,我也就收手了。但它不是。重新调查斯诺案,只带来了更多的问题和更多的怀疑,却没有哪怕一个确切答案。三个人都朝我撒了谎,一辆车不知所踪,十万块钱对不上账。这真成了旷世奇闻,我的职业生涯中还没遇到过这种事。我不能收手,现在不能。我必须逃出这栋房子,这是我当时唯一确定的念头。

我推开窗户,踹开纱窗,一跃而出,脚先着地地稳稳落在环绕着房子的那条遍布沙砾的小道上。我撒丫子跑向我的车,打开车门。谢天谢地,车锁没被堵住。我能听见我爹在后面冲我咆哮,却听不清他到底在说什么。我把钥匙插进点火开关,然后……车完全没有动静。

我在驾驶座上坐了一会儿,听到自己气喘如牛。我妈站在大门口,淡定地看着我。我打开车前盖检查引擎,结果我所发现的事情毫无技术含量可言——电线孤苦无依地伸向空中,电池不知何处去,此处空余一大坑,像只眼睛似的,沉默却又得意地盯着我。

"电池哪儿去了?"我问我妈。

她耸了耸肩膀,"我可不知道,宝贝儿。你上次见它是在哪儿啊?"然后她转身走进了房中。

我坐在车里,试图想出个计划,这计划得包括两个内容:搞到一块电池,以及让我神不知鬼不觉地开车跑路。我意识到,这简直是不可能的,同时也不得不万般不情愿地承认,我又栽在我爹妈手里一回。我不再考虑什么结果、原因或是对错,我只想要赢,至少在这一次。于是我又给马丁·斯诺的语音信箱留了一条消息,捅破了他的虚张声势。我跟他摊牌说,他的威胁吓不倒我,并且建议说他该再和我见一次面了。

蕾打开我的车门,问我要去哪儿,她能不能跟我一起去。我说当然没问题喽,因为老子是要进屋啊。我怒发冲冠地闯进屋里,进了办公室,穿过厨房,然后客厅溜达了一圈,而蕾像个小尾巴似的跟了我一路,直到我转过身来,抓住了她的肩膀。

"想挣五十块钱么?"我问。

"这还用问么?"

"这房子里藏着一块汽车蓄电池,你去把它找出来。"

我把蕾撒出去找电池,我自己则满屋子找我爹妈,终于把他们堵在了下楼去办公室的路上。

我做好了准备大干一架,我做好了准备一了百了地搞定这件事。

"你们给我适可而止,除非你们想下半辈子都只能通过望远镜看到我。不许再跟踪我,不许再窃听我,不许再骗我,也不许再威胁我。让——我——走。"

我转身离开,发现蕾站在我身后,捧着那个蓄电池,手上和衣服上都沾满了机油。我伸手去拿蓄电池,她却往后退了一步。

"你要去哪儿?"她问。

"我不知道。"我回答说。

"你还会回来吗?"

我回过身看看我爹妈,又转向蕾,"短期之内不会了。"

蕾又后退了一步,我能看到她细细的手指死死地抠着那块电池。我能看出她带着视死如归的决心,准备与我展开拼抢。

"我是为了你才这么做的。"我说。

"不,你才不是。"

"我这么做,是为了不会让你在某天早上醒来,发现自己已经不知道该怎么当一个正常人了。"

"蕾,把电池给你姐。"我妈说。

"我不!"蕾吼道。

雷大爷走到走廊里,掰开蕾油乎乎的手指,把电池递给我。然后他转向我爸妈,说道:"让她先出发十五分钟,咱们大伙儿也趁机缓口气,如何?"

我走出房子,安好电池,开车上路,身后没有任何一位家庭成员尾随。我不知道这能持续多久,但雷大爷确实给了我一样我迫切需要的东西——喘息之机。

我决定开车去丹尼尔那儿,因为我想知道精明探员爬过一辆辆出租车顶来穿过马路究竟是在哪一集里。但这时我的电话响了,是大卫打来的。

他让我去海特街见他,现在就去。我问他原因,而他告诉我,我很快就会知道的。在挂电话之前,他问:"妈还在跟踪你么?"

"我不清楚。"我回答说。

"除非你能确定没有人跟踪,否则还是别过来了。"他说,并且迅速挂了电话。

帕夫二号

二十分钟之后,我陪着我哥哥坐在一家文身店里,翻看一本备选刺青图案。

"我从来没要求她洗掉刺青。"大卫说。

这我相信。但我仍然不能相信的是,我哥哥会和我的闺蜜约会,啊不,同居。我的哥哥——四平八稳,穿着上千块名牌西装的律师大人——和一个满身都是穿环或者文身的女人。这女人从八年级起就是我的死党,我哥哥认识她已经不止十五年。佩特拉在开始和大卫交往之后洗掉了三块刺青——神龙帕夫、吉米·亨德里克斯的墓碑,以及一个被箭穿过的桃心,桃心里用花体字写着"布兰登"。

我原本下意识地以为,是大卫诱导她洗掉了文身,通过一些巧妙设计的评论来逐渐动摇她的信心。然而恰恰相反,大卫是通过一些巧妙设计的问题,从她嘴里套出了她是在哪里文身的。他需要我把被她抹掉的图案指给他。他的计划是在自个儿胳膊上文一个被她洗掉的图案，以此来劝她别再这么干。我们选择了帕夫，因为大卫从来不是亨德里克斯的铁杆儿歌迷，而在身上文"布兰登"这么个男人名显得太像同性恋了。

克莱夫往大卫上臂上擦酒精消毒的时候，大卫开始冒汗了。

"疼么？"大卫问。

"要说疼的话，我比你更疼呢。"克莱夫一边打开文身机的开关一边说道。我立刻发觉我喜欢克莱夫，很喜欢。

大卫在接下来的三个小时里一直痛不欲生地龇牙咧嘴，除了他如影随形的呻吟以外，所有的话都是我说的。

"但愿你的脸不会一辈子都咧成这样。"

"您不会是哭了吧！"

"噢，你可要挺住啊——"

"你知道文身会跟你一辈子吧？"

"忒好玩了，多谢你邀请我来围观哈。"

这一工程终于结束时，大卫面色惨白，奄奄一息。我们沿着海特街走到一家啤酒馆喝了一轮，我忍不住问出了那个答案显而易见的问题。

"你最近是刚死里逃生过么？"

"你说什么？"大卫恶声恶气地回问道，他倒是已不再龇牙咧嘴，但面部肌肉还是有点儿轻微的痉挛。

"我记得你一直都有承诺恐惧症啊。"我解释道。

"人是会变的。"

"怎么又是这句啊。"

"我还以为你会为我高兴。"

"我是为你高兴啊，但我不太为她高兴。"

"我爱她，伊莎贝尔。"

"为什么？"

"因为她并不认为我是完美的。"

"我简直不能想象,做人做到你这份儿上得有多累。"

大卫正了正绑在文身上的绷带,"她要是问起文身的事儿,就告诉她我很勇敢。"

"没问题,"我说,"多说个谎算个屁啊。"

斯 诺 案

第 八 章

回伯尼住处的路上,我的手机响了。
"是伊莎贝尔么?"
"是我,您哪位?"
"马丁·斯诺。"
"你可算打过来了!"
"你到底想怎样啊?"
"我想让你跟我见面。"我说。
"那你不许再没完没了打电话了。"
"你只要见我一次,我就再也不打了。"
"哪儿见?"
"旧金山公共图书馆。"
"我一小时之内就能到。"他说。

我迅速开车去了图书馆,在历史阅览室找了个位置。我给丹尼尔打了个电话,想跟他商量商量之后去干点儿什么,但他没在家。之后的三十分钟里,我一直在神经兮兮地拿手指敲桌子。偶尔我也会去拿本书,翻上一会儿。但我的精神实在无法集中,于是我又重新开始敲桌面,直到马丁·斯诺出现。

"这是我最后一次干这种事。"马丁斩钉截铁地说。

"你是说来图书馆么?那可真是太糟糕啦,他们都说现在的人不像以前那样爱看书了呢。"

"你叫我来这儿有何贵干?"他直截了当地问道,我知道我的俏皮话算是对牛弹琴了。

"我只想问你几个问题,你回答完就可以走了。"

"说。"

"装成你妈给我打电话的是谁?"

"你能确定那不是我妈?"

"没错。"

"我不知道,"他看起来对此丝毫不感到好奇,"下一个问题。"

"格雷格从他叔叔手里买的那辆丰田凯美瑞后来哪儿去了?"我问。

马丁咽了口吐沫,假装若有所思地浏览着书架,"我记得他是帮一个朋友买的。"

"什么朋友?"我问。

"我不知道。"

"你父母用来给你付学费的那十万块钱你是怎么花掉的?"

"我上了七年学,斯佩尔曼女士。高等教育的花费是极其昂贵的,我敢说你没机会了解这一点。"

对他的这句挖苦我只是淡淡一笑,我哥在吃早午饭时埋汰我的话都要比它更戳心窝子呢。

"你真不该来这儿,"我说,"你那位警长朋友比你更会说瞎话,至少他不会冒冷汗。我认为你完全知道你弟弟到底出了什么事。如果你不想让我再对你穷追不舍,就最好告诉我实话。"

马丁站起身来,尽其所能想做出一个威胁的眼神。"你就等着我的律师找你吧。"他一边说着一边飞快地离开了。

我离开图书馆,回到伯尼的住处。杰克·汉德的车就停在门口——这一次他还是死死睡着。我都想要向我妈打小报告了,不过杰克这样不爱岗敬业倒是帮了我大忙。

我正要上床睡会儿,丹尼尔的电话打过来了。

"伊莎贝尔,你在哪儿?"

"在伯尼家呢。"

"伯尼是谁?"

"我大爷的一个老哥们儿。"

"你干吗跟他在一块儿?"

"我没有,他不在家。"

"哦,"丹尼尔随口应道,"你猜谁给我打电话了?"

"警察?"

"你妈。"

"我刚要这么猜。"

"这并不好玩。"他说,语气已经明显失去了耐心。

"抱歉。她为什么给你打电话?"

"要我帮忙。她希望你别再骚扰斯诺一家了,她告诉我,他们要去申请临禁。临禁是什么?"

"临时禁止令。"

"真的?"

"他吓唬人呢,丹尼尔。不用担心。"

"我开始觉得你的所作所为让人头疼了。"

"这都是我妈的一面之词。听我说,只要这个案子了结,一切都会恢复正常了。"

"这正是问题所在,伊莎贝尔!我觉得你根本不知道什么是正常!"

我使尽浑身解数才说服丹尼尔,让他相信我知道什么是正常,然而我却不能说服我自己。挂电话之前,我们说好第二天去他诊所碰头。我很想跟他一起看上几个小时的老电视剧,但他却没有这个心情。我扔掉电话,一头栽到床上,戴上一对耳塞。它成功地将楼下那条街上的车声以及一波一波醉鬼离开酒吧的嘈杂声隔绝在外,但同时也挡住了伯尼回到家里,爬上床来的声音。

我感到有只手摸上我的屁股,便嗷地叫了一声,伯尼也随即嗷了一声,一把捂住胸口。我赶快解释说我是雷·斯佩尔曼的侄女,只是来这儿暂时容身。我让伯尼坐在床上,检查了他的脉搏。在他的心跳恢复正常之后,我给他沏了杯茶。伯尼解释说,他以为我是他的牌搭子们送给他的回家礼物。

"我看起来像个回家礼物吗?!"我问道,我穿的是我最好的蓝绿格的法兰绒睡衣。

"确实算不上我收到过的最好的礼物,不过也绝对不是最坏的。"他回答说。

伯尼用那种"男人嘛,你懂的"的语气跟我道了个歉,并且体贴地让我这一晚继续睡他的床。

"我去睡沙发。"他说道,朝我挤了挤眼。我最后一次检查了他的脉搏,然后开始收拾东西。杰克·汉德还在车里蒙头大睡,于是我成功地溜之乎也。

我开出两个街区,然后在后座上一觉睡到天亮。第二天早上,我换上外出的便服,开车去了马林县警局。格雷格·拉尔森让我溜溜儿等了两个小时才肯见我。当我终于被领到他办公桌前时,他漫不经心地从一堆文件中抬起头来看了我,说:"伊莎贝尔,很高兴再次见到你。"他的语气还是一如既往的小心戒备。

"你叔那辆丰田凯美瑞后来怎么着了?"

"我买下它后,过了一个礼拜,就卖给二手车商了。"他一个磕巴也没打地说道。我有种感觉,他早就对我的问题做好了准备。

"你为什么买了辆车却在一星期之后就卖了?"

307

"如果你看过我叔的犯罪记录——我猜你已经看过了——你会发现他有醉驾记录。我只是想把那辆车从他手里弄过来,让他没机会再伤害自己和别人。"

"真够高尚的啊。你还留着当时的相关文件吗?"

"那是十二年前的事了,伊莎贝尔。财务记录超过七年就不必再保留了,这你应该知道的。"

"你还记得那辆车的车牌号吗?"

"不记得。我听说你一宿都没睡,伊莎贝尔。"

"你从哪儿听说的?"

"从你妈那儿。"

"什么时候?"

"我今天早上给她打了电话,就在你到这儿的时候。"拉尔森说,他仍然除了呼吸和眨眼以外宛如死水一潭。他这些微小的面部表情开始让我真的心烦起来。

"你告诉她我在这儿了?"

"是的,所以我才把你拖住了两个小时,让她有时间冲个澡然后开车跨桥过来。她可真迷人啊。"

我站起来,朝拉尔森的窗外看去。我妈的车就停在我的车旁边。

"我真不敢相信。"我说,渐渐地觉得喘不过气来。

"她很着急,她说你对这个案子着了魔,说什么也不肯停手。"

透过窗户,我看到我妈冲我挥了挥手。拉尔森警长坐回办公桌后背冲着窗户,于是她趁机敲碎了我的左尾灯,迅速地回到她车里。

"你看见了没?"我说。

"看见什么?"拉尔森懒洋洋地回过头来问。

我指着我的车,"她刚才把我的尾灯砸了。"

"你确定吗?"

"是的，它以前不是这样的。"

"哦，太不幸了。"

"我要指控她破坏他人财物。"

"指控你妈妈？"

"还能是谁？"

"伊莎贝尔，你当然可以指控，不过没有人证——"

"我就是人证！"

"但你的证言并不算可信。"

"你也是人证。"

"我可什么都没看见，伊莎贝尔。"

"咱们来说道说道。你头一次往窗外看时，我的尾灯是好端端的。而当你再往外看时，它已经被砸碎了，而这附近唯一一个活人就是我妈。你在警校里到底他妈的学了什么啊？光学了怎么嚼牙签吗？"

"还学了点儿别的。"警长大人说，仍然一如既往地拒绝给我任何回应。

我知道我是彻底拿他没辙了，但是我必须恶狠狠地结束这一次会面。

"我跟你没完！"

惹爆了，我自己也知道。

我走出去，敲了敲我妈的车窗。她一副全不知情的样子放下报纸，启动汽车，摇下了窗子。

"伊莎贝尔，你怎么也在这儿呢？"我妈说，捏着嗓子装出一副不期而遇的惊喜腔调。

"你得赔我。"我说完便钻进我的车。

我那天的日程只有一件事：甩掉我妈。我去了佩特拉的美发沙龙，停在两个街区之外，从后门溜了进去。她正在看她第二天的时间安排,因此有空跟我说话,准确地说,是有空对我说话。

"我真烦那倒霉催的文身。我一看见它,就想起整整四小时的呻吟喘息。"

"你所有的文身都能让你想到这个啊。"

"你当时一直跟着他,你完全可以阻止他的。现在我不得不整个下半辈子都看着他肩膀上那个破烂玩意儿了。"

"整个下半辈子?"

"爱多久多久,你该阻止他的。"

"看我哥疼得龇牙咧嘴的机会很难得嘛。"

"他不肯把那玩意儿弄掉。"

"他才刚文上啊。"

"这是你报仇雪恨的方式吗,伊姿?"

"不,我的方式更像是老派的君子报仇。我当时没有阻止他的理由如下:第一,我妈看到了会气得失心疯,第二,他这么做说明他爱你。他当然可以亲口跟你这么说啦,不过他这种男人,之前已经不知把这句话说过多少遍。我觉得当你看到他胳膊上的帕夫时,会相信他是真心的。"

佩特拉很想继续发脾气,她真的很讨厌那个文身。但我是对的,所以我们并没有挑明这一点,而是换了个话题。

"你妈还在跟踪你呢?"

"每分每秒每时每刻全年无休。我得借你的车用用。"

"没在我这儿。"

"那在哪儿?"

"在大卫那儿呢。"

"干吗放他那儿啊?"

"因为你爸把大卫的车借走了。"

"这又是为什么啊?"

"因为你把你爹车上的每一个灯都给敲了。"

我从佩特拉的客厅前门走了出去,顶着一头金黄色的假发,穿着一件从失物招领处顺出来的肥大军装夹克,就差在背上画个靶子了。这根本不能甩掉我妈,我走向我的车时,她在一边儿朝我起哄。既然想不出什么万无一失的办法,我唯一能做的就是把她拖垮。而我觉得,在考验她到底能挺多久不睡觉的同时,我大概应该自己先找个地方去眯一觉。反正我已经和丹尼尔约好了去他诊所,而那恰恰是能让我好好休息一阵的最后一个地方。

那深受丹尼尔信任的雇员桑切斯太太见到我并不高兴,不过我愿意不在候诊室赖着而是找张椅子睡觉简直让她喜出望外。她还好心提醒我,我的气质跟金发不搭。我实在是太累了,没有精力去想这句话是什么意思。我只是蜷进一张治疗椅中睡了过去。

大概两小时之后,丹尼尔叫醒了我。

"我们得谈谈。"

虽然我迷迷糊糊,还没睡醒,但对于这几个听了无数遍的字还是有了一种本能的条件反射。我立刻意识到,丹尼尔并不只是想跟我就我们的关系进行一番讨论,他是想给它画上句号。

"哦,不。"我说着跳了起来。

"什么哦不?"他问。

"我得走了。"

"去哪儿?"

"随便去哪儿。"

"伊莎贝尔,我们得谈谈。"

"我不需要谈。"

"好吧,但我需要。"

"你也不需要。"

"我需要。"

"你只是以为你需要,实际上你不需要。"

"坐下。"

"不坐。"

"坐。"

"就不。"

"我们得谈谈。"

"我才刚睡醒一觉。"

"这有什么相干吗?"

"你不能在我刚睡醒的时候跟我分手。"

"为什么不能?"

"因为你要是这样做了,我就会永远把睡觉和分手联系到一起了。"

说句实话,自打那次假冒毒品交易之后,我就知道分手是躲得过初一躲不过十五了。那件事会让他想到,我们的未来生活中还会有多少次假冒毒品交易或者和它半斤八两的事。如果我能对我自己的家人做这些,那我就一样能对他做。对于卡斯蒂洛家来说,爱意味着信任和尊敬;但对斯佩尔曼家来说,同一个定义却要混乱复杂得多。

丹尼尔跟着我走出办公室,嘀嘀咕咕地说着我不能老拿睡觉当借口。

我爹斜倚在大卫那台锃光瓦亮的黑奔驰上,那副嘴脸活脱儿是个有了一辆奢华的座驾就得意非凡浑然不知老之将至的中年男人。至少在一个不知情的外人眼里当是如此。更可悲的是,我爹这种自豪感的来源,只不过是他有个好儿子,买得起这威风凛凛的豪华车,并且在他好说歹说之下终于松口借给他。至于借车的原因,则是他那不争气的大女儿把自家三辆车中的两辆上所有的车灯都给砸了。然而比这还要可悲的是,这位父亲满心以为当他开着他儿子这辆巨贵、巨炫、巨难修的车,他女儿就会网开一面,不对它动手了。这才是最最可悲的地方。

我爹友好地朝丹尼尔招了招手,带着一副前尘旧事既往不咎的派头。但丹尼尔却还没有原谅他在第一次见面时的种种行为，所以只点了点头，稍微挤出点笑容来。他随即注意到我那被砸了的车灯，没话找话地问了一句。

"伊莎贝尔，你知道你的车灯坏了吗？"

"知道。"

"是怎么弄的啊？"

我砰地打开我那辆车的后备箱，从工具箱里拎出一把锤子。不待我爹反应过来，我已经抡起它来把大卫那辆车的右前灯砸了个粉碎。

"就这么弄的。"我说。

我爹摇了摇头，对我和他自己都大失所望。丹尼尔转头看着我，瞠目结舌。

"你为什么要这么做，伊莎贝尔？"

"因为他打碎了我的尾灯。"

"那他又干吗要那么做？"

我爸朝丹尼尔走近了几步，解释道："在夜里跟踪别人的时候，跟踪一辆只有一个尾灯亮的车，比跟踪两个灯都亮的要容易多啦。"

"那她干吗要把你的前灯打碎？"

"两个原因，"我爸回答说，"第一，因为她气疯了，想要以牙还牙；第二，这样她被跟踪时就更容易看出我是不是已经被甩掉了。"

"还要这样持续多久？"丹尼尔问我爸。

"该多久就多久。"我爸说着，回到了大卫的车上。

汽车追逐战第二回

我看不到丹尼尔脸上冷漠的表情，因为我正满脑子盘算着如何逃脱。我坐进车里，启动引擎。我希望两个小时的午睡能够让我的反应灵敏起来,但我心里清楚地知道,想要甩掉我爸,简直需要超人的本事,而我并不认为我已具有了这种能力。

我在西门街拥堵的车流中曲里拐弯地闯出一条路来,然后左拐开上了海洋大道。过了旧金山州立大学不远,路况就好了起来。我爹一直在我后面穷追不舍。他在警校待了六个月,而二十年的工作经历更是让他的技术炉火纯青,远比我车技高超或胆大不怕死的人都是他的手下败将。他知道我不会拿自己或他的安全冒险,所以这场飙车与其说是追逐战,倒不如说是一次对话。他拨通我的手机,把之前没有说的所有话都说了。

"我能整整一天都干这个,宝贝儿。"

"我也能。"我回答说。

"告诉我怎样才能把这事了结,伊莎贝尔。"

"别再跟着我。"

"那你别再逃。"

"你先停。"

"不,你先。"

"看来谈判陷入僵局了。"我说着挂断了电话。

我东拐西拐地回到了盖瑞大道上,并穿过了里士满区的一系列住宅区街道。一排排精致整饬的旧金山住宅建筑在我的余光中飞速后退。我爸仍然不屈不挠地咬在我后面,却没有发现我早已不专注于把他甩掉,至少不是用这种方法。因为我已经有了更容易的方法。

我把车停在盖瑞大道旁边一条几乎没办法停车的小巷子里,那里密密麻麻的房子里挤着密密麻麻的住户。我把车停在酒吧两街区之外的一个合法车位上,看了一下街道清扫的标识,锁上车,经过我爸的车朝酒吧走去。他摇下了他的车窗。

"你要去哪儿?"

"猪哨酒吧。"

"你去那儿干吗？"

"大喝一场。"

我径直走了，知道他一定会愿者上钩。我爹把车随便停在违章的地界，把旧警徽放在仪表盘上，跟着我走进了酒吧。

我爸掏钱买了第一轮和第二轮的酒，然后又买了一轮。我不顾他的强烈抗议买了第四轮。我跟我爹都灌足了喝美了，暂时从猫追耗子的游戏中解脱出来。

"话说你和那牙医怎么着了？"

"他有名字的。"

"你和牙科博士丹尼尔·卡斯蒂洛怎么样了？"

"不赖。"

"我们什么时候能真正好好谈谈，伊姿？"

"等到你不再旁敲侧击打探消息。"

"好吧，那我先开始说。雷可能会去康复中心。"

"多大可能？"

"差不多十分之一吧。"

"那他坚持下来的可能又有多大？"

"还是十分之一。"

"也就是说，雷大爷有百分之一的可能性改邪归正。"我说。

"听起来是这么回事儿。"我爹说，他的话终于开始没那么足的底气了。

"有人向蕾解释过规矩吗？我是说，如果她想在课余时间里为所欲为，就得有人跟她讨论一下这事的得失利害。"

"我已经跟她谈过得失利害了。"

"话又说回来，他愿意考虑去那地方已经很让人惊讶了。"

"我们知道你的毒品交易是假的。"

"怎么穿帮的？"

"首先吧，那牙医根本不会演戏。还有就是，我在不是周末的日子给了蕾一大块米花糖,跟她说如果坦白交代就能一口气全吃完。于是她招了。"

"你们还有没有人性讲不讲法律!"

"拜托,我只是给自家闺女吃块米花糖,你可是当着她的面假装吸可卡因啊。"

"我之所以假装吸可卡因,是因为你们在我房间里安窃听器。"

"而我们在你房间里安窃听器是因为你在一个案子上着了魔了。而且顺便说一句,还是个已经结了的案子。"

"是你们交给我的案子。"

"那是个错误。"

"什么?"

"给你那个案子。"

"你们又不是只犯过这么一个错误。"

我爸又去吧台拿了一篮椒盐脆饼,回到桌子前。

"我最开始几次发现你在门口草坪上醉得不省人事时,真的以为你就那么死了。"

"那是好久以前的事儿了,爸。我都好些年不醉成那样儿了。"

"这么说,以前那个伊莎贝尔不会卷土重来吗?"

"如果以前那个伊莎贝尔真的回来了,她不会跟她爹坐在一块儿喝酒的。"

"那她会干什么?"

"在酒吧里勾搭个爱尔兰小帅哥,或者在德洛里斯公园搞十块钱大麻抽。"

"咱们从这儿出去以后还去哪儿?"他问道。

"我走我的,你别跟着我。"

"那不可能。"

"我觉得挺可能。"我一边说着,一边慢慢穿上外套,在桌上放下小费。

"你哪儿来的这么大自信?"他问。

"你醉成这样,开不了车啦。但是我比你跑得快。"我忍不住高声大笑。这几个礼拜以来,我很少能有这种酣畅淋漓迎头痛击的胜利,所以此时此刻我得意非凡。我慢慢地退到出口,然后推开门,走出了酒吧。

我能听到身后的门吱吱呀呀地响着,那是我爹在跌跌撞撞地走出来。没有必要回头看看他的位置,我所要做的只是尽我所能地大步狂奔。跑了三个街区之后,我朝右拐上菲尔莫尔街,拦了一辆出租车。为了以防万一,我在后座上把身子蜷起来。司机看出我一副鬼鬼祟祟不像好人的样子,所以在把我送到目的地并且顺利拿到车钱时简直是欢天喜地。我溜进海港区的一家专坑外地游客的咖啡馆,混在一群穿着皮草来度假的中西部阔佬中间喝着咖啡,并且让自己清醒起来。

几个小时之后,当我在大街上溜达着,一边醒酒一边醒咖啡时,我接到了另一个电话。

"伊莎贝尔?"

"我是。您哪位?"

"一个小时之后来西奥克兰捷运车站见我。"电话那边是个无法辨识清楚的声音,既可能是男的又可能是女的,说不清。

"不行,我忙着呢。"

"你难道不想知道一些答案么,伊莎贝尔?"

"当然想。比方说,我想知道现在跟我说话的是哪一位。"

"我不能在电话里告诉你。"

"你不告诉我个好理由,我才不会跨过大桥去见你。你不知道这钟点儿的交通是怎么个烂德性吗?"

"我能回答你关于安德鲁·斯诺的所有问题。"

"你是谁?"

"我说过了,来见我,你就会知道了。"

"我考虑一下。你说的是哪个捷运车站来着?"

"西奥克兰,东南出口。给你两个小时。"

"还是三个小时吧,我酒还没醒呢。"

我不能回去取我的车,我爸可能已经又把引擎的关键零件拆下来了,比如汽化器什么的。我跳上菲尔莫尔街的公车,给丹尼尔的诊所打了电话。为了让桑切斯太太把电话转给丹尼尔,我费了不少吐沫。不过她最终还是照做了。

"我得借你的车用用。"

"你是谁?"

"伊莎贝尔。"

"你是在开玩笑吧。"

"我真有急事。"

"伊莎贝尔。"

"求你了。"

这场谈判几乎没费什么唇舌。我有求于丹尼尔——要他的车,而丹尼尔也有求于我——要我痛快分手。为了减轻自己的内疚感,他答应把他的宝马借给我。我在福尔逊街和第三停车场外面的街上等他。路灯忽闪忽闪地挣扎了五分钟之后终于彻底黑了。丹尼尔答应说,会在打完网球后来见我,但是他迟到了。我越来越清醒,也就越来越紧张。每一个细微的声音,不论是远处传来的脚步声,还是易拉罐被小风吹得满地滚的声音,都能让我的心停跳一拍。

丹尼尔终于在街角出现了。他看到我后,便避开了我的视线。我见过他这个表情,在它之后通常会跟着一句"我们得谈谈"。我知道接下来会发生什么事情,但是我还是想把那无可避免的事情尽力往后拖延。

"你确定你没有被人跟踪么?"我问。

"谁会跟踪我?"丹尼尔回答。

"我爸我妈。"

"我认为我没被跟踪。"

我伸出我的手,期待他能默默地将钥匙放在我手上。

"不会有结果的。"他说。

"什么?"

"你和我。"

"为什么?"

"我们该怎么和孩子们说呢?"

"什么孩子?"

"如果我们会有孩子的话,我们该怎么给他们讲,爸爸妈妈是怎么认识的呢?"

"骗他们啊,还用说么。"

"我们结束吧。我干不了这种事。"

* * *

这番谈话剩下的内容我就不絮絮叨叨地复述出来烦人了,我只需要简明扼要地把丹尼尔的墓志铭呈献给诸位。

姓名:丹尼尔·卡斯蒂洛　九号前男友:

年龄:三十八岁

职业:牙医

爱好:网球

时间:三个月

最后的话:假冒的毒品交易之后,我们就完了。

❖

……福特发出刺耳的刹车声,停在了离宝马十英尺远的地方。我把车熄了火,深深地呼了几口气。随后,我大大咧咧迈出汽车,朝着身后那辆轿车走去。

我在驾驶位的车窗上敲了一敲。几秒钟之后,车窗玻璃摇了下来。我用手扶着车顶,向里面欠了欠身。

"妈,爸,你们闹够了吧。"

不等他们组织好一个句子来抒发对我的失望之情,我把手偷偷探到身后,把随身的折刀拔了出来,迅速戳破了他们的左前轮胎。他们没有留给我其他选择,想要终结这场汽车追逐战,我只能这么做。他们并没有诸位想象的那么震惊,我爸轻声叫着我的名字,摇了摇头。我妈把头扭向一边,强压怒火。而我则把刀放回口袋里,退出几步,耸了耸肩膀。

"本来没必要弄到这份儿上。"

我开车就走,沾沾自喜于为自己赢得了一些时间。我拐上教会街,朝海湾大桥的入口开过去。南凡尼斯的一场车祸使得街上的车堵得瓷瓷实实,因刚刚获得的自由而兴高采烈的心情也因震耳欲聋的喇叭声和仪表盘上时钟的滴答声消磨殆尽。想要在二十分钟内穿过海湾大桥,到达西奥克兰捷运车站,几乎是不可能的了。

我几乎要驶入第十三街的入口时,电话响了。

"喂?"

"伊姿,我是米罗。"

"有什么事吗?"

"你能赶在警察把我的店查封之前,来把你妹妹接走吗?"

"米罗,我正忙着呢。你联系过我雷大爷吗?"

"联系过了,他不接电话。我也给你爸打了电话,他说他的轮胎被你给戳破了。我不是要请求你,我要说的是,现在是礼拜六晚上,我酒吧里坐着一个十四岁的小丫头,我想有人把她领走。"

"让她接电话。"

蕾接过电话,说道:"如果家里的事不像现在这样乱成一锅粥,我也不会沾上喝酒的毛病。"

"我十分钟之内到,你给我老实待在那儿。"

我刚挂断电话,铃声就再次响起来。

"伊莎贝尔。"

"是我。"

"你迟到了。"那个不辨雌雄的声音说道。

"别跟我闹了,你到底是谁?"

"我还以为你想要解决这个案子呢。"

"你再给我一个小时好么,我妹妹又开始喝酒了。"

"我给你四十五分钟,你再不过来,我就走了。"

离哲学家酒吧还有两个街区的时候,电话再次响了起来。

"伊姿,我是米罗。你跟蕾说一声,她把围巾落在我这儿了。"

"你自己跟她说呗。"

"你不是已经把她接走了吗?"

"我没有啊。"

"但她已经不在这儿了。"

消　　失

　　我一路将油门踩到底，飙到米罗那里。在酒吧门口，我刺地猛踩了一脚刹车，把车随便一扔。我撞开酒吧门，冲了进去。米罗那张脸的样子镇住了我。有的时候，面无表情比一脸惊恐更能表达出心中的恐惧。恐惧将全身的血液从肢体中抽出，集中在一起，仅仅能进行维持生命的最基本活动，比如让心脏继续跳动。米罗脸色煞白，我能看到他的嘴唇在动，但却听不清他在说什么，酒吧中的嘈杂和我的呼吸声此时此刻都变得震耳欲聋。我走向酒吧深处，将挡住去路的酒客毫不客气地推开。我去检查了洗手间和通向外面小巷的出口。

　　米罗指指酒吧的前门，领我走出去。他告诉我，刚才蕾就站在门廊那里等着。我们绕遍了整个街区，问了每一个从此经过的路人。我们开着我的车，在方圆三英里之内穿大街走小巷，一条路也没有放过。我们给家里打了三次电话，给她的手机打了两次。回到酒吧时，我又试着给她的手机打了一次，当时我们正绕着酒吧寻找，于是我听到了她的手机铃声。米罗打开垃圾桶的盖子，手机就躺在一堆垃圾的最上面。我捡起手机，转头看着米罗。

　　"肯定会有合理解释的，伊姿。也许是她弄丢了手机，别人捡到后给扔了。"

　　开车回家的路上，我几乎违反了所有的交规。开车回家的路上，我知道有些事情发生了，非常可怕，而且可能无可挽回。开车回家的路上，我努力回忆着我上次见到我妹是什么时候，并且想到不知那会不会是最后一次。

蕾才不见了一小时，我就已经可以肯定，她的不知所踪绝不是故意躲着我们，而是要严重得多。蕾才不会自己玩消失，那不是她的风格。她会打电话，她会跟我们联系，她更喜欢有专车接送而不是搭乘公共交通。她会把她脑袋里所想的事情都告诉你，她不会在你告诉她待着别动的时候撒腿跑掉。她绝对不会这样。

我似乎花了好几分钟，才稳住自己颤抖的手，打开我家的大门。这件事花了我如此久的时间，以至于我甚至以为门锁被换掉了。当门终于被我推开之后，我大喊着我妹的名字，冲了进去。

我沿着走廊，一边跑一边在每一扇关闭的门上狂敲一通，直到我站在蕾的卧室前。我转了转门把手，但门是锁着的。我的手实在抖得太厉害，没法干撬锁这种精细活。我在门上踹了两脚，却没有把门踹开。被锁住的门是不可能踹开的，电影里面都是瞎掰。我跑到楼下的储藏室，拎起一把斧子，回到楼上，照着门锁抡圆了砍了几斧子，直到门闩周围的木头都碎成一片片地迸溅出来。我铆足了劲来了最后一下子，房门终于轰然打开了。

雷大爷站在走廊的另一头，看着我。

"其实我有备用钥匙。"他说，然后拿起电话，打给了我父母。

她房间中安静得有些虚幻，但我所感受到的寒意却无比真实。和平时一样，她没叠被子没收拾床，衣服扔得满地都是，仍是她那吊儿郎当不管不顾的典型青春期小屁孩儿风格。这个房间在等待着某个人回来，但是她却没有回来。

我在她书桌里乱翻一气，终于找到了她的通讯录。她只有两个朋友，我给他们都打了电话，但谁也不知道她去了哪儿或者会去哪儿。雷大爷则给他在警察局的哥们儿们打了电话，他们答应帮忙早点立案。

323

我走出房间,在走廊里遇到了我爸妈。我没有直视他们,只是告诉他们,我会在附近一带仔细寻找。我之所以这么说,只是为了能脱身出来。我本希望外面那雾蒙蒙的湿润空气能够缓解我的恶心,但我刚走出屋门,就对着我妈的花坛吐了起来(必须得承认,这已经不是第一回了)。正猛烈喘气的时候,我的手机又响了。

"伊莎贝尔,你在哪儿?"那个恶心巴拉的声音说道。

"是你把她带走了吗?"我问。我几乎喘不上气来,所以这个问题也问得有气无力。

"把谁带走?"

"我妹妹,她在你手上吗?"

"你在说什么啊?"

"如果你敢对她干点什么,你就死定了知道么,死定了!他们会宰了你的!"

"谁?"

"我爸会宰了你,也可能是我妈,或者他们会小小地竞争一下,看看谁能先对你动手。她在你手上吗?"

"谁啊?"

"如果她在你手上,你给我把她送回来。"我说,但电话已经挂断了。

讯 问

第六回合

斯通把文件拢到一起,将每一张纸都排列整齐,最终摞成完美的一沓。他将这沓纸在木头桌面上轻磕了两遍,以便将边边角角都对齐。他把手指沿着纸缘滑过去,看看它们是否平整得如同一条直线。他的手指碰到一个凸出来的尖,于是便把文件又磕了一遍又一遍。他将这些纸放进一个干干净净的文件夹里,掸了掸上面的灰尘,然后把已然非常平整的文件夹又胡噜了一遍。

"你知道医学上管你这样儿的叫什么吗?"我说。

"我没什么可问的了,伊莎贝尔。如果你又想起什么其他事情,就麻烦你给我打电话。"

"你所需要的是去和斯诺家那帮人谈。"

"我已经告诉过你了,我认为他们和眼下的案子没关系。"

"但除此以外就没有别的可能了。"

"还有无数可能。"

"她不是离家出走。她知道如何跟人打架。"

"也许是无差别绑架案。"

"你是这么认为的吗?我可知道这方面的相关数据。"

斯通警督站了起来,我抓住了他的胳膊,他不自在地僵住了。

"你告诉我实话。她死了吗？你认为她死了吗？"

仅仅是说出"死"这个词，就把我击垮了。我突然希望他不要回答我，但他还是开口了。

"希望没有。"

失　　踪

　　蕾的失踪完全无法解释，面对这件事，全家谁也不能编出以"从此以后过着幸福快乐的生活"结局的剧本。这栋房子里弥漫着令人不安的死寂，这一方面是因为没有了蕾那张唧唧喳喳说个不停的嘴，一方面也是因为家里人被闷棍打蒙之后的哑口无言。在医学上这叫做暂时性失语。有些时候，我们甚至都无法和其他人目光相对。我们之间的战争硝烟尚未散去，所以无法提供温柔的臂膀供其他人靠在上面哭泣。针尖对麦芒的心态仍然在这个家里萦绕不去。我回到家里，住进蕾的卧室，以便不错过每一个可能会打给她的电话。然而我的出现，对家里人来说，甚至连安慰奖都算不上。

　　我妹妹失踪后的六个小时之内，她的房间已被警察搜索一通，随后又被斯佩尔曼家的每一个成员先后掘地三尺一番。谁都没有发现与她的失踪有关的证据，不过警察倒是发现了一本书芯被挖空的代数书，里面放着将近两千块的现金。这引发了更多的问题，并且导致大卫和我爸妈陷入没完没了的争论之中。

　　我妹妹失踪后的十二小时之后，米罗和杰克·汉德已经把全城都贴满了寻人启事。我妈和我分别花了四个小时开车满大街晃，就是为了找那件熟悉的蓝色条纹T恤。与往常一样，我们仍记着这些事情。我爸给所有跟他交换过名片的私家侦探打了电话。警方不顾我爸的抗议,坚持要调查每一个家庭成员,并且跟进调查了她的同学和每一个她认识的人,但每一次努力都通向死胡同。大卫挂出了高达二十万的悬赏,雷大爷则和上帝做了笔交易:只要他侄女能回来,他就去康复中心。

到了第三天,除了眯瞪过一两个小觉以外,我已经整整八十二小时没闭过眼了。但没有任何有意义的发现,没有任何事情能让我振奋起来,只能任由我变成两天没换过衣服、头脑混沌精神紧张的行尸走肉。

在斯通警督的讯问结束后,我开车去了哲学家酒吧,在吧台前坐下。米罗给我倒了一杯咖啡,趁他没注意,我又往里面加了一杯威士忌。从他死灰一般的气色来看,他这几天也没怎么睡过。我能看出,他认为蕾的失踪是他的责任,而这种负罪感让他深受折磨。

"回家吧,伊姿,"他说,"你简直是面如屎色了。"

"那也比你的脸色强。"我说。

"那是因为你本来就比我漂亮啊。"

一个小时过去了,在我偷喝了三杯爱尔兰威士忌之后,丹尼尔走进了酒吧。

"我们走吧,伊莎贝尔。"

我注意到那两个男人心照不宣地互相点了点头,于是转头看向米罗。

"你叫他来的?"

"我很担心你。"

丹尼尔扶住我的胳膊,"你该睡觉了,伊莎贝尔。"

丹尼尔把我带回他家,给我一片安眠药,把我扶到客房已经收拾好的床上。快要睡着的时候,我听到他在给我妈打电话,告诉她我一切都好。

我整整睡了八个小时,醒来时公寓里只有我一个人。丹尼尔留给我一堆便条——主要是箭头——把我引到厨房里,那儿有一份早餐等着我,煎蛋、培根和吐司面包。我吃了吐司,把其他的都倒掉了。吃了安眠药,睡了整宿觉,对让人头脑清醒有着立竿见影的作用。在此之前,我似乎有几周不能自如地开车了。既然吃饱睡足,也该重新投入工作了。这已经是我妹妹失踪后的第四天。

斯 诺 案

第九章

我需要为蕾的失踪梳理出内在逻辑,目前我所掌握的只是巧合而已。一个人打电话给我,声称他知道斯诺案的真相,与此同时,蕾从哲学家酒吧凭空消失。把这两件事硬联系在一起,说它牵强都是好听的。但这是我唯一的线索,而且我的直觉坚持告诉我说,这就是答案。

从一开始就让我困扰不已的一个细节,是那个历史学教授。他声称在安德鲁失踪的那天早上看到两兄弟在找他。我本已将它抛诸脑后,因为这并不稀奇:随着时间的推延,记忆会渐渐变得不再可靠。但是由于其他线索都已是死路一条,我决定核实一下这件事情。我坐地铁去了西门街,在离酒吧三个街区的地方找到我的车,扯掉违章停车罚单,直接开车回家,取出了仍然锁在我办公桌抽屉里的斯诺案卷宗。我飞快地翻着卷宗,寻找那个我一直记在心里的名字。

我很轻易便找到我想要的东西,贺拉斯·格林利夫是加州大学伯克利分校的终身教授。我给历史系打了电话,确认了教授的上班时间,便开车穿过海湾大桥。虽然已是上午,路上却仍然堵得水泄不通,让我不禁怀疑,这帮人大白天的都不用上班吗?

我终于在格林利夫教授还差十分钟就下班的时候赶到了他的办公室。我向教授简单说明了我的来意,他和蔼地请我坐下谈。

"根据警方的报告,您声称在安德鲁·斯诺被确认失踪的那个早晨看到了那两个年轻人。"

"是的。"

"您还记得您的证词?"

"对,而且我还记得我确实见过那两个小伙子。"

"大概在什么时间?"

"差不多是六点半吧,太阳刚出来。"

"您为什么起得那么早?"

"睡不着。我知道野营本就该是宁静的,不过我宁可听马路上的行车声而不是蟋蟀的叫声,不论是哪天。"

"您还记得他们在干什么吗?"

"不太记得了,他们坐进车里,开走了。"

"您能给我描述一下这两个人吗?"我问。

"这两个孩子看起来都在十八岁到二十岁之间,根据我从报纸上看到的照片,其中一个应该是安德鲁的哥哥。他大概一米七八,一百五十多斤,身材匀称,肩膀很宽。"

"您的记性可真好。"

"我的记性是超乎常人的好。"他纠正我说。

"那另外一个小伙子呢?他长得什么样?"

"个子更高,瘦高挑,浅黄色头发。"

"关于他,您还记得别的什么事吗?"我问。

"我记得他好像是叼着一根牙签儿。"

我强忍住从办公室蹿出去的冲动,又多问了几个问题,来巩固自己的答案。

"你还记得他们开的是什么车吗?"

"一辆达特桑,好像吧。是两厢的,八十年代末的车型。"

331

"他们俩人中有谁看到你了吗?"

"应该没有,我当时刚打开帐篷,正在穿鞋呢。"

"你对警察说这些事了吗?"

"说了,是在一两周后,警察找到了我。我猜他们认为是我把日子记错了,但我并不这么想。因为他失踪的那天恰恰是我们回家的日子。"

我开车回城,然后穿过金门大桥,去了索萨利托。我把车堂而皇之地停在斯普林街,马丁·斯诺家的大门口。这一次监视行动没有必要鬼鬼祟祟地躲在暗处。二十分钟后,马丁从他的窗户往外看,发现了我。我能看到,他每隔十五分钟,就会用手撑开百叶窗探头探脑。虽然我其实还并不知道他到底干了什么,但我无疑让他紧张了,而这让我确认他不能逃脱干系。问题在于,我并不确定他到底干了什么坏事。他到底和我妹妹的失踪有没有关系?我必须确定这一点才行。

我走出汽车,走过去敲了敲他的门。屋里毫无动静,但我一直不停地敲着。最后他终于把门打开了。

"你再不走的话,"他说,"我就要报警了。"

"让警察介入对你也没什么好处。"

"你到底为什么要这么做?"

"我妹妹在你手里吗?"

"什么?"

"你知道她在哪儿吗?"

"你在说什么?"

"她四天前失踪了。"

马丁脸上现出困惑的表情,"我很抱歉。"他说。

我把身子凑过去,"如果你对我有所隐瞒,如果你知道一些能让我找到她的事情,却不肯告诉我——你一定会后悔的。"

马丁点点头,表示他明白了我的威胁。

"你最好从我家离开,我已经报警了,他们就在路上。"

我回到车里,开车离开了。

汽车追逐战第四回

从马丁家开出几个街区后,我看到一辆警车逐渐追上我,顶上的警灯忽闪发亮。我正要停车,忽然从后视镜中看到车中人的轮廓——那好像是拉尔森警长。我猜马丁在我离开的时候给他打了电话。我还猜警长大人并不是为了尾灯故障这种事让我靠边停车,虽然我的尾灯好像确实瞎了一个。

我狠踩了一脚油门,试图将我所知道的零碎片段整合起来。我知道马丁从他父母手里骗了大概十万块钱。我知道警长十二年前买了一辆谁都解释不清楚的汽车。我知道安德鲁失踪时他也在场。我还知道他并不像大多数人那样频繁眨眼。

警长又拉响了警笛,示意我靠边停车。但我不光没有停车,反而开得更快了。我盘算着,如果我能逃进城,到了旧金山警局管事儿的地界,就万事大吉了。到时候我就让他们把那警长给逮起来,反正他肯定干过坏事。

沉沉暮霭之中,我在马林县完全陌生的街道上风驰电掣。但拉尔森和我爹我大爷一样,比我高出不是一星半点。他既有受过良好训练的车技,又对这些道路了如指掌。当最后一道夕阳渐渐消失在地平线,拉尔森已经使两车之间只剩下不到十米的距离。我拐上了一条没有路灯的山路,拉尔森追上来,和我并驾齐驱。他朝我大声喊着,让我减速停车,但我还是没有。我自己的心跳在我耳中轰然作响。我原以为我知道什么是恐惧,但这种恐惧——以为自己今晚无法再回到家的惊惶——却是与以往截然不同的恶魔。

我右转进了一条小巷,结果却是个死胡同。拉尔森把车一横,挡住了我的后路。他迅速跳出车来,举起手枪。

"把你的手放在方向盘上。"他说,就仿佛在处理一桩普通的案子。没等我有机会做出任何反应,拉尔森打开驾驶室的门,把我拽出了汽车。

我感觉到一副手铐把我的双手铐在背后,然后一只温暖的手按住我的后脖梗子,把我推向警车。拉尔森打开副驾驶的车门,用手按住我的头,把我塞了进去。随即关上车门,绕过车头,从驾驶位上了车,在我身边坐下。

"你逃不掉的。"我说。

"逃不掉什么?"他用他那让人讨厌的淡定语气问道。

"你自己清楚。"我说,但其实连我自己都不清楚。

"我们要开挺远的路,伊莎贝尔。"他说着,将警车掉头开到路上。

"你是打算杀了我吗?"我问道,希望这样能放松我紧绷的神经。

"不。"他淡淡说道。

"哼,你当然会说不啦,这样我就不会反抗了对不对?"

"你的手被铐着,我根本不担心你会反抗。"

被他说中了,我真的是无计可施。如果他在把我塞进车里之前搜搜我身上的话,本可以把我的手机也抄走。我把它从兜里拿出来,拨出了快速拨号里的第一个号码:艾伯特·斯佩尔曼。我没法把手机拿到耳边,甚至无法在滚滚车声中听出到底有没有人接了电话。所以我等了三十秒,然后尽我所能大声说起话来。

"嘿,老爸,是我。如果我失踪了,或者有了什么三长两短,凶手就是一个叫做格雷格·拉尔森的警长,拉——尔——森。我现在就在他车里——"

"你在跟谁说话?"拉尔森问,他看着我的眼神,就仿佛我是他所见过的最疯的疯子。

"我爸,"我洋洋得意地说,"我刚刚用手机的快捷拨号给他打了电话。"

拉尔森把车停到路边,从我手里夺过手机,把它放在我耳边。我能听到听筒中传来我爸的喊声。

"伊姿,伊姿?你在哪儿?"

"嗨,老爸,我在拉尔森警长的警车里。"

"你还安全吗?"他问,声音中透出焦急惊恐的味道。

"一分钟前我还以为我要完蛋了呢,但现在我觉得我安全了。为了以防万一,我把他的警号告诉你,7-8-6-2-2……"

拉尔森靠近了些,好让我能看到最后一个数字。

"7。"我说。

"到底出了什么事,伊姿?"

"没啥,我挺好,别着急了老爸。"我说道,可拉尔森对着电话开口了。

"斯佩尔曼先生,您的女儿非常安全。她刚刚拒绝离开马丁·斯诺的住处,所以他报了警。仅此而已,先生。不,我们今天不会起诉她的。谢谢您,先生。"

拉尔森挂上电话,继续上路。他沿着101高速公路往南开,整整十五分钟没有说话。鉴于我已经不再担心自己的人身安全,我开始等他开口说话。但他始终不发一言,于是我只好来打破沉默了。

"我知道安德鲁失踪时,你也在露营地。"

"你确实已经查出了很多事情。实际上,这幅拼图的绝大部分碎片都已经被你找到了,但你仍然无法拼出完整的图案,我说得对不对?"

"你是准备告诉我发生了什么吗?"

"安德鲁是个非常不快乐的人。在失踪之前,他至少有三次试图自杀。"

"可这些为什么没有被记在警方报告里?"

"医患保密协议。除非他父母主动告诉警方,否则没有人会知道。除了他的直系亲属和我,谁也不了解这些事情,就连他的高中学校都不知道。每次自杀未遂后用来休养身体的病假都被用感冒或嗓子发炎的借口糊弄过去。斯诺太太安排周全,确保不会有人发现。"

"你是说,你知道他出了什么事吗?"我问。

"我非常清楚他出了什么事。他从那个家里,从那个女人身边,从他所憎恶的生活中逃离了。而我和马丁则帮了他的忙。"

"我们事先筹备了好几个月。安德鲁和马丁按照计划开车去了塔霍湖,我去了我叔叔家,晚上出门去看演唱会。我知道他在晚上十点就会睡死过去,直到第二天早晨都不会发现我不在家里。我开走了他的车,因为他由于醉驾被吊销了驾照。就算他起来找车,也不会起疑心,因为反正他向来不记得自己把车停在哪儿了。那天夜里,我开车去塔霍湖,把车给了安德鲁,他随即离开了。第二天大清早,马丁开车把我送到长途汽车站,好让我搭公车回到城里。警方没有任何怀疑我们的理由,所以从来没有质疑马丁告诉他们的事情。"

拉尔森把车停在一幢房子前,那是一座都铎式的砖房,围着白色的篱笆。在院子里,两个学龄前的小孩子正在和他们的母亲玩耍,那是一个高个子、黑头发的女人,五官硬朗,却很迷人。

"他还活着么?他去哪儿了?"

拉尔森指了指那个在院子里玩耍的年轻妈妈,"她就在那儿。"他说。

一开始我甚至没明白拉尔森到底在说什么,但看着那个女人的时间越久,我就越是明白事情的真相。

"她现在的名字是安德莉亚·米都斯。她有着幸福的婚姻,还收养了两个孩子。"拉尔森说。

"我千猜万猜却没猜到是这么回事。"

"如果你还有什么疑问的话,现在请随意问吧。"

"当时安德鲁逃到哪儿去了?"

"科罗拉多州的特立尼达,那儿有一位他想要拜访的医生。"

"那么马丁的大学学费……"

"付了变性手术的费用,没错。"

"你知道如果斯诺太太了解了真相,她会是什么反应吗?"

拉尔森的笑容难以自抑地浮现在脸上,"是的。"

"那几通电话是怎么回事?"我问。

"是安德莉亚打的。她哥哥把这件事告诉了她,以为她能够阻止你。另外,她特别会模仿她妈妈。"

"我就知道有些人藏着些秘密。"

"告诉你一个特大新闻:是个人就会藏着秘密。"

我坐在警车里,觉得自己像个傻瓜。我在脑子里所想过的所有警长可能犯下的罪行都是我自己的胡编乱造。他只不过是个喜欢叼着牙签、眨眼不像一般人那么频繁的男人。他只是一个试图表现出友好的男人。仅此而已。

"她现在很快乐,如果你把她的事公布于众,一切就都变了。所以我铤而走险地将这个秘密告诉你,我希望我这么做不是个错误。"

"那斯诺先生呢,他知道这件事吗?"

"不知道。"

"他该知道的。"我说。

"也许你说得没错,但这种事是只有家人才能决定的。"

他是对的,这件事已经和我没有任何关系了。拉尔森问我能否永久停止对斯诺案的调查,我答应了。安德鲁·斯诺的卷宗将永远不会出现在世人面前,这主要是因为我一回家就把它撕了个粉碎。

❖

至于我妹妹的案子,我还是一无所获。没有线索,没有推测,甚至没有任何方向。蕾失踪了,但我却对此无能为力。这个孩子行为的可预测性是惊人的(除非她是故意要误导别人),而她也有着超出常人的返巢本能。我实在无法想象,她会在明明可以联系我的时候,却故意不联系我。

私闯民宅

我溜进我妹房间的时候,是晚上八点半,那是她失踪的第五天。我打开她床头的壁灯,希望那微弱的灯光不会从门缝里漏出去。直到在书里发现了蕾在两年里靠敲诈大卫攒下来的黑钱,斯通才相信蕾确实不是离家出走,否则他还会继续沿着这个假设追查下去。

虽然我们之前已经把这个房间翻了六次而且都一无所获,但我还是又搜了一次。我并不知道我要找什么东西,但我必须得干点什么。我打开蕾的壁橱,一大堆衣服和其他破烂呼的一下砸下来堆了一地(真奇妙,我娘居然能在翻完她柜子后原封不动地复原出乱七八糟的本来面目)。我累得要死要活,懒得把它们都捡起来,所以就任它们散落一地。我检查了蕾的床底下,翻了她的梳妆台抽屉,甚至掀起了她的床垫。然后我转去检查她的书桌,把每一个抽屉拉开,翻遍了她保存的跟踪记录、以前的作业,以及藏在抽屉里的过期糖果。我不明白我们先前为什么会没有发现,但这一次,我注意到一个抽屉看起来似乎比其他的要浅。我把抽屉里的纸拿出来扔在地上,掏出我的刀,沿着抽屉底的边缘滑动,想找到一个口子,把底板撬起来。我取出那块盖得严丝合缝的木板,心里琢磨着,蕾难道是在手工课上完成这个工程的么?

我把假冒底板放在桌上,看向藏在它下面的浅格。在那里面,有一本看起来很是眼生的红皮本。它崭新发亮的封面和毫无折痕的书脊都说明它刚被买回来不久。它看起来就是一本普通的剪贴簿。看第一眼时，它似乎完全平凡无奇——只不过贴了一些家里人的抓拍照片。但你要是再看一眼，就能发现有些不对劲。拍摄角度不是太高就是太低，画面不是模糊一片就是被什么东西遮挡住了——要么是铁丝网，要么是一扇脏乎乎的窗户。看了第二眼就能知道，这不光是本家庭相册，也是本监视照片合集。

最开始几页属于雷大爷——大多数是从高处拍到他摇摇晃晃地从出租车上走下来，随即是一个高难度动作（把钥匙插进锁眼里）——这是他在凌晨两点后的例行活动。然后镜头转向了我爸。都是些对他偷吃甜食的行为人赃俱获抓个正着的照片。我爹自从好几年之前就声称要减肥，却总是在夜深人静的时候去偷嘴吃。我们都知道。我猜蕾把他这些有悖于减肥大计的行为拍下来，是为了留作日后的交易筹码。此外，还有老妈在后门廊里和杰克·汉德一起抽烟的照片、大卫和佩特拉手拉手走在市场街上的模糊照片。当然，我也没能逃脱魔爪。蕾把我和丹尼尔的头三次约会全逮到了，甚至还给我照了一张无比丢人的照片：上身光着，正在车里换衣服。对朋友和老师的偷拍照片也是相册里的重要内容，要不是我心里已经堆满了事儿，我本该对此忧心忡忡一番。

似乎没什么必要把这个册子都看完，但我还是继续翻着。就和我这个月以来干的所有事情一样，我之所以要干，只是因为那是我唯一可干的事情。我本可能会错过那张照片，它看起来完全没什么特别，只是两个男人在握手，是用长焦镜头拍下来的。我靠我爹那件棕绿格子的衬衫认出了他，他穿它之频繁，充分说明它曾带来多少好运。我本不必去看另一个男人，但我还是看了。随即我凑得更近，甚至拿过一把放大镜来，仔细端详他那张虽然模糊，但现在已被我熟悉的脸。

亨利·斯通警督。

斯通警督在和我爸握手。

照片上没有时间，但我爸最近刚剪了头发，从这个时间线索来看，那应该是在蕾失踪之前拍的。他们两个竟然在一起，这究竟是为什么？

你也许会质疑说，我的结论过于突兀；你也许会质疑说，我现在已经不能合情合理地思考问题。但是突然之间，我有了一种无法自控的怀疑——蕾的失踪，会不会也是一个陷阱。当理性的解释不能令人满意时，阴谋论就难免浮出水面。这个解释要比其他任何一个都更说得通。按照这个解释，我妹并没有被悄无声息地劫走，速度快得甚至让她来不及发出声音。按照这个解释，我妹活得好好的，吃着她的果脆圈，在一场险恶的骗局中充当着双重间谍。按照这个解释，我没有别的选择，只能把他们彻底揭穿。

我给分局打了电话，问他们斯通什么时候下班，得到的回答是晚上八点。我把车停在警局门口等着他。他一定是下班后先去健身了，因为过了一个小时他才去取车，两厘米长的短发湿淋淋的，穿着便服。他直接开车回了家，这并不让我惊讶，因为这个人看起来就不像社交活动很丰富。我在四栋房子以外的地方停下车，看着他房间的灯亮了又灭。我在那儿待了两个小时，既无目的，又无计划。我本可以径直去他家门口，按按门铃，问他到底做了什么。但这年头谁还问问题啊？两个小时后，我正想回家制定另一个计划，他却有所行动了。

斯通换回了警服，走出家门，坐进警局配车里。我本来想跟着他，不过从他的打扮来看，他是要去办案的。于是我没有跟在他身后，而是围着他的房子转了一圈，想看看有没有打开的窗户或者没锁的门。我并没有找到这种大开方便之门的入口，于是就把他家后门的门闩和锁芯给撬了。太久不干这种事了，我花了将近半个小时才搞定。我本该提醒自己，非法侵入一个警督大人的家中可不是什么明智之举。但严重睡眠不足已经把此等常识赶到了九霄云外。

　　对于我的重操旧业,我为自己找理由说,进入这间干净得让人无法容忍的单身汉公寓,我将会发现,在我爸设下的重重计谋中,警督大人只不过是一枚棋子。真相应该就在里面,是不是?它总归会在某个地方,而这个地方有着很大可能。

　　眼睛一旦适应了房中的黑暗,我立刻看透了房子的布局——这是旧金山最常见的两居室公寓。两个入口,前门和后门。后门从食品储藏室通向厨房,前门从玄关通向客厅。卧室和浴室在同一侧。通常你可以通过房间里的杂乱堆积程度来猜测它已经被住了多久,但是斯通的地盘上,到处都干干净净,台面上全都空空荡荡。每样东西都放在固定的位置上,放眼望去没有任何一件并非必要存在的东西。从某种角度来说,这很可悲。

　　我在他屋里晃荡着,寻找着那个神秘的东西,那个能证明我所知即真相的证据。这个玩意看起来会是什么样子呢?如果我真找到了它,我该怎么办?我该去警察局报案么?我该悄无声息地谋划下一步报复么?我该把这场战争延续下去么?

　　斯通的卧室有着高档酒店那种温暖舒适的品质,他床上的被子叠得横平竖直,左右两边完美对称。

　　"你最好给我个合理解释。"斯通警督走进房间,说道。

　　我愤怒得甚至忘记了惊讶,"哦,当然可以。"我自以为巧妙地说道。

　　"坐下。"他说。

　　我一开始没有照办,但他冷冷地扫了我一眼,我将那眼神翻译为"如果你不给我立刻坐下,我就以私闯民宅的罪名逮捕你。"于是我乖乖坐下了。斯通来来回回地踱步,可能是在构思训斥之辞。但是我先下手为强了。

　　"你真该为自己感到羞耻。"我说。

　　"你说什么?"

"你听到了。"

"伊莎贝尔,你刚刚闯入了一位警督的家中。"

"你以为我不知道吗?"

"告诉我你为什么会在这儿。"

"我必须要证明你也是一伙的。"

"什么一伙的?"

"你知道的。"

"说实话,我不知道。"

"关于蕾的失踪。"

我几乎能用肉眼看到斯通的怒气渐渐消退,"你认为我与此有关?"他问。

"你和我爸妈都有份。"

"你喝醉了吧?"

"没,不过这倒是个好主意。"

"到底怎么回事,伊莎贝尔?"

"该由你告诉我吧。"

"你真这么认为?"

"我看到你和我爸的合影了。"

"什么合影?"

"我不知道,是蕾拍的,大概是一两个月之前。"

面对我的发现,斯通表现出惊人的淡定,"我不知道为什么会被拍下照片,但我几个月前确实见过你父亲,是为了向他请教另外一个案子,跟这次是不相干的。你可以跟我去警局,看看当时的卷宗。但你现在得听我说,我和你妹妹的失踪没有任何关系,你父母也同样没有。"

尽管还处于困得五迷三道的状态,我还是意识到自己错了。我慢慢地明白,与昨天乃至前天相比,我今天并没有多获得哪怕一丁点儿答案。我妹妹失踪了,但至今没有任何合理的解释。

我盯着地板,时间久到似乎我永远不会再把头抬起来。斯通一定以为我睡着了,他轻轻拍了拍我的膝盖,想要叫醒我。

"伊莎贝尔,你不会真的相信我们会干出这种事吧?"斯通用一种冷静,甚至是同情的语气说道。

"它总比另一种可能好,不是么?任何一种可能都比相信她已经死了好。"

"我想是的。"他说。他并没有再说别的,他并没有告诉我一切都会好的,他还认为我的话有道理有逻辑,这一切让我确信,他并不是我的敌人。然而,如果他是的话,事情反而会简单得多。

"你要逮捕我吗?"我问。

"应该不会。"

"谢谢,"我说,"还有,对于,呃,闯进你家,我很抱歉。"

"我接受你的道歉,但你能不能保证,再也不干类似的事情了。"

"我保证再也不闯进你家了。"

"不光我家,谁家也不成。"

"眼下我不能跟你做这个保证。"

斯通和我一言不发地坐了好一会儿。我猜他在暗暗期待我能夺路而逃,但我没有别的地方去了,这个地方是最好的了。

"想喝点什么吗?"斯通问。

"有威士忌吗?"

斯通静静地离开了房间,几分钟之后便回来了,递给我一马克杯。我喝了一口里面的东西,立马全喷了出来。

"这真是我喝过的最糟心的威士忌。"

"这是花草茶。"

"怪不得。"

"伊莎贝尔,你何不睡一会儿呢。"

我至今仍不知道他为何会提出睡一会儿这个建议。我像个小孩儿一样被他领到客房，斯通拉开床罩，转身离开并且带上了门。我脱掉鞋袜，外套，摘掉手表，钻进被罩下面，打算假装睡一会儿，因为我实在想不出除此之外有什么可干的。但这一天的操劳紧张已使我筋疲力尽，我很快就睡着了。

刚过午夜不久，我被电话铃声惊醒了。我滑下床，朝门口走去。如果我曾几何时有过优雅的姿态，现在也已经进化为鬼鬼祟祟了。我悄悄地打开卧室的门，光着脚悄无声息地穿过走廊，循着斯通的说话声来到厨房。

"……我明白，斯佩尔曼太太。但是她现在很好，她就在这儿。对，我会看着她的……不，不需要。我不需要问她。我向你保证，斯佩尔曼太太，她和蕾的失踪没有关系。"

我回到卧室，蹬上鞋，抓起外套和手表，从大门跑了出去。我能听到斯通在后面追着我，但听不清他在喊什么。他说什么全然不重要。我妈竟然会认为是我做了如此凶残狠毒毫无人性的事来，这比以前的任何事都更深地刺痛了我。虽然我也曾对她有过同样的怀疑。

我钻进车里，在斯通赶上来之前成功逃脱。我脑子里仍存着为了找雷大爷而画的廉价旅馆地图。稍微比较了一下距离远近和整洁程度，我选择了第七街上的火烈鸟旅馆。

我登记入住，被安排在二楼的一个房间。房中空空荡荡，只有一张大床。这种只有硕大的画着金叶的被子做装饰的便宜客房，却让人觉得有种舒适感。陌生的墙壁让人可以呼吸，可以觉得自己已经成功逃脱。我开始幻想在这里永远扎下根来，估摸着一周，一个月甚至一年的房费是多少。我幻想着生活在一个截然不同的廉价旅馆的世界里，把所有的过往都抛诸脑后。

但想住廉价旅馆就得付钱，但我已经三个星期没有工钱入账了。我手头的现金一天天见少，而我又从来不是个节俭的人。我用现金付了房费，但是我知道，我手头的钱大概只够我在廉价旅馆

345

住两个晚上了。

我刚一在房间里安顿下来(也就是说,把包往床上一扔,把外套一脱),就把钱包抖了个底儿掉,找出信用卡,给客服打电话查询我的可用余额。我要尽可能长地维持这种隐姓埋名的避世生活。我的活期存款和两张信用卡里拢共能凑出一千五百块,这还不包括我藏在钱包夹层里的那张应急卡。我把手伸进我那破破烂烂的皮钱包,手指探到钱夹那层后面的夹层里。然而,那个五厘米宽的缝里却是空空如也。

我又把钱包翻了六七遍,把里面所有的东西都拿出来铺在床上。但我的卡,我的应急卡却不在里面。我甚至不能申请挂失补办,因为我不记得卡号。我把卡号记在了一张纸片上,并把它藏在办公室里我的书桌下面,但我却已经不在那个办公室工作了。没办法,我只能在第二天早上溜进我爸妈的房子里去。

我把闹钟调到五点,试图睡一会儿。我先是数羊,后来发现数泥灰天花板上的洞更有成就感。但是不管数什么都不能让我睡着。离闹钟响起还有好长一段时间,我已经起床、冲澡,并且穿着停当。二十分钟后,我已把车停在我父母房子的拐角处,从小路溜进后园,顺着消防梯爬到我以前卧室的窗户(它的窗闩上有个滑轮,让我能从窗外打开它),翻进曾经属于我的房间。我尽可能地模仿着轻盈的飞贼,从楼梯下到办公室。门是锁着的,不过我仍然留着我的钥匙,而且他们也还没顾得上去换锁。我找到了那张记录着所有我身份相关号码的纸,迅速从办公室窗户跳出去,在车里给银行打了电话。

我妹妹已经失踪五天了。

最 后 一 战

"伊莎贝尔·斯佩尔曼"在五天前入住了旧金山机场旁边的六号连锁旅店。从我父母家开到那里大概需要半个小时,但我却觉得路上仿佛只用了几秒钟。到达那里以后,我甚至不能从车里走出来。我呆呆地坐着,试图想清楚接下来的行动。虽然我心里已经明白那是真的,但必须要眼见为实。我必须把接下来要发生的事都记录下来。

我从包里拿出数码录音笔,打开开关,塞进外套的口袋里,然后从车里出来,穿过马路,朝旅店走去。

就在此时我看见了她,正从我眼皮底下横穿马路,手里抱着一大包零食(都是各种各样甜得腻人的玩意),应该是刚从街对面的便利店里买回来的。说时迟,那时快,她发现了我正朝她走过去,她脸上的表情活像一篇关于真相长达一千字的自白书。一袋子叮咚牌蛋糕掉在地上,她却没有去捡。恰恰相反,她盯着我,呆若木鸡,惊恐万状,眼中的负罪感变幻莫测。就在此时我明白了,我妹的失踪与谋杀及其他任何丑恶罪行都毫无关系。我明白了,她并不是离家出走。我明白了,她的记忆完好无损。我还明白了,在之前五天里,她安然无恙逍遥自在,并且消耗了大量甜食。

除了以上种种,我同样明白了,她是自己绑架了自己,而且我明白了原因。她的目的是让这个家再度团结起来。她的目的是让我回家。她的目的是制造出如此惨烈可怖的悲剧,好让我家突然之间变成那种不会互相跟踪、互相窃听、偷听电话、刨根问底的正常家庭。我们家应该只对外人做这些事情。

蕾用的是我的信用卡,因此我可以找到她。她的失踪是为了给每个人留下深刻印记,但对我来说却传达了一个消息。我该对先前发生的一切事情负责,都是我的错。

蕾仍然在停车场对面一动不动地站着,傻呆呆地看着我,怀里还抱着那一大堆违禁品。确认了我妹还活着的那一刻,我对她说的第一句话却是"你死定了!"嘈杂的车流掩盖了我的声音,我猜她并没有听到我在说什么。不过她却看到我举起食指,在喉咙上作势一划。

我妹把那些救济物资噼里啪啦扔了一地,掉头就跑。我比她高了十五公分,再加上盛怒之下分泌的肾上腺素,两人之间的十三四米距离根本不在话下,我恰好在她跑到11号房间门口时追上了她。

她的手死死抓住了门把手,而我则用右臂拦腰抱住她。我把她扛了起来,让她不得不松开手。我走到旅店外面,把她扔在门前的一块小草地上。那是一块长四米五、宽三米的场地,周围有水泥墙围着,里面摆着长椅和跷跷板,看起来像个简单的游乐场。

根据当时录音整理出的文档如下:

伊莎贝尔:你死定了。

[我把蕾的胳膊腿儿都按在地上,而她则玩命挣扎]

蕾:是你把我逼到这份儿上的!

伊莎贝尔:你绝对死定了。

蕾:我是为了你才这么做的。

伊莎贝尔:你听到我的话了么?死定了!

蕾:我爱你!

伊莎贝尔:你还有脸说这个!

蕾:我有充分的理由。

伊莎贝尔:我也有充分的理由弄死你。

蕾:放开我。

伊莎贝尔:没门儿。

蕾:求你了。

伊莎贝尔:你得继续参加夏令营。

蕾:有事好商量嘛。

伊莎贝尔:还要去私立学校。

蕾:太狠啦!

伊莎贝尔:跟果脆圈江湖再见——

蕾:啊!!

伊莎贝尔:还有幸运护身符麦片——

蕾:救命啊!!!!

伊莎贝尔:可可泡芙——

蕾:我不要我不要!!!

伊莎贝尔:你的一日三餐要严格遵守长寿保健饮食法。[蕾的身体瘫软了。]

蕾:好吧,我投降。

我松开手,骨碌到一边。蕾趁这机会爬起来就跑,我抓住她的脚,把她拖回到草坪上,再次压在她身上。我本想像先前一样将她牢牢按住,可是她疯狂地挥着手反抗,动不动就打在我脸上。这把我的火勾了起来。

我把她脸朝下按倒在地上,将她的两只胳膊扭到背后。

伊莎贝尔:别想跑。

[就在我制住蕾的时候,两个警察从我身后扑上来,把我从蕾身上拽开。]

警察甲:女士,请您冷静。

伊莎贝尔:你认命吧!

蕾:你要是我的话,也会这么干的!

伊莎贝尔:你脑子烧坏了吗?你知道这几天因为你我们过的是什么鬼日子吗?你死定了!!

[我拼命想从警察甲的魔掌中挣脱出来]

警察乙:女士,如果您不能控制自己的情绪,我们不得不把你铐起来带走了。

伊莎贝尔:铐她!把那小丫头铐起来!她就欠进局子。

警察甲:女士,这是我最后一次请求您冷静。

蕾:很抱歉。

伊莎贝尔:你是该道歉。等爸妈知道这事儿了看你怎么办!

警察甲:你们俩是一家子?

伊莎贝尔:从此往后就不是了!

蕾:这是我姐姐,我希望你们放开她。

警察乙:那得等她学会控制自己才行。

伊莎贝尔:我不光是要宰了你,我还要把你蹂躏至死。

警察乙:女士,如果你一直说这种话的话,我们不能放了你。

伊莎贝尔:蕾,你最好后脑勺上也长只眼睛,防着我打闷棍!

警察甲:女士,这是最后一次警告。

[在两天之内,我的手腕第二次感觉到手铐那种冰冷的金属触感,而我甚至连一盎司大麻都没带。一个警察把我狠狠按在汽车后备箱上,但我就是停不住嘴。]

伊莎贝尔:你的后半辈子都甭想顺顺当当过了!

[蕾知道她捅了大娄子了。她知道现在发生在我身上的任何事情,都会为她在日后招致变本加厉的惩罚。所以她满心只想把我们两个都给从苦海中救出来。]

蕾:请放过她好么,这都是我的错。

伊莎贝尔:当然都是你的错,你这个疯丫头。

警察甲:女士,请不要再挣扎反抗了。

蕾:放开她,她什么坏事也没干。

警察乙:年轻的女士,您能告诉我到底发生了什么吗?

伊莎贝尔:我来告诉你。

警察乙:不,让小姑娘来说。

蕾:她是我姐姐,她被我气疯了。

警察甲:她弄伤你了吗,小姐?

蕾:一点点而已啦。

警察甲:你怕她吗?

蕾:不,我挺好。

伊莎贝尔:你该怕!

蕾:伊姿,你要是再不闭嘴,他们更不会放你了。

警察甲:小姑娘,你姐姐伤害你了吗?

蕾:你们要是不放开她,她就会伤到我了。

伊莎贝尔:你倒挺识相。

警察乙:我们会保护你。

伊莎贝尔:他们保护不了你。

警察乙:适可而止吧,女士。

伊莎贝尔:别他妈再叫我女士了!

[警察乙拽着手铐的链子把我从车上拽起来,劲儿大得差点把我的胳膊弄脱臼。黑白条警车的后门已经打开了,警察甲用手压着我的头,把我按在座位上。]

伊莎贝尔:一般的夏令营对你都不够劲儿了,蕾。

[警察乙关上车门,绕到驾驶座。]

伊莎贝尔:你觉得音乐夏令营怎么样啊宝贝儿?

蕾:不要啊!

[警察甲俯下身去,哄小孩似的和颜悦色地跟蕾说话。]

警察甲:你叫什么啊,小妹妹?

351

蕾:蕾·斯佩尔曼。

警察甲:那是你的姐姐吗?

蕾:是的。

警察甲:那她叫什么啊?

蕾:伊莎贝尔·斯佩尔曼。

警察甲:嗯,蕾,我来告诉你接下来我们怎么办。我会留在这儿陪你,帮你给你父母打电话,然后会有另一辆警车来,把你送回家。

蕾:我得和伊姿在一起。

警察甲:我们得把你姐姐暂时拘留。

蕾:那也把我拘了吧,我也得去。

警察甲:不行,这不合程序。

蕾:你得把我也铐起来。

警察甲:但是小妹妹,你什么错事也没干啊。

蕾:那我就干呗。

警察甲:来,放松,做做深呼吸。

[蕾朝着那警察的迎面骨就是一脚,对力度做了准确的控制,既不至于招致疯狂反扑,又可以引发严厉回应。也许这足够她被铐上了,如果足够幸运的话,甚至可以换来一个暴力侵害指控。]

警察甲:哎哟妈呀!

蕾:请给我戴上手铐,把我押到警车后排座上,挨着伊姿坐下。

警察甲:蕾,我认为没有这个必要。

[蕾又踹了他一脚,这一次的劲儿更大了。然后她默默地转过身去,把自己的两手背在身后。]

蕾:如果你不铐上我的话,我还会接着踢的。

[警察别无选择了。他给蕾戴上手铐,让她坐进警车的后排座里,挨在我身边。]

伊莎贝尔:我觉着你是死定了。

蕾：对不起。

一路无话。警车到达警察局后，我们被带去见了斯通警督。他不顾规章制度，坚持要把我和我妹关在同一间牢房里。警察们想要解开我的手铐时，斯通阻止了他们。

"最好暂时先把她铐着。"他说。

"那孩子怎么办？"警察问。

他能做的只有一视同仁，而蕾也同意了。她所受的惩罚必须和我一模一样，否则日后的报应会更加不堪设想。

"请把它们留在我手上。"蕾说，她指的是手铐。

在斯通警督关上牢房门离开之前，我喊道："嘿，把我放出去！"

"恐怕不行。"

"我干什么了我？"

"袭警。你不该犯糊涂的，伊莎贝尔。"斯通失望地说。

"那你告诉他们了吗？你告诉他们她干了什么吗？"

"我会酌情处理，"他说着转向蕾，目光严厉起来，"你的所作所为，"他说道，"既算不上聪明，也不是妙计。它极其残忍，不可原谅。整整五天时间里，你的家人认为他们的天塌了。小姑娘，我会尽我所能对你从重处理，不让你只被打两下手心就万事大吉了。"

斯通锁上房门，我能看到蕾的小脸儿煞白。透过牢房的铁栅栏，我看到斯通警督消失在走廊尽头。真是奇怪，在这样一个时刻，我脑子里在想的居然是：他会不会是我的第十号前男友呢？

我们的沉默保持了将近三十分钟。蕾吓得一句话也说不出来，我敢说这打破了她先前的所有纪录。但是好奇心渐渐在我心里占了上风，于是我终结了牢房中的沉默。

"你不会整整四天都在旅店房间里待着吧？"我问。

"我会出门觅食。"

"哦，可不是吗，叮咚牌蛋糕和士力架。"

353

"我还吃了斯林姆·吉姆肉干和品客薯片呢。"
"你刷牙了吗?"
"一天两次,我还用了一次牙线呢。"
"那你一天到晚都干什么啊?"
"房间里有有线电视,什么台都有。我跟你说,有些节目简直不是人能想出来的。"
"你这么做就是为了让我回来?"
"我们曾经都很快乐,我只希望一切恢复过去的样子。你应该再重新想想,什么事情应该被摆在第一位。"
"你这事儿办得也忒孙子了。"
蕾想了一会儿,"这步棋确实走得不对,我现在可以承认了。"

* * *

我父母从走廊的那头走过来,但似乎怎么也走不到我们跟前。他们五味杂陈的表情简直难以用语言形容。斯通打开牢门,将他们引了进来。

我妈涨红着一张脸,一定是刚刚还哭得很厉害。但她已经擦干了眼泪,眼中波涛汹涌的,是我之前从未见过的熊熊怒火。

斯通打开了我的手铐,然后又打开蕾的。我妹妹下意识地想朝爸妈跑过去,热烈地拥抱他们。在她不在家的日子里,她同样也非常想念他们。然而他们的肢体语言却表现出,他们还不能毫无芥蒂地接纳她。

蕾低下头,用最乖巧顺从的口气说道:"真是对不起,我发誓,我再也不干这种坏事了。"

我妈一把将蕾搂在怀里,痛痛快快地又哭了一场。然后她松开蕾,将她让给我爸。他用力地抱着她,让她几乎透不过气来。

"你会为此付出代价的,小傻瓜。"他说。

直到此时此刻,我终于知道,一切都会走上正轨了。

尾声

罪与罚

我爸爸要求法院对蕾"从重处罚",然而蕾对法官做了一番声情并茂感人肺腑的自我辩护,包括一大段关于她的所作所为全都是出于爱的激情演说(结束语则是"看看我的样子,我在少管所里怎么能活下去啊")。这不但成功地骗取了法官的同情,甚至让他诡异地认为,蕾才是我家里最关心家人的人。

但她的所作所为确实不是打两下手心就能既往不咎的,斯蒂文法官判处她九个月缓刑,每天晚上七点以前必须回家,而且还要在橡树疗养院做一百个小时义工。我爸妈之所以选择这种惩罚,是因为他们觉得这种百无聊赖的生活最能给蕾深刻教训,并且让她牢牢记住,必须为自己的行为付出代价。但是蕾看过一期《新闻六十分》,讲的是疗养院虐待老人事件,所以她趁此机会对橡树疗养院的所有员工进行了调查。她发现一个员工偷疗养者的东西,另一个员工则涉嫌严重玩忽职守。她把摄像机偷偷带了进去,设法把这两个人的犯罪证据都录了下来,然后把录像带交给斯通警督,因为她只认识这么一个警察。而斯通警督将它们转交给了有关部门。

绿叶康复中心

蕾回家之后,因为和上帝的那个约定,可怜的雷大爷陷入了激烈的天人交战之中。他曾发誓,如果蕾活蹦乱跳地回来,他就去康复中心。但是他当时以为蕾是被别人用暴力限制了自由。由于是蕾自己一手制造了她的失踪,事情就变得复杂了。雷大爷向来就挺迷信,所以他必须要找到一个折中方式,既不会遭天谴,又不会改变他的一贯生活。

他让蕾坐下,把自己的决定告诉她。

"孩子,你听我说。你失踪的时候,我跟老天爷许了个愿,说如果你回来的话,我就去康复中心。"

蕾张开双臂一把抱住了他,但他从她的拥抱中逃出来,继续说道:"但是你也知道,我所谓的失踪和你这次的失踪实际上不是一回事,如果我一开始就知道你是被自个儿绑架了,五天之后就能回来,一根寒毛都没少,顶多是一天到晚看电视把眼睛熬得跟小兔儿似的,我才不会许这个愿呢。"

"那你是不肯去康复中心喽?"

"我翻来覆去地想了好久,做出了个决定。不得不承认,从语义上说,我欠上帝一个康复中心之旅。我答应过他,只要你回来我就去。所以我还是会去。"

蕾再次伸出双臂热烈拥抱他,但他又躲开了。

"听我说完。我所说的去康复中心,也只是语义上的意思。你明白了吗?"

"当然,你会去康复中心做康复。"蕾一边说着,一边努力琢磨"语义上"到底是什么意思,会不会是个坏词儿。

"不,我会去康复中心,但我不会康复。"

"不明白。"

"我会在绿叶康复中心待上三十天,但是并不会一直保持。等我出来以后,我还会是以前的雷大爷。"

"你是说你会变回那个老版雷大爷么,就是他们讲给我听的那个。"

"不,是你的老版雷大爷,对他们来说还是新版的。孩子,我改不了了。"

蕾默默地从沙发上站起来走了。她终于明白,有些人就算你用遍了三十六计也是无法控制的。

作为缓刑开始后的第一个反抗行动,蕾坐公交去米罗的酒吧买醉去了。

在对蕾各种劝说全都碰壁之后,米罗给我打了电话。

"你妹又开戒了。"

"我这就过去。"

我到那里的时候,蕾正在喝第三杯加冰干姜水。她倒没有像以往那样大声抗议,拒绝离开,只是看了我一眼,便说道:"好啦,好啦,我跟你走就是。"她出手大方地给了米罗一笔小费,随口跟他说,他大概会很久很久看不到她了。

"差不多七年?"米罗问。

"也没那么久啦。"蕾回答说。

我开车带着蕾从米罗的酒吧直接去了丹尼尔的诊所,临时给她做了预约,去补她那三颗虫牙。我觉得如果让她将泡吧和补牙联系在一起,也许能让她在潜意识里对泡吧恨屋及乌起来。

丹尼尔仍然是第九号前男友,而且没有任何证据显示他想要对这一状态有所改变。桑切斯太太告诉我说,他在和一位女教师约会,货真价实的老师,而且会打网球。我问丹尼尔她平时都是怎么穿着打扮,想当做日后变装的参考,但丹尼尔拒绝回答这个问题。

蕾的缓刑开始一个月之后,我妈突然犯了牙疼,动用了紧急储备中的维可丁都压不住。中西部正在狂风暴雨,所有本该飞往芝加哥奥黑尔机场的飞机都趴窝了。她既忍不住那非人的疼痛,又禁不起我的强烈坚持,终于和丹尼尔预约了治疗。他为她进行了紧急根管治疗术。当然,我爸他老人家一直在旁边督战。

没过多久,我爸跟他预约了一次洗牙。丹尼尔推荐了一位诊所就开在我家附近的同行,但我妈拒绝了。此后,丹尼尔赶鸭子上架地成了我家的御用牙医。我们的预约总是你方唱罢我登场,所以丹尼尔在整整一年中,基本上不出两个月就要见到一位斯佩尔曼家的成员,这让他腻味得要命。

我又辞职了一次,但这次却没坚持下来。我的声明获得了默许,至少我是这么认为的。但随即我发现,全家人(包括大卫在内)凑一块儿开赌,赌我多长时间之后会回来。

我家经验最老到的老赌棍雷大爷押了三天,一举赢了赌局。那真是我生命中最长的三天。我穿着小西服白衬衫高跟鞋,在金融区的一家经纪公司里接听电话。才干了五分钟,我就剜心剜肺地怀念起以前的工作来。没错,是剜心剜肺的。但是尊严使我尽可能长地在这里熬下去。于是,正如我之前说的,我坚持了三天。

我带着一大串要求回到我爸妈的事务所,宣称这些要求是没有任何商量余地的,并进一步宣称,如果其中任何一条没有得到完全满足,我将投奔我们的竞争对手。在我让大卫将它变为具有法律效力的文件之前,这份清单是这样写的:

- 不得让我与律师相亲。
- 第五条款永久无效。
- 不许再对未来的准前男友们进行背景调查。
- 必须保护我的隐私。

我爸妈接受了我的所有要求,斯佩尔曼家的所有成员都在文件上签署了姓名。

几周之后,蕾和我接受了自她失踪之后第一次共同监视任务。我正在车流中左右腾挪,试图咬住第07-427号案子的当事人约瑟夫·鲍姆加登时,蕾突然转头看着我,问了我一个问题。我猜这个问题已经在她脑海中盘桓了几个星期。

"伊姿,你为什么还要回来?"

我想都没想,张口答道:"因为我不会做其他事情。"

但我还有话没有告诉她。我没告诉她的是我不想做其他事情,面对其他的道路,我最终选择了它。我没告诉她我一直都爱这份工作,我只是不喜欢工作中的那个自己。我没告诉她,我已经厌倦了违背本性地伪装成别的样子。

蕾那种闲来无事跟踪人、溜门撬锁、大口吃糖、折腾雷大爷的生活突然就结束了,她有史以来第一次,变成了一个典型的青春期小姑娘。没错,她还继续在家族事务所中工作,但是事务所并不归她管。

有人可能会认为,蕾的地位变化可能激起她对新权威的反抗之心,但事实上并没有。因为到头来,尽管她做了那件事,或者说正因她做了那件事,她终于得偿所愿了。我回到了家里,我们家又像曾经一样,欢聚一堂了。

蕾安全返家的两个月后,大卫和佩特拉宣布订婚。雷大爷迅速打了一瓶香槟以示庆祝,并且一口气灌下半瓶。蕾一直默许地看着他,随后出门去街角的商店买了一提六瓶啤酒。

接下来的几个星期里,我在佩特拉的押解下,跑遍了全城的百货商店,试了一件又一件伴娘礼服,每一件都比先前的更蓬松更花哨。正在我坚信她是被某些新娘杂志洗脑了的时候,我在信箱里收到了一个棕色信封,里面放了一大沓不堪入目的照片,主角都是我,垂头丧气抓耳挠腮,身上裹着花里胡哨的一团团粉彩和雪纺。我这才发现,幕后黑手是我妈,在第五条款被废除之后,聊胜于无地打打擦边球,找回一点乐子。说实话,偷偷摸摸地给我拍照直接违反了我的要求条款,但我睁一只眼闭一只眼地放过了她。毕竟除了这样我还能怎么办呢?再辞职一次吗?

蕾的缓刑进行到第三个月的时候,听说她所调查的疗养院员工已经被起诉,她立刻跑去见了斯通警督。

这已经不是他们第一次见面了。自从缓刑开始,她每周至少要去见他一次。每次他都会提醒她,法院明明为她指派了一位心理医生,她如果有话,应该去找医生谈。但蕾就是赖着不走,软磨硬泡要求减刑。一旦碰壁,她就开始侃其他事情——家人啦,朋友啦,宵禁的潜在问题啦。每一次蕾去斯通警督的办公室串门,他都万般不情愿地见她一面,然后迅速给我打电话,让我把她带走。

"她又来了"往往是我们谈话的开始。

"谁?"我老是这么问,因为我觉得好玩。

"你妹妹。请你来把她接走,我还有工作。"斯通会用公事公办的语气回答。

通常我会立刻放下手头的事,赶去接她。我到那里时,蕾一般都会盘腿坐在他办公桌前那张老旧黑色皮椅子上,在他的坚持要求下写着作业。而由于他是唯一在场并起到监督职责的成年人,她认为这意味着,他应该帮她做题。他们的交谈通常是这个样子的:

"警督,'hirsute'是什么意思?"

斯通会静静地从书桌后面拿过一本字典,推到她面前。

"这么说,你也不知道它的意思喽。"她会说。

"我知道它的意思,但你们老师布置的任务可不是让警察叔叔帮你做题。"

"你甭糊弄我,你就是不知道。"

"我知道。"

"你不知道。"

"是'多毛的'的意思,你赶快去给我做作业。"

于是蕾会尽力忍住洋洋得意的笑容,在作业本上写下答案。

当我到达时,斯通会请蕾暂且回避,然后会建议我和他谈谈蕾的不请自来的问题。

在她上次跑过来时,斯通坚持说,他没有做过任何鼓励她来的事情,但他其实做了。她的直觉非常敏锐。就算斯通一直对她板脸皱眉大摇其头,如果他心里其实暗暗喜欢她过来的话,她是能够感觉到的。

所以我向斯通解释说,这些骚扰都是他自找的。"她知道你心里其实喜欢她,她知道你期待着她来搅和你的日子。"

"但我并没有,"他一口咬定,"我还要工作呢。"

"你一定有,否则她不会来的。"我也一口咬回去。

斯通便会叹口气,说:"跟你和你妹妹谈话,简直就是对牛弹琴啊。"

"那你为什么在每次她过来时都给我打电话,而不打给我爸妈呢?你也知道的,他们才是她的合法监护人。"

斯通拒绝回答这个问题。但是我知道答案,而且我随即知道,这个男人终归会变成我的第十号前男友。能够开始一段感情,却不用编造一连串精心算计过的谎言,更不用为此提心吊胆,这真是太让人欣慰了。

雷大爷是个言出必行的纯爷们儿,他真的去康复中心待了三十天。在雷住在绿叶康复中心的这段时间里,他一次也没醉过——这让他无比失望。事实证明,这世界上没有任何一种走私夹带瞒天过海的伎俩能瞒过绿叶那帮员工的眼睛。

最终他决定到什么地方说什么话。他开始在森林里散步,在健身房锻炼。他洗漩涡浴,蒸桑拿。他心平气和地接受了分配给他的各种杂务活——扫落叶,打扫厨房,清理浴室。他干活和蜗牛

361

一样慢,别人却觉得他是个平和又勤奋的工人。他参加小组治疗,向大家解释了他与上帝所作的交易。他又用坦诚的语气进一步解释说,一旦这三十天过去,他才不打算继续保持这种清醒状态。这让他的小组长既惊讶又失望。

三十天终于熬到头了,我爸把雷大爷从绿叶接了出来,开了两个小时的车带他回城,把他放在斯洛特大道的一家沉睡者旅店。在那里,雷在五分钟之内喝了两扎啤酒,抽了一支雪茄,在一场牌局中一掷千金,还至少摸了三个女人的屁股。

三十天戒断治疗造就的好气色,只用了三天的纵情酒色便消磨殆尽。我妹足足一个礼拜没有搭理他,以此当做对他的惩罚。直到他主动教她提取指纹,她才终于和他开口说话。

你当然可以说,在此之后,斯佩尔曼家终于恢复了正常。然而,我们并没有一种以往的所谓正常模式当做标准,来衡量现在的"正常"。我搬出父母家,住进了伯尼·彼得森的房子,因为他终于答应跟他那位曾是舞娘的甜心宝贝结婚,搬到拉斯维加斯去了。我以伯尼的廉租房续租了他的房子,因为他不停地宣称"这婚姻肯定不会长久"。

那位焕然一新而且有所长进的蕾只保持了顶多几个星期。跟踪人取乐和玩命吃糖的毛病终于都回来了,不过她倒是努力地将这两件事都限制在周末。我爸妈不再跟踪我,不管是亲自还是雇人。我爸逮到杰克·汉德从我妈的衬衫领口往里瞄,于是正式炒掉了他。大卫在身上文了佩特拉的名字当做订婚礼物,而佩特拉再一次因为我没有及时阻止他而把我臭骂一顿。他们继续筹备着定于九月的婚礼。而雷大爷,又失踪了。

最后一个失踪周末

按照官方说法，这是失踪周末第二十七号。他最后一次出现是在一个周四，到了周日，我爸和蕾开始轻车熟路地打电话。他们在旧金山市的一系列牌局中发现了我大爷的行踪，但是这条线索还是断了。于是我爸查了雷大爷所有信用卡的使用情况，发现在内华达的金砖度假村有消费记录。

我爸我妈在那天早上要去见新客户，于是去接雷大爷的重任就落到了我的肩上。但是我不能独自去接，对于斯佩尔曼家的每一个孩子来说，不论什么时候，跋山涉水地去接他们大爷都是一个必不可少的成人仪式。

一旦确定了雷大爷所在地，我和蕾在一小时之内就收拾好行李上路了。四个小时后，我们到达里诺，在酒店登记入住并对前台说明了情况。我爸提供了一封信，里面有他的证件、执照和证明文件信息，这使得酒店将雷大爷的房间号和备用钥匙给了我们。

和往常一样，62B房间的门上也挂着"**请勿打扰**"的牌子。出于礼貌，我敲了敲门，等着雷大爷中气十足地吼上几句作为回应，比如"不认字啊！"或者"我正办大事呢别烦我！"但是房间里没有声音，我猜这意味着他又喝晕过去了。

我将门卡插进门里，把门打开一条小缝，却又迅速把门撞上了。那味道不会有错。虽然只闻到一丁点气味,但已足以向我解释我想要知道的一切。

"怎么了?"蕾觉察到我的紧张,问道。

我还没有准备好让她知道真相,也同样不知该怎么向她开口。我需要一些时间,需要尽可能久地将她蒙在鼓里。

"雷大爷跟女人乱搞呐。"我说。话一出口我才意识到,雷大爷一定会对这个谎言举双手赞同。

我妹迅速捂住耳朵,唱起歌来,"什么也没听到啦啦啦啦。"我拉起她的胳膊,建议先回我们的房间去。蕾四处看了看风景,发现在比我们矮三个楼层的地方有个游泳池。她问我能不能批准她去游一会儿,我很庆幸能有机会让我私下里打几个电话,于是急切得几乎是把她轰出房门。

我从阳台上看到蕾仰面浮在粉红色池底的游泳池里。我给验尸官打了电话,随后打给我父母。我又回到雷大爷的房间,以求亲眼确定。

根据警方的调查结果,雷大爷死于窒息。他在差不多两天以前就已倒在浴缸里不省人事。雷曾塞给房间清洁工二十块钱小费,让他别来打扰。在去世之前,他在加勒比扑克牌桌上输掉了六千块钱。他的死被确定为酒后意外,因此警方不再进一步跟进调查。

蕾游完泳回来时,我正在和验尸官说最后几句话。我们提到了尸体、尸检、运输等字眼,这让她猜到了。

"他死了,是么?"

"是的。"

蕾洗了两个小时澡,一言不发地上床睡觉,彻底击溃了她之前所有的纪录。她直到第二天早上,我们把行李放上车时,才终于开口说话。

"他要怎么回家呢?"蕾问。

"谁?"

"雷大爷!"她咆哮道。

"尸检结束后,他们会用飞机将他运回去。"

"雷大爷不喜欢坐飞机。"

"我想他现在应该不在乎了。"

"为什么我们不能开车带他回去呢?"

"因为……"

"因为什么?"

"因为他死了。因为他已经开始腐烂了。因为我不想在里诺耗上三天,直到验尸官交还他的尸体。进车里去,蕾。没什么可商量的。"

蕾灰心地叹了口气,坐进副驾驶座,关上了车门。

我们开在两边一片贫瘠的 I-80 高速公路上。第一个小时里,蕾只是在叹气或者了无生趣地看着窗外。我并没有意识到她生气了,直到她突然转向我,厉声说道:"他本来不该死的。"她之所以会生气,是因为自从她记事起,从没见过有任何一个人试图将雷大爷从饮鸩止渴的生活中解救出来。她太小了,她只看到了故事的后半部分,也就是全家人如何对他的自虐视而不见。

我在下一个服务区停了车,洗掉太阳镜片背面积攒的眼泪。我回到车里,发现蕾在用我的手机给验尸房打电话,试图跟他们商量,让他们改成用车把她大爷的尸体送回来。我打开副驾驶的门,从她手里夺过手机,在她面前蹲下来看着她。

"我们都有毁掉自己的权利。他是个成年人,这是他自己的选择。"

重新上路后,蕾再次陷入了沉默。

耗时两个小时,跋涉二百四十公里,用掉半盒纸巾后,我们终于穿过了海湾大桥。就在这时,车里的沉默被打破了。

"伊姿?"

"怎么了,蕾?"

"我们能去吃冰淇淋么?"

致　谢

一想到现如今我能在每张纳税申请表的"职业"一栏大书"写手"俩字（乃至更自恋的"作家"），我就觉得跟做梦似的。有很长一段时间我都确定我这辈子是干什么都不灵了，而现在我能确定的是，如果光凭我自己单干，我一样还会是干什么都不灵。所以我觉得，写一份拉拉杂杂啰啰嗦嗦的致谢是必不可少的。如果你既不认识我也不认识跟我有关的这帮人，就不必逼自己看这篇了。或者我就直说了吧，千万别看。这玩意儿只适合内部传阅，它充满了外人找不到笑点的冷笑话，只能让我显得越发神道。

首先，我要感谢那些在我的文章变成实体书的过程中做出实际贡献的同志们。我的经纪人斯蒂芬妮·奇普·罗斯坦，能遇上你我真是撞了大运。你给我出了那么多聪明绝顶的主意，每个都正说到点子上，而你的耐心劲儿简直把我给吓着了。我那天才编辑玛丽苏·鲁奇，这本书被你做得比我先前想象的要好太多，跟你共事简直式让人省心了[①]。光是遇到一个完全和你臭味相投的人就已经够幸运了，如果这个人还是你的编辑，那简直就好比中了大奖[②]。我的出版商大卫·罗森塔尔：你害我犯了流氓骚扰罪了[③]！

---

① 我知道你对此有不同意见，不过我是不会介意的。
② 你别说，我还真知道那是什么滋味儿。
③ 此乃笑点不明冷笑话的典型例子。

我同样要感谢西蒙与舒斯特出版公司的总裁卡洛琳·雷迪，你对本书的大力支持令我感激不尽。玛丽苏的编辑助理亚历克斯·泰恩斯，谢谢你回答我曾经问过及日后要问的种种问题。我还要感谢西蒙与舒斯特公司的诸位：维多利亚·梅耶、艾琳·博伊尔、德布·德罗克、莉亚·瓦谢莱夫斯基，以及我那鞠躬尽瘁的制作编辑阿加·波洛克。感谢莱文格林伯格文学经纪公司的全体同仁，尤其是丹尼尔·格林伯格、伊丽莎白·菲舍、梅丽莎·罗兰，以及莫妮卡·威尔玛，感谢他们为本书付出的努力。最后，我还要大大地感谢格什温经纪公司的莎拉·莎尔福，多谢你面对我锲而不舍地摇头拒绝仍然面不改色心不跳。

接下来，我想要感谢这么多年来一直支持和陪伴我的朋友们，不过我决定将范围缩小到那些既肯借我钱花[1]，又肯读我小说和剧本草稿的人。首先是摩根·道克斯[2]，宝贝儿，关于韦斯特维尔那档子事儿，你压根儿就说错了，它其实是个好主意。斯蒂夫·金[3]我再没有比你更铁的哥们儿了。谢谢你为我做的一切，尤其是跟我提起《糊涂侦探》里的隔音罩。我欠你个大人情。蕾·道克斯·金[4]，谢谢你把你的名字借给我，我还得再多用它一段时间。白石朱莉[5]，谢谢你建议我写小说，说实话，我之前真没想到自己还能干这个。罗妮·温克尔-康内尔，你别再为那件事自责了，我很好。从这儿开始，排名不分先后，否则这名单得长得没边儿了：

---

[1] 而且得不收一分钱利息才行。
[2] 她借了我一大笔钱，而且她看过的草稿大概比谁都多——甚至包括我早先写的那些惨不忍睹的剧本。
[3] 作为摩根的丈夫，他借给我钱的时候也不少。
[4] 她才四岁，所以我借钱的魔爪暂时没有伸向她。
[5] 我不记得有没有管朱莉借过钱了，不过她老请我喝酒，还雇我给她打过几次工。

朱莉·厄尔默①、沃伦·刘②、皮特·金③、大卫·西沃④、德文·因德里赫、莱娜克·林恩、贝丝·哈特曼。我要特别感谢丽莎·陈，因为她此时此刻正在借我钱，而且还给我的文章提了一些很棒的建议。获得鼓励奖的是弗朗辛·西尔弗曼——虽然没借过我钱，但是她曾经读了一些你所能想象的最稀奇古怪乱七八糟的青春期信笔涂鸦（然后笑翻了），以及辛迪·克莱恩——虽然我们没见过面，她却给我写了多达四页的读后感。

如果你是我的朋友，你的名字却没有在前文出现，并不是说我看不上咱们的交情，这只说明你借给我钱和看过我的烂手稿的数量还都排不上号。不过请记住，接下来还有第二本，到那时候我将抛却一切成见，虚席以待。虽然现如今我已经不用管人借大数目了，但你们仍然有机会时不常地塞给我十块二十块。我这个人吧，不喜欢随身带钱，你们都懂的⑤。

下面将要提到的，是我在《失失慌杀人事件》剧组的同袍战友们：格雷戈·艾坦尼斯、斯蒂文·霍夫曼、马特·塞林格以及威廉·洛顿。在我完全没有信心的时候，是你们让我觉得，我确实是一个编剧。你们的亲切、尊重和仗义让我永生难忘。当然，我要再说一次，对不起，真的，真的很对不起。关于《失失慌杀人事件》，我还要感谢J.K.阿马罗，请允许我用你的母语对你说一句：Mirufshim⑥。

最重要的是，我绝对不能不感谢我的家人。一个人都已经三十好几了，仍然穷且益坚地做着白日梦，显然很有几分不靠谱。莎

---

① 借我钱，不过没看多少草稿。要是想在第二部的致谢里保有一席之地，您可得奋起直追啊。
② 没门儿，我才不给你买汽车呢。
③ 老借我钱，老看我草稿，老请我喝酒。
④ 看了好多好多草稿，借我钱，还给了我几大件家电和家具。
⑤ 如果有谁心生歹意想要打劫我，也请你看到并记住这一点。
⑥ 译者注：没查到这个词，不知道什么意思，如果是骂人话，这事儿可不赖我。

369

莲娜·劳雷斯,我的母亲,您从来没对我说过,去找个正经八百的工作,让生活走上正轨①。如果不是有您对我的大度和信任,我可能现在还在和这本小说较劲。贝弗莉·费因伯格和马克·费因伯格,我姨妈和我姨父②,谢谢你们这些年来一直雇我给你们打工,从不抱怨我的坏脾气,并且在我懒得付房租时给我个住处任由我糟践。对我另一位姨妈伊芙·哥顿和姨父③杰夫·哥顿,我得千恩万谢才行。你们给了我一个家④,让我在那里安心写作。住在与世隔绝的地方,投入在处女作的创作中,这对我来说,真是梦想成真。你们为我所做的一切,我简直难以用言语表达。杰伊·费因伯格,我的表哥甲,算我求你了,看看这本破书吧。丹·费因伯格,我的表哥乙,非常感谢你对我的所有帮助、建议等等等等。安娜塔西亚·富勒,你能成为我们的家庭成员,让我们都觉得非常幸运。谢谢你读了我那些无比潦草的手稿,日后我还要麻烦你看很多稿子,所以在此先行谢过啦。

　　接下来的这一位必须要独占一段。凯特·哥顿,我的表妹,我第一位文字编辑。谁会知道有那么多词都需要连字符啊?!你聪明绝顶,以后一定会成大器。但是我所庆幸的是,在你潦倒年轻的时候,发掘出了你的才能。

　　最后,我必须要感谢我在德斯弗奈因侦探事务所的朋友们⑤:"老德斯"格林汉姆·德斯弗奈因、帕梅拉·德斯弗奈因、皮埃尔·默克尔、黛布拉·克罗夫特·迈斯纳⑥,尤其是伊冯·普兰蒂斯和格雷琴·赖斯——她们俩耐心地读了手稿,回答我没完没了的问题,并

---

① 说老实话,这本来还真是一个可行的选择——从各个角度考虑都是。
② 特此声明,雷大爷绝非脱胎于任何一位我的父辈男性亲属。
③ 同上。
④ 而且不要钱!
⑤ 除了麦克·乔菲以外。我才不谢他呢!
⑥ 我没开玩笑,这本书真不是写你的。

且提醒我，我干过一份几乎被我忘了个干净的工作。斯佩尔曼一家纯属虚构，但如果不是因为你们，他们根本没有可能被虚构出来。

请各位读者注意：除了我老妈以外，我已经把欠所有人的钱都还清了。